어드벤처 온 트레인 3

사파리 스타 살인 사건

마야 G. 레너드 · 샘 세지먼 지음 | 엘리사 파가넬리 그림 | 이현진 옮김

어드벤처 온 트레인 3
사파리 스타 살인 사건

펴낸날 초판1쇄 2023년 05월 03일

글 마야 G. 레너드·샘 세지먼
그림 엘리사 파가넬리
옮김 이현진
펴낸이 김은정
펴낸곳 봄이아트북스

출판등록 제406-251002019000142호
주소 경기도 파주시 문발로220, 1층 1-5-1호
전화 070-8800-0156
팩스 031-935-0156
홈페이지 bomiart.com

ISBN 979-11-7063-050-0 (43840)

First published 2020 Macmillan Children's Books a division of Macmillan Publishers Limited
Text copyright © M. G. Leonard and Sam Sedgman 2020
Illustrations copyright © Elisa Paganelli 2020

Korean translation copyright © 2023 by BOMIARTBOOKS
Korean translation rights arranged with MACMILLAN PUBLISHERS INTERNATIONAL LIMITED
through EYA(Eric Yang Agency)

• 값은 뒤표지에 있습니다.
• 잘못 만들어진 책은 구입처에서 교환해드립니다.

숨 막히는 극적 구성과 독창적인 등장인물이 펼치는 흥미진진한 이 시리즈물은 확고한 베스트셀러 반열에 올랐다.
－〈데일리 메일〉

기차에서 벌어지는 미스터리…… 어떻게 사랑하지 않을 수 있을까? 당신 삶의 최고의 기차 이야기가 펼쳐진다.
－로스 몽고메리, 《페리지와 나》 저자

현대적 설정에서 흥미로운 황금기 범죄 픽션이 빠르고 강렬하게 펼쳐지는 만족스러운 미스터리물이다.
－〈가디언지〉

오리엔트 특급 살인과 비슷하지만 더 흥미롭다. 정말 재미있게 읽었다!
－프랭크 코트렐 보이스

안내 방송이 있어요! 마야 G. 레너드와 샘 세지먼의 공동 작업은 대성공이다!
－이번 주의 아동 도서, 〈타임스〉

매우 재미있는 주니어 미스터리가 나왔다.
－피터 번즐, 《코그허트》 저자

고풍스러운 미스터리를 즐기는 독자들에게 추천할 만한 책이다.
－북트러스트

무수히 많은 초록 잎사귀들
총알 하나면 죽음에 이르기 충분하다.

−우에다 고센고쿠

차례

chapter 01

크루에서의
크리스마스

"**이**봐, 할! 일어났니?"

할은 침대에 앉은 채 게슴츠레하게 뜬 눈을 깜빡였다. 방은 어두웠지만 할은 커피 냄새를 맡을 수 있었다. 가느다란 세로 줄무늬 파자마를 입은 사람이 조명을 받으며 방 입구에 서 있었다.

"넷 삼촌?" 할은 기뻐서 펄쩍 뛰어 무릎을 꿇은 자세를 하고 앉았다. "돌아오셨네요!"

"해피 크리스마스, 할."

할은 불을 켰다. 레니, 하들리 그리고 메이슨이 보낸 크리스마스카드가 침대 옆 테이블 위에서 빛을 받아 반짝였다. 그들은 지난 기차 여행에서 만난 친구들이다. 침대 밑에 있는 책상은 할의 가족과 강아지 그리고 수많은 기차를 자유롭게 스케치한 그림으로 덮여 있었다. 잼을 담았던 여러 개의 병과 여러 자루의 연필과 펜 그리고 붓으로 가득 채워져 벽면에 모여 있고, 그 옆에는 스케치북이 쌓여 기울어진 탑이 되어 있었다. 할은 그림 그리는 것을 좋아했고, 특히 삼촌과 함께 여행하면서 기차 안에서 그리는 것을 가장 좋아했다. 반짝이는 검은 코와 솜털로 뒤덮인 할의 흰 강아지 베일리가 숨을 헐떡이며 삼촌 옆으로 비집고 들어와 기를 쓰고 침대 위로 기어올랐다. 베일리는 파란색 눈을 반짝거리며 혀를 축 늘어뜨린 채 핥을 준비를 하고 있었다.

"베일리, 내려가! 아이고, 안 돼!" 베일리가 얼굴을 핥자 할은 저항했다.

그 모습을 보고 넷 삼촌이 웃었다. "어린이들은 크리스마스 날 아침에 일찍 일어나는 줄 알았는데?"

"몇 시예요?"

"6시." 넷 삼촌이 머그잔에 담긴 커피를 한 모금 마시며 대답했다. "엄마가 깨우라고 성화시구나. 산타 할아버지가 다녀가신 것 같다."

할이 와! 하고 함성을 질렀다. 캘리포니아 코밋에서 모험을 한 지 두 달이 되어 갔다. 바로 또 다른 모험을 할 거라는 희망을 갖지 않으려고 애썼다. 하지만 다시 하게 될 삼촌과의 여행에 대한 기대는 할을 흥분의 도가니로 만들었다. 할은 한달음에 아래층으로 내려갔다. 넷 삼촌과 베일리가 할의 뒤를 따랐다.

"아들, 해피 크리스마스!" 할의 엄마가 부드럽게 말했다. 엄마는 여동생 엘리를 팔로 안고 우유를 먹이고 있었다. "제임스도 크리스마스 저녁 식사에 와?" 엄마가 삼촌을 보고 물었다.

"아마 아닐걸? 제임스는 일하고 있어. 그리고 부모님을 뵈러 내려 갈 거야."

"아, 아쉽네."

"피곤한데, 다시 자러 들어가자." 할의 아빠가 주방에서 나오면서 말했다. 할이 깔깔 웃었다. 아빠의 눈이 즐거움으로 빛났다. 아빠는 할만큼이나 크리스마스를 좋아했다. "이제, 할……." 아빠가 거실로 할을 따라 들어가며 심각하게 말했다. "우리가 얘기를 좀 나눴는데, 네가 열두 살이니까 크리스마스 선물을 받을 나이가 지났다고 결정했단다."

"아빠!" 할이 앓는 소리를 냈다. 할의 아빠는 매년 똑같은 농담을 하셨다.

"우리는 어제 벽난로에서 양말을 치웠단다." 아빠는 계속 농담을 하면서 할이 툴툴거리는 것을 즐겼다. "너는 이제 곧 청소년이고……."

"그럼 저기에 있는 것은 뭐예요?" 할이 나무 옆 마루 바닥 위에 놓여 있는 불룩한 양말을 가리켰다. 할이 어제 가스난로 옆에 걸어 놓았던 양말이었다.

"글쎄, 어디 보자." 아빠가 머리를 긁적였다. "저게 어디서 왔지?"

"아빠!" 할이 그의 얼굴 위로 손뼉을 쳤다. "그만하세요!"

넷 삼촌이 빙그레 웃으며 소파 팔걸이에 걸터앉았다. 엄마는 여전히 엘리를 안고서 쿠션을 양쪽에 끼고 앉아 있었다.

"아빠는 네가 올 한 해 착한 아이였기를 바란다." 아빠가 미심쩍다는 표정을 지으며 눈썹을 치켜떴다. "착한 아이가 아니었다면 양말은 감자와 석탄으로 가득 차 있겠지."

"착한 아이요? 내가 보석 도둑을 잡고 유괴 사건을 해결했는데요! 저는 대단한 아이였어요!"

"자자, 아들." 엄마가 웃었다. "선물을 풀어 보자"

할은 선물을 풀었다. 요요, 베일리를 위한 용품과 방귀 방석-아빠가 즉시 바람을 넣더니 우연인 척 앉아 보았다-, 드럼스틱처럼 짝을 이룬 한쌍의 연필과 뒷면에 고전적인 기차 포스터가 있는 한 팩의 카드가 있었다. 할은 선물 하나하나를 감탄하며 바라보고 감사 인사를 하는 것을 잊지 않았다. 하지만 선물을 풀어 보는 사이에도 할의 눈은 계속 나무 밑에 있는 꾸러미로 옮겨 갔다. 그리고 선물에 쓰여 있는 삼촌의 비스듬한 손 글씨를 찾고 있었다.

"벌써 다 풀어 보았구나!" 엄마가 말했다. 할은 양말을 거꾸로 들고 흔들었다. 귤 한 개와 호두 한 알이 떨어졌다. 엄마는 엘리를 아빠에게 맡겼다.

"나무 밑에 있는 선물은 아침 먹고 확인해 보자. 아침은 베이컨에 메이플 시럽을 곁들인 팬케이크를 먹을 거야. 할이 캘리포니아 코밋에서 먹었던 것과 똑같은 아침 식사를 원했거든."

"난 할이 나를 위해 크리스마스 선물로 무엇을 준비했는지 궁금해서 죽겠는데." 넷 삼촌이 엄마의 손을 붙들며 말했다. "우리 선물 먼저 교환하면 안 될까?"

"그럼, 그렇게 해!" 할이 벌떡 일어서자 베일리도 흥분해서 짖었다. 엄마의 대답을 듣기도 전에 할은 여기저기 뾰족하게 튀어나온 가시도 무시한 채 나무 밑으로 기어 들어갔다. 그러곤 직사각형 꾸러미를 꺼냈다. "해피 크리스마스, 넷 삼촌." 할은 갑자기 긴장이 돼서 마른침을 삼켰다. "삼촌이 좋아하시면 좋겠어요."

넷 삼촌이 포장지를 벗기자 액자에 넣은 그림이 나왔다. 요크셔에 있는 리블헤드 구름다리를 건너는 하일랜드 팰컨 증기 기관차를 스케치한 그림이었다. "할!" 삼촌은 감격하여 숨이 막혔다. "네가 이것을 그렸니?"

할이 고개를 끄덕였다.

넷 삼촌은 감탄한 눈으로 멍하니 서서 팔을 쭉 뻗어 그림을 들었다. "완벽해, 할. 너무 좋구나." 삼촌은 팔을 뻗어 할을 안았다. "할, 이리 오렴. 고맙구나. 내가 바랄 수 있는 가장 좋은 크리스마스 선물이야. 이 그림을 내 거실에 있는 벽난로 위에 걸어야겠다."

할은 자랑스러움으로 얼굴이 붉어졌다.

"할이 몇 주에 걸쳐 그렸어." 엄마가 활짝 웃으며 말했다.

"음, 이제 걱정이 되네." 삼촌이 말했다. "내 선물은 할이 준 것에 비하면 보잘것없는데." 삼촌은 주머니에서 꾸러미를 꺼냈다. 금색 포장지로 싼 꾸러미는 빨간 리본으로 묶여 있었다. "네가 좋아하면 좋겠구나."

"고마워요." 할이 말했다. 선물은 큰 막대 초콜릿 크기였고 딱딱했다. 할은 리본을 풀고 포장지를 벗겼다. 한 통의 목탄 연필이었다.

"네가 목탄 연필로 그림 그리는 것을 좋아할 거라고 생각했단다." 넷 삼촌

이 말했다.

할은 실망감을 감추려고 통을 보며 과장되게 활
짝 웃었다. "와! 넷 삼촌, 굉장해요! 한 번도 목탄
연필로 그림을 그려 본 적이 없어요. 고맙습
니다."

모두가 할을 보고 있었기 때문에 목탄
연필에 얼마나 관심이 있는지 보여 주
기 위해 통을 열었다. 통이 열리자
작은 카드 하나가 바닥으로 떨어

졌다. 할은 그것을 집었다.

"당연히 그림 그리는 도구가 필요할 거야." 넷 삼촌이 말했다.

카드는 짙은 녹색이었고 금박 글씨가 새겨져 있었다. 할은 그것을 빤히 쳐다보며 말을 하려고 했지만 물고기처럼 입을 뻐끔거릴 뿐 말이 나오지 않았다. 할은 삼촌을 보았다. 삼촌은 '이상한 나라의 앨리스'에 나오는 체셔 고양이처럼 활짝 웃고 있었다.

"할, 우리 남아프리카에 갈 거야." 넷 삼촌이 기뻐하며 말했다. "2월 단기 방학에 잠비아 국경 지역에 있는 빅토리아 폭포를 보기 위해 프리토리아에서 짐바브웨까지 가는 사파리 스타를 탈 거야. 나는 네가 목탄 연필로 사파리 공원에서 보게 될 동물을 그리고 싶어 할 거라고 생각했단다. 그리고……."

그러나 삼촌은 말을 끝내지 못했다. 왜냐하면 할이 환호성을 지르면서 달려들었기 때문이다. 그 바람에 목탄 연필통이 공중으로 날아가고 말았다. 할이 삼촌을 와락 껴안자 삼촌은 소파 위로 넘어졌다.

남아프리카! 삼촌과 또 다른 기차 여행을 한다는 생각에 할의 가슴은 기쁨으로 부풀었다. 그러나 그 여행이 그들의 가장 위험한 여행이 될 것이라는 것을 전혀 알지 못했다.

chapter 02

사파리역

할은 엄지손가락 끝을 핥아 스케치북에 그은 목탄 연필 선을 번지게 해서 가지런하게 빗질하여 날카로운 검은 깃처럼 보이게 했다. 할이 그리고 있는 대상은 나무껍질을 야금야금 먹으며 할을 노려보고 있었다. 호저는 스펀지 코에 희고 검은색이 섞인 모히칸 스타일의 머리, 길고 까끌까끌한 가시털 그리고 뭉툭한 꼬리를 하고 있었다. 할은 호저의 얼굴을 자세히 관찰하기 위해 몸을 앞으로 내밀었다. 그 뾰족뾰족한 생명체는 헐떡거리면서 기차 그늘 쪽으로 어슬렁거리다가 먼지투성이 구덩이에 털썩 주저앉았다.

"가시투성이 손님." 넷 삼촌이 호저를 관찰했다. 챙이 넓은 파나마모자가 눈부신 태양을 가려 삼촌의 말끔한 얼굴에 그늘을 만들었다. 삼촌은 어느 모로 보나 빳빳한 흰색 티셔츠와 아이보리 모직 정장을 입고 있는 유럽 여행객이었다.

할과 삼촌은 프리토리아 가든역의 텅 빈 승강장에 있는 철제 테이블에 앉아 있었다. 시 외곽에 있는 개인 소유의 열차 종착역인 그곳은 역으로 바뀌기 전에 커다란 시골집이었고 지금은 야생 생물로 바글거리지만 예전에는 일정한 양식을 따라 가꾼 정원이었다. 할은 크루에 있는 집에서 춥고 재미없는 2월 단기 방학을 보내고 있는 모두를 생각했다. 그리고 빨간색과 갈색의 작은 반점이 있는 응구니족 소를 보고 활짝 웃었다. 그 소는 아침 햇살을 받으며 선로에서 풀을 뜯고 있었다.

할과 삼촌은 전날 밤 요하네스버그에 도착해 다음날 아침이 되자마자 프리토리아로 떠났다. 그들이 묵은 호텔에서 1시간밖에 안 걸렸다. 할은 역을 답사하고 싶어서 몸이 근질근질했다. 두 사람을 태운 택시가 하얀 자갈이 깔린 진입로로 기어 올라갔을 때 할은 덩굴 식물과 꽃 넝쿨로 뒤덮인 인상적인 빨간색 벽돌 건물을 넋을 잃고 바라보았다. 벗겨진 금색 페인트 바탕에 진녹색으로 쓴 '애커먼 레일'이라는 글자가 화단에 반쯤 가려져 있었다. 할은 흥분과 배고픔으로 인해 배에서 개구리 군대가 뛰고 있는 것처럼 느껴졌다.

짐꾼이 그들의 가방을 받은 뒤에 베란다에서 아침 식사를 대접했다. 베란다는 승강장에서 유일하게 넓은 장소였다. 철도 선로가 건물에 너무 가까이 있어서 이상하게 생긴 차도처럼 보였다.

할이 과일과 페이스트리를 허겁지겁 먹고 있는데 배고픈 악어처럼 활짝 웃고 있는 한 남자가 할과 삼촌이 앉아 있는 테이블로 성큼성큼 다가왔다. 바싹 짧게 깎은 머리와 턱수염 때문에 햇볕에 그을린 그의 피부가 더욱 구릿빛으로 보였다. 그는 파란색 셔츠와 흰색 분필 색깔의 바지를 입고 있었다.

"나타니엘 브레드쇼 씨? 저는 루터 애커먼입니다. 프리토리아 가든과 우리 집안의 철도에 오신 것을 환영합니다." 그는 넷 삼촌과 격렬하게 악수를 했다. "제 초대에 응해 주셔서 매우 기쁩니다. 인생 경험을 할 준비를 하세요! 사파리 스타는 바퀴 달린 고급스러운 호텔이자 우리 기차 중에 으뜸입니다. 제가 아프리카 자연을 당신의 창문에 대령하겠습니다. 빅토리아 폭포까지 가는 여행은 세계에서 가장 멋진 여행 중에 하나입니다."

애커먼은 장사꾼 특유의 말투로 속사포처럼 내뱉고 나서 할을 흘깃 쳐다보았다.

"애커먼 씨 당신을 알게 되어 기쁩니다." 넷 삼촌이 손을 빼면서 대답했다. "이 아이는 제 조카 해리슨 벡입니다."

"해리슨 벡?" 애커먼이 할을 살피면서 뒤로 물러섰다. 할은 그 흥분 잘하는 남자가 악수하려고 할까 봐 손을 등 뒤로 감췄다. "신문에서 읽었던 그 철로의 탐정?"

할은 기쁨에 얼굴이 붉어졌다.

"제가 기차에서 해결할 사건을 마련해 줄까요?" 애커먼이 큰소리로 웃었다. "어떤 것을 선호하나요? 협박? 예술품 도난? 알았다, 흥미로운 살인 사건은 어때요?" 그가 윙크를 날렸다.

"언젠가 살인 사건을 해결하고 싶어요." 할이 간절하게 말했다. "그것은 탐정에게 궁극적인 사건이죠"

"고맙지만 괜찮아요." 넷 삼촌이 말했다. "우리는 최근 여행에서 충분히 많은 사건을 경험했습니다. 우리는 여기에 동물을 보러 왔습니다."

"그리고 기차도요." 할이 덧붙였다. "여기에 철도 박물관이 있다는 것이 사실인가요, 애커먼 아저씨?"

"루터라고 부르렴." 그가 할의 등을 큰 손으로 치면서 말했다. 그 바람에 할은 의자에서 떨어질 뻔했다. "물론이죠!" 애커먼이 선로 건너편을 가리켰다. "기관차를 복구하고 객차를 정비하는 기관차고가 저기에 있습니다. 건너편에 조차장이 있고요. 그 길을 따라가면 최초의 신호소와 급수탑이 나옵니다." 타조 한 마리가 베란다 옆 분수를 점잖게 지나가자 애커먼이 잠시 멈추었다. "저는 여러분을 실망시키지 않을 거라고 약속합니다." 그는 두 팔을 넓게 벌렸다. "마음껏 탐험하세요."

"남아프리카에서는 역에 동물이 있는 것이 평범한 일인가요?" 할이 물었다.

"그 동물들은 1940년대에 집이 버려졌을 때 옮겨 왔단다." 루터가 설명했다. "동물들은 내가 집을 샀을 때 여기에 꽤 오랫동안 살고 있었고, 나는 그들을 내쫓을 마음이 없었어." 루터는 자신의 발뒤꿈치를 탁탁 맞부딪치며 고개 숙여 인사했다. "제가 너무 오래 방해를 했군요. 저는 이번 여행 동안 당신의 열차 매니저가 될 것입니다. 사파리 스타에서 뵙겠습니다."

"이번 여행에서 해결해야 할 사건이 생길지 궁금해요." 선로 위 다리를 건너면서 할이 말했다. 그들은 기관차고까지 나무를 가로지르는 길을 따라가고 있었다. 나뭇잎이 만든 시원한 그늘은 태양의 뜨거운 열을 잠시 막아 주었다.

"그러지 않기를 바란다." 넷 삼촌이 모자로 부채질을 하면서 말했다. "나는 쉬면서 사파리를 즐기고 싶구나."

"그렇지만 사건을 해결하는 것은 매우 흥미진진해요." 밤 크기의 딱정벌레가 그들 앞에서 엉성하게 나는 것을 보면서 할이 말했다. "그리고 저는 그 일을 아주 잘하고요." 그 딱정벌레가 나무 몸통에 부딪혀 땅으로 굴러떨어졌다.

"사건 수사는 위험한 일이니까 조심해야 해." 넷 삼촌이 쓸쓸하게 웃었다.

나무 사이를 통과하자 선로를 가로지르는 거대한 두 개의 기관차고가 보였다. 감청색 기관차가 열린 문틈으로 보였다. 할이 그곳을 향해 서둘러 갔고 삼촌이 바로 뒤따랐다.

기관차고 안에서 땡그랑 망치질 소리와 윙윙 돌아가는 기계 소리가 메아리치고 있었다. 할과 넷 삼촌은 작업장을 내려다보기 위해서 높은 자리로 올라갔다. 그들은 수리 상태에 있는 오래된 객차와 기관차를 유심히 내려다보았다.

"놀라워요!" 할이 삼촌에게 소리 내지 않고 입 모양으로만 말했다. 사방으로 튀는 불꽃이 선로 밑의 트로프(선로 밑에 만들어 놓은 관, 이것을 이용해서 기차에 물을 공급함. 역자 주)에서 솟구쳤다. 할은 반쯤 해체된 6등급 기관차의 배 부분을 어설프게 고치고 있는 여자를 보았다. 그녀는 위아래가 하나로 된 작업복을 입고 있었고 창백한 팔에는 기름이 묻어 기다란 자국이 나 있었다. 그 모습은 할의 친구 레니를 연상시켰다. 할은 그녀를 그리기 위해 스케치북을 난간에 댔다. 어슴푸레 빛을 내는 금속 엔진 보일러의 그늘을 그리기 위해 검은 선들을 번지게 할 때 넷 삼촌이 이리저리 돌아다니는 것을 보았다.

그 기계공이 팔을 걸레로 닦으며 일하던 자리에서 올라왔다. 짧은 머리와 들창코는 그녀를 아주 사나운 요정처럼 보이게 했다. 그녀는 넷 삼촌과 악수를 했고 삼촌은 할을 가리켰다.

할은 손을 흔들었다. 그리고 계단을 따라 작업장 바닥으로 내려왔다.

"할?" 넷 삼촌이 할에게 손을 흔들었다. "이 분은 애커먼 씨의 여동생 플로 씨야."

"안녕, 삼촌에게 사파리 스타를 끄는 기관차 제니스에 대해 막 이야기하고 있었어." 플로는 직설적이지만 따뜻한 매너를 갖고 있었다.

"플로 씨가 운전하시나요?" 할은 그녀를 보자마자 오빠인 애커먼보다 그녀가 더 좋았다.

"아니, 셰일라와 그레그가 운전해. 나는 안전 담당자로 이 여행에 참여하고 있어. 기술자도 없이 대초원 한복판에 열차가 멈춰서 오도 가도 못하는 신세가 되고 싶지는 않겠지?"

"오도 가도 못 한다고요? 그게 가능해요?" 할이 물었다.

"무엇이든 가능하지." 플로가 어깨를 으쓱했다. "여기 있는 것들은 빛나지도 새롭지도 않아." 알 수 없는 표정이 그녀의 얼굴을 스쳐갔다. "그렇지만 우리는 잘하고 있어." 플로는 화제를 돌리며 눈을 깜빡거렸다. "엔진을 보고 싶다면 출발하기 전에 기관사실로 와, 내가 구경시켜 줄게"

"고맙습니다, 그럴게요." 할이 활짝 웃었다.

그들은 인사를 하고 헤어졌다. 작업장에 앉아서 해체된 객차가 복구되는 것을 본 후에 다시 밖으로 나왔다.

"기차가 출발하기까지 1시간 정도 남았구나." 길을 따라 되돌아가면서 넷 삼촌이 말했다. "나는 신문을 구해야겠다."

"저는 역을 그리고 싶어요." 할이 나무 사이에 놓인 벤치를 가리켰다.

"좋은 생각이네." 넷 삼촌이 고개를 끄덕였다. "다 그리면 나를 찾아오렴."

할은 앉아서 스케치북을 깨끗한 양쪽 면으로 폈다. 목탄 연필이 종이를 가로지르며 가볍게 스치듯 지나가면서 승강장의 진한 수평선과 역의 세로 선을 정확하게 담아냈다. 그때 무거운 무엇인가가 무릎 위로 올라왔다. 할은 작은 고양이 크기의 동물을 보고 소리를 질렀다. 옅은 갈색의 굵은 머리카락,

뭉툭한 다리 그리고 숱이 많은 꼬리를 가진 그 동물은 날카로운 호박색 눈으로 할을 빤히 쳐다보았다.

"치포?" 한 소년의 목소리가 들렸다. "치포, 어디 있니?"

그 동물이 몸을 확 돌리더니 할의 무릎에서 뛰어내려 나무 사이에서 나타난 키 작은 소년에게 가 버렸다. 그는 상고머리에 갈색 피부를 가졌고 얼굴보다 큰 안경을 쓰고 빛바랜 노란색 티셔츠와 카키색 반바지를 입고 있었다. "여기 있구나, 치포!" 그 동물은 소년의 팔에 올라가더니 어깨 위를 가로질러 앉았다. 소년은 먼저 그 동물을 보고 웃었고, 그다음 할을 보고 웃었다. "얘가 너한테 먹이가 있다고 생각하나 봐."

"아!" 할이 주머니에서 반쯤 먹은 땅콩 봉지를 꺼냈다. "비행기에서 받은 거야."

땅콩을 줘도 괜찮은지 확인하기 위해 소년을 보면서 할은 소년의 손바닥에 세 개의 땅콩을 쏟았다. 치포가 다시 벤치로 점프해서 두 발에 하나씩 잡고 입에 쑤셔 넣었다.

"친구가 생겼네." 소년이 웃었다.

"무슨 동물이야?" 할은 땅콩을 갉아먹는 치포를 빤히 쳐다보았다. "미어캣이야?"

"노란 몽구스야."

"멋지다." 할은 고개를 들었다. "나는 할이야."

"나는 윈스턴이야." 치포가 할이 갖고 있던 마지막 땅콩을 잡아채서 윈스턴 어깨 위로 올라갔다. "어디에서 왔니?"

"영국." 할이 말했다. "나는 삼촌과 함께 사파리 스타를 탈 거야."

"그림을 그리고 있었니?" 윈스턴이 고개를 까딱하며 할의 스케치북을 가리켰다.

"응, 난 대부분 기차를 그려." 할이 기관차고에서 스케치한 것을 보여 줬다. "그렇지만 이번 여행에서는 동물도 그릴 거야." 할이 스케치북을 획 뒤집어서 기분이 좋지 않은 호저 그림을 보여 줬다.

"얼굴을 안 그렸네!" 윈스턴이 웃었다.

"가만히 앉아 있지를 않아서 말이야."

"치포는 네가 땅콩을 더 주면 가만히 앉아 있을 거야."

치포가 그렇지 않다는 듯 윈스턴의 어깨에서 뛰어내려 나무 사이로 황급히 달아났다.

"안 돼, 또야!" 윈스턴이 성을 내며 말했다. "엄마는 내가 치포를 잘 관리할 수 있다면 기차에 데리고 타도 된다고 하셨어." 윈스턴이 서둘러서 치포의 뒤를 쫓았고, 할이 뒤를 따라갔다. "치포, 돌아와! 몽구스는 보통 무리 생활을 하는데 우리들 사이에서 자기가 리더라고 생각하고 있어."

할은 그들도 기차에 탄다는 소리에 기뻤다. "너희 엄마도 승객 중에 한 분이니?"

"엄마는 사파리 가이드야." 윈스턴이 오래된 철도 측선 쪽에 있는 덤불을 들여다보았다. "엄마는 남아프리카와 짐바브웨에 있는 동물에 관한 모든 것을 알고 계셔. 엄마는 동물학자거든. 보통은 아빠와 집에 있어야 하는데, 이번에 처음으로 기차에 타도 된다고 허락받았어. 기차를 타면 심부름을 하거나 엄마를 도와주기로 약속하고 말야. 난 정말로 빅토리아 폭포를 보고 싶어. 엄마가 학교 과제도 갖고 오게 하셨어." 윈스턴은 얼굴을 찌푸렸다.

"봐, 저기 있다." 할이 나무 옆에서 뒷다리로 서서 공기 냄새를 킁킁 맡고 있는 치포를 가리켰다. 치포의 귀가 납작해졌다. 땅을 쏜살같이 가로질러 폴짝 뛰어서 두 발로 실잠자리를 잡아 입에 넣었다.

윈스턴은 두 입술을 모으고 찍찍 소리를 냈다. 윈스턴이 치포 쪽으로 덤불을 통과하여 움직였고 치포가 그를 향해 달려왔다. 그런데 윈스턴은 얼어붙어서 뒷걸음질을 쳤다. "아, 안 돼! 애커먼 아저씨가 있어." 그가 쉿 하고 말했다. "엄마가 치포를 애커먼 아저씨 눈에 띄지 않게 하라고 하셨어." 윈스턴이 노란 몽구스를 잡아 가슴으로 안았다. "자, 가자."

따라갈 작정을 하면서 할은 어깨너머를 힐끗 보았다. 애커먼은 카키색 셔츠와 바지를 입고 있는 작고 얄팍해 보이는 남자에게 속삭이는 목소리로 말을 하고 있었다. 어깨는 구부정했고 머리를 낮게 숙인 모습이 비밀스러워 보였다. 할은 목탄 연필을 스케치북에 갖다 댔다. 그 남자는 햇빛에 반짝거리는 은색 클립으로 묶여 있는 지폐 한 뭉치를 애커먼에게 건네면서 고개를 끄덕였다. 할은 온몸에 닭살이 돋는 것 같았다.

살금살금 달아나면서 할은 자기가 보지 말아야 할 것을 목격했다는 것을 소름 끼치는 확신과 함께 깨달았다. 심장이 마구 뛰었다. 사파리 스타에서 이미 사건이 일어나고 있었고 할은 그 사건을 해결할 것이다.

chapter 03

나와 함께 죽자

"**원**스턴!" 할이 그를 따라잡으려고 뛰었다. 할이 목소리를 낮췄다. "나 방금 수상한 것을 봤어." 할은 애커먼이 돈뭉치를 받는 것을 묘사했다.

"누군가에게 돈을 주는 것이 잘못된 것은 아니야." 윈스턴이 눈살을 찌푸렸다.

"그건 많은 돈이었고 그 사람들은 나무 사이에 숨어 있었어."

"정확하게 말하면 숨어 있었다고 말할 수 없어……."

"봐, 내가 빠르게 스케치를 했어." 그 그림이 윈스턴을 납득시킬 수 있기를 바라면서 할은 스케치북을 보여 줬다. "애커먼 아저씨가 돈을 받고 있어."

"너는 정말 뭔가를 매우 빠르고 정확하게 그리는 것을 잘하는구나." 윈스턴이 그림을 보고 고개를 끄덕였다. "나도 그들이 수상해 보인다고 생각해." 윈스턴이 인정했다. "그렇지만 어쩌라고?"

"만약 그들이 범죄를 저지르고 있는 거면 어떡하지?"

윈스턴이 눈을 가늘게 떴다. "범죄?"

"매우 수상한 뭔가가 있어." 할이 윈스턴 쪽으로 몸을 기울이면서 속삭이는 목소리로 말했다. "나는 이전 사건들을 해결하면서 수상한 행동을 알아채는 법을 배웠거든……."

"아! 알았다." 윈스턴이 할을 따라하면서 어깨를 구부리고 몸을 기울였다. 양쪽 어깨너머로 시선을 던지면서 걸걸한 목소리로 말했다. "너 경찰과 도둑 놀이를 하고 싶구나?"

"아니야." 할이 자세를 똑바로 했다. "나는 탐정이야."

"그래 나도야." 윈스턴이 또다시 걸걸한 목소리로 말했다. "우리 둘 다 탐정이 될 거야. 아니면 내가 나쁜 놈 할까? 치포가 내 심복을 할 수도 있어."

"아니." 할은 점점 인내심이 바닥났다. "너는 이해하지 못하겠지만 나는 진짜 탐정이야. 나는 지난 일곱 달 동안 보석 도둑과 납치 사건을 해결했어."

윈스턴이 팔짱을 꼈다. "너 진심이니?"

"물론." 할이 말했다. 할은 여전히 윈스턴이 납득하지 못한다는 것을 알 수 있었다.

역으로 걸어 돌아오면서 할은 윈스턴에게 하일랜드 팰컨에서 도둑을 잡고 캘리포니아 코밋에서 납치 사건을 해결한 것에 대해 이야기했다.

"그리고 지금 나는 애커먼 아저씨가 뭔가 나쁜 일을 꾸미고 있다는 예감이 들어." 할이 말했다. "뭔지 알아낼 거야. 나를 도와주겠니?"

"음…… 그렇게 못할 것 같은데." 윈스턴이 고개를 흔들었다. "애커먼 아저씨는 엄마의 상사야. 그리고 엄마가 아저씨를 성가시게 하면 안 된다고 말씀

하셨어. 그래서⋯⋯." 윈스턴은 어깨를 으쓱했다. "나는 이 사파리 일을 오랫동안 하고 싶었어. 나를 데려가 달라고 엄마를 설득하는 데 몇 개월이나 걸렸다고. 나는 이것을 망치고 싶지 않아."

"네 엄마가 범죄를 위해 일하고 있다면 걱정되지 않겠어?"

"너는 애커먼 아저씨가 범죄자인지 잘 모르잖아. 그리고 나는 연루되고 싶지 않아." 윈스턴이 치포의 머리를 쓰다듬으며 승강장 쪽을 흘긋 쳐다보았다. "봐, 나 가야 해. 짐꾼들이 가방을 싣는 것을 돕기로 했거든. 기차에서 보자."

모험에 관심이 없는

윈스턴에게 놀란 할은 삼촌에게 애커먼에 대해 이야기하
기 위해 서둘러서 선로를 가로질러 갔다. 그가 승강장
에 도착했을 때 승객들이 양쪽으로 여는 유리문에
서 나오고 있었다. 종업원들이 말쑥하게 차려입
고 사파리 스타가 도착한 것을 놓고 이러쿵저
러쿵 수다를 떨고 있었다. 승객들은 그들
이 들고 있는 큰 은 접시에서 카나페를
집어 들고 나왔다. 할은 넷 삼촌이

테이블에 앉아 있는 것을 보았다. 삼촌은 옅은 갈색 콧수염을 자랑스럽게 기르고 있는 작고 혈색이 좋은 남자와 깊은 대화에 빠져 있었다. 머리를 가로질러 빗은 그 남자의 머리카락은 가느다랗고 이마를 가로지르는 깊은 주름은 그가 많은 생각을 하면서 인생을 살았다는 인상을 주었다. 할이 다가오는 것을 알고 있었다는 듯 두 사람 모두 고개를 돌렸다. 그리고 삼촌이 미소를 지었다.

"할! 왔구나. 이리 와서 삼촌의 오랜 친구이자 수사관인 에릭 러브조이 씨께 인사하렴. 에릭이 사파리 스타에 동승한다는 것을 방금 알았단다."

"수사관이요?" 할은 가슴이 철렁했다.

"지금은 은퇴했단다." 에릭이 점잖은 미소를 띠며 말했다. "다행스럽게도."

"역은 다 그렸니?" 넷 삼촌이 물었다.

할은 에릭 러브조이를 의식하면서 고개를 끄덕였다. 그의 초록색 눈동자는 밝아서 마치 사람을 꿰뚫어 보는 듯했다.

"두 분은 친구 사이예요?" 할이 앉으면서 물었다.

"네 삼촌은 가는 곳마다 친구를 잘 사귄단다." 러브조이가 시인하듯 대답했다.

"알게 된 지 십 년이 되어 간단다." 넷 삼촌이 말했다. "당시 요하네스버그를 지나 여행을 하다가 다른 사람으로 오해를 받아 곤란한 상황에 처했었어. 그리고 여권을 두고 왔다고 생각했는데 뒤늦게 도둑맞은 걸 알았어. 상황이 더 안 좋아질 수 있었는데 에릭이 나를 구해줬지." 삼촌은 전직 수사관을 보고 미소를 지었다. "그리고 우리는 둘 다 기차 마니아라는 것을 알았지."

"우리는 방금 돌리(Dolly)를 보고 감탄하고 있었단다." 에릭이 건너편 측선에 놓인 기관차를 고개를 까딱하며 가리켰다.

"19D Class." 넷 삼촌이 말했다.

"1940년대에 만들어졌지." 삼촌은 마치 갓 구운 빵 냄새를 맡는 것처럼 콧등을 찡그렸다. 그러곤 한숨을 내쉬었다. "신호 뇌관 탄수차(석탄과 물을 싣는 차량. 역자 주)를 장착한 짐바브웨 모델이지."

"굉장해." 넷 삼촌이 뒤로 기대며 미소를 지었다.

"내가 영국식 발음을 들은 것이 맞나요?" 트위드(굵은 양모를 사용해 만든 두꺼운 모직 천. 역자 주)로 중무장한 한 여자가 테이블의 네 번째 의자에 털썩 앉으며 말했다. 머리에서 폭발이 일어난 것 같은 회색의 곱슬머리를 한 여자는 두 손으로 연신 부채질을 하면서 그들 모두에게 미소를 지었다. 그녀는 손가락에 꽉 끼는 두툼한 금반지를 하고 있었다. "아, 진이 다 빠지네. 너무 덥네요!"

"네, 더워요." 넷 삼촌이 동의했다. "저는 나타니엘 브레드쇼입니다."

"저는 녹고 있어요!" 그 여자는 볼을 불룩하게 부풀리더니 시끄럽게 웃었다. 할이 그 모습을 보고 웃었다. 그녀는 할의 반응에 기뻐하며 눈썹을 위아래로 깜박였다. "이 빌어먹을 트위드, 영국을 출발하고 나서 옷을 갈아입지 못했답니다. 기차에 탈 때까지 가방을 찾을 수 없었어요." 그녀는 그렇게 말하며 블라우스를 고쳐 입었다. 그녀의 분홍빛 볼에는 땀이 맺혀 있었다. "빅토리아 폭포에 가시나요?"

"네, 그렇습니다." 러브조이가 손을 내밀었다. "저는 에릭 러브조이입니다. 만나서 반갑습니다."

"베릴 브레쉬라고 해요." 베릴은 손을 에릭의 손 위에 얹고 속눈썹을 떨면서 대답했다. "제가 오히려 기쁘죠."

"무례하게 끼어들어서 죄송합니다만, 그 미스터리 소설가 베릴 브레쉬이신가요?" 넷 삼촌이 물었다.

"아, 네!" 그녀가 밝게 말했다. "제가 쓴 책을 아시나요?"

"유감스럽게도 한 권만 읽어 봤네요. 제목이…… '나와 함께 죽자?'였던 것 같은데……."

"맞아요!" 베릴 브레쉬는 흥분한 나머지 눈이 튀어나왔다. "살기 도는 저녁 식사 파티, 매력적인 손님들 그리고 모든 사람들에게 반전이 있죠."

"아, 네…… 매우…… 많은 음모가 있었죠." 넷 삼촌이 헛기침을 했다.

"오, 고마워요." 베릴 브레쉬가 활짝 웃었다.

"사파리 스타에 대한 책을 쓰고 있나요?" 할이 물었다.

"이 아이는 제 조카, 해리슨입니다."

"안녕, 해리슨. 나는 사실 신성한 영감을 받기를 바라면서 이 여행을 하러 왔단다. 나의 독자들은 내가 일 년에 한 권은 책을 쓰기를 바라고 있고 그리고 나는 그들을 실망시킬 수 없단다." 베릴은 손으로 하늘을 찔렀다. "아프리카 일몰의 낭만……." 그녀는 고개를 왼쪽으로 까딱했다. "거칠고 위험한 땅을 증기 기관차로 가로질러 가는 것……." 그녀는 이를 드러내면서 손가락을 동물의 발톱처럼 만들었다. "배고픈 사자와 독사에 둘러싸여." 그녀는 손가락을 풀고 빙그레 웃었다. "여기 어딘가에 흥미로운 미스터리가 반드시 있을 거야."

할은 이미 그것을 찾았다는 것을 알기에 미소가 나오는 것을 참았다. "넷 삼촌은 책을 써요."

"그래요?" 베릴 브레쉬가 몸을 돌려서 넷 삼촌에게 추파를 던졌다.

"여행책이죠, 논픽션이에요." 넷 삼촌이 질문을 피했다. "저는 기차 여행이 전문이에요."

"사파리 스타에 대해 쓰시나요?" 베릴 브레쉬가 경쟁자가 있다는 생각에 언짢아하면서 입술을 오므렸다.

"저는 뉴스 기사를 쓸 겁니다. 책을 쓸 계획은 없어요."

"잘됐네요!" 베릴은 안도하는 듯했다. 그러곤 어색하게 몸을 돌려 앉았다. "누가 우리와 여행할지 궁금하네요."

"우리가 타는 기차가 오늘 출발하는 유일한 기차입니다." 에릭 러브조이가 말했다. "여기 있는 모두가 기차에 탈 겁니다." 그는 이인용 좌석에 앉아 있는 커플을 향해 고개를 까딱하며 가리켰다. 그들은 입가에 반쯤 미소를 띠고 손을 잡고 깊은 대화를 나누며 서로를 향해 앉아 있었다. 여자는 그녀의 드레스와 잘 어울렸고 흑단 같은 외모를 보완해 주는 밝은 금속성 청색 매듭이 있는 긴 스카프를 머리에 두르고 있었다. "저기 있는 사람이 포샤 라마보아예요. 성공한 사업가이자 세간의 이목을 끄는 여성 인권 운동가죠. 그녀는 외진 곳에서 의료 서비스를 하는 사립 병원 체인을 갖고 있어요."

"인상적이네요." 베릴 브레쉬가 말했다. "그리고 그녀의 신사 친구는 누구인가요?" 그녀가 에릭을 향해 몸을 기울였다. "그녀의 애인인가요?"

"패트리스 음바싸예요. 여성들의 가슴을 두근거리게 하는 유명 드라마의 배우지요. 그리고……." 베릴이 갑자기 말을 잠시 멈췄다. "그는 그녀의 애인입니다."

할이 키가 크고 몸이 탄탄한 흑인 남자를 보는 사이에 넷 삼촌은 웃음을 멈추려고 헛기침을 했다. 패트리스는 머리를 아주 짧게 깎았으며 그의 두드러진 광대뼈와 검은 눈동자는 균형이 잘 잡혀 있었다. 할은 유일하게 만나 본 다른 유명한 영화배우를 생각했다. 그녀의 얼굴도 완벽하게 균형이 잘 잡혀 있었다.

"내 심장이 고동치고 있어요." 베릴이 손을 가슴에 탁 갖다 대면서 말했다. "아, 너무 잘생겨서 볼 수가 없어요." 베릴이 고개를 돌렸다. "저 둘은 누구인가요?" 그녀가 승강장 가장자리를 따라 거닐고 있는 커플을 새끼손가락으로 가리켰다.

"나는 애커먼 씨가 그들과 인사하는 것을 들었어요." 에릭이 말했다. "그들의 이름은 사사키랍니다. 아마 일본에서 온 것 같아요."

그 커플은 선로를 가로질러 성큼성큼 걷고 있는 타조를 보기 위해 멈췄다. 사사키 씨는 조용했으며 어두운 색 청바지와 남색 재킷 맞춤옷을 입고 있었다. 그는 품위 있고 권위 있게 걸었다. 사사키 부인은 챙 넓은 햇빛 가리는 모자를 쓰고 있었고 암적색의 리넨으로 만든 긴 셔츠를 걸치고 있었다. 그녀는 작은 목소리로 무언가를 말하면서 사사키의 어깨에 머리를 기댔다. 그가 손으로 그녀의 이마를 만져보고 나서 그녀의 손목을 짚고 시계를 보았다.

"그는 의사예요." 할이 말했다.

"그것을 어떻게 아니?" 베릴이 물었다.

"여자 분의 맥을 짚고 있어요."

"뛰어난 관찰력이야." 에릭이 고개를 끄덕이며 말하자 할은 은근한 자부심을 느꼈다. "할의 말이 맞아. 내 추측으로는 외과 전문의일 것 같아. 값비싼 시계에 디자이너의 신발…… 만약 그가 의료계에 있다면 그 분야 최고일 거야. 그리고 손을 좀 봐, 흠 없이 깨끗하잖아. 외과 의사들은 손을 잘 관리하지." 에릭이 할에게 눈을 찡긋했다.

"쳇! 나는 의사들을 죽여 봤어요, 진짜로!" 베릴이 눈을 감았다. "나는 그를 곡예사로 만들 거예요. 발을 귀 뒤에 놓을 수 있고 작은 공간에 딱 맞게 들어갈 수 있는 그런 곡예사 중에 한 명 말이에요. 그래요, 그것은 미스터리 소설에서 특별히 유용할 거예요. 여자는 칼 던지는 사람이 될 수 있겠네요." 베릴은 가방에서 노트를 꺼내고 재킷 주머니에서 펜을 꺼내서 무언가를 휘갈겨 썼다. "나는 그들이 서커스에서 도망쳐 나온 것으로 가정할 거예요."

에릭 러브조이가 눈썹을 올리고 할과 넷 삼촌을 힐끗 보았다.

그때 와장창 무너지는 소리가 나서 모두를 돌아보게 했다.

천박한 줄무늬 콤비 재킷과 핑크색 셔츠를 입은 퉁퉁한 남자가 베란다 쪽으로 거들먹거리며 걸어오다가 포샤 라마보아와 패트리스 음바싸의 음료가 놓여 있는 테이블을 쳐서 쓰러뜨린 소리였다.

"당신이 어디에 테이블을 놓았는지 보란 말이야." 패트리스는 어질러진 것을 치울 쓰레받기와 빗자루를 갖고 바로 나타난 조끼 입은 남자에게 미국식 발음으로 소리 질렀다.

포샤 라마보아는 자신의 드레스에 묻은 얼룩을 닦으며 일어섰다. "이게 무슨 무례인가요?"

패트리스 음바싸가 가슴에 잔뜩 힘을 주고 일어나자 포샤가 그의 팔을 잡았다. 그가 눈을 내리깔자 연분홍색 눈꺼풀이 차가운 파란색 눈을 덮었다. "자기, 새 드레스가 필요해? 내가 새 드레스 사 줄게."

포샤는 대답하지 않았다. 그저 놀라서 입을 벌린 채로 있었다. 포샤와 패트리스는 확실하게 그 남자를 알아보았다.

"아멜리아!" 그 남자는 오래된 매표소 입구에 서서 짐꾼에게 지시를 내리고 있는 창백하고 마른 금발의 여자를 불렀다. 그는 강아지를 부르듯이 그녀를 부르면서 자기 다리를 쓰다듬었다. 그러고는 포샤를 가리켰다. "이 여자 분의 드레스에 대해 알아봐. 내가 새 드레스를 사지." 그는 그렇게 말하고 코를 훌쩍이며 돌아서서 비어 있는 테이블로 걸어갔다.

"오호! 나는 저 사람이 누군지 알아요." 베릴이 숨죽여서 말했다.

"우리 모두 누구인지 알죠." 에릭 러브조이가 중얼거렸다.

"머빈 크로스비 씨." 넷 삼촌이 할에게 말했다. "그는 미디어 매그네이트, 미디어계의 거물이야. 저 여자 분은 그의 아내이자 텍사스 사교계의 명사인 아멜리아 쿠퍼 크로스비 씨고 저 여자애는 그들의 딸 니콜이 틀림없어."

지루한 표정의 소녀가 마치 너무 피곤해서 걸을 수 없다는 듯이 문틀에 기대어 있었다. 그녀는 청치마와 흰 티셔츠를 입고 있었고 긴 곱슬 금발머리를 하고 있었다.

"미디어 마그네트가 뭐예요?" 할이 물었다.

"마그네트가 아니라 매그네이트, 거물이란 얘기야." 베릴이 고쳐서 말했다. "여러 개의 신문사와 방송국을 소유하고 있는 사람이라는 뜻이지. 머빈 크로스비는 매우 영향력 있는 사람이야."

"그의 발음은……." 에릭이 머빈 크로스비의 넓은 등을 노려보고 있었다. "여러분은 그가 남아프리카 출신이라는 것을 전혀 모를 겁니다."

"그는 열여덟 살에 무일푼으로 뉴욕에 도착해서 세계에서 가장 부유한 사람 중에 한 사람이 되었어요." 넷 삼촌이 말했다. "저 사람이야말로 무일푼에서 거부가 된 이야기가 어떻게 전개되는지를 보여 주는 대표적인 사례가 아닐까요?"

에릭이 고개를 끄덕였지만 표정은 냉담했다. "그는 요하네스버그에서 자랐지요, 나처럼. 하지만 그의 진짜 이야기는 그렇게 좋지만은 않아요."

"그의 텔레비전 방송국들은 저속해요." 베릴 브레쉬가 레몬이라도 씹는 듯한 표정을 하면서 말했다. "그들은 내 책 '탐정 데어드레이'를 원작으로 하는 시리즈를 거절했어요. 머빈 크로스비 씨가 내 책을 구식 넌센스라고 말했대요." 그녀의 콧구멍이 화가 나서 벌름거렸다. "저 남자가 관심 있어 하는 프로는 오로지 체중 감량과 성형 수술을 다룬 리얼리티 쇼예요. 그는 질 좋은 드라마를 모를 거예요!"

스팀 엔진의 높은 기적 소리에 그녀는 호언장담을 멈췄다. 할의 심장은 칙칙 소리를 내는 피스톤에 박자를 맞춰 더 빠르게 뛰었다. 그리고 그들 모두는 사파리 스타가 역으로 들어오는 것을 보기 위해 몸을 돌렸다.

chapter 04

빅5

석탄가루가 공기 중에 흩뿌려졌다. 그 냄새는 할에게 하일랜드 팰컨에서의 여행을 생각나게 했다. 할은 의자를 뒤로 빼고 일어나 승강장을 내려갔다.

기관차의 몸체는 황록색으로 칠해져 있었고 금색으로 멋을 낸 굴뚝과 연기통 그리고 발판은 햇빛에 반사되어 반짝이며 더욱 돋보였다. 밝은 빨간색

완충기 보 위로 앞쪽에 나사로 고정된 명패는 엔진 이름이제니스(JANICE)임을 알려 주었다. 그것은 할이 본 것 중에 가장 큰 증기 기관차였다. 탄수차를 포함하여 수영장만큼이나 길고 성인 남자 두 명을 합한 키만큼이나 높았다. 할은 스케치북과 목탄 연필을 꺼내서 원 안에 원을 그린 다음 가운데에 핸들을 그렸다. 양쪽으로는 제니스의 둥근 얼굴을 감싸듯 위를 향해 옷깃처럼 길고 어두운 유선형 판을 그렸다.

넷 삼촌이 할 옆으로 와 서 있을 때 할은 바퀴를 피스톤에 연결하는 막대를 그리고 있었다. "이 기관차의 바퀴는 4-8-4 배열을 하고 있어요. 이런 기관차는 한 번도 본 적이 없어요."

"제니스는 남아프리카 Class 25NC야. 타는 듯이 더운 사막을 관통하여 화물을 나르기 위해 만들어졌지." 넷 삼촌이 만족스러운 듯이 말했다.

"굉장한 복구 작업이야." 에릭이 끼어들며 말했다. "애커먼 씨의 팀은 예술가야."

"플로는 예술가죠." 넷 삼촌이 말했다. "애커먼 씨의 여동생이고 자신의 기관차에 대한 열정이 대단해요."

"그 말을 들으니 기쁘네요, 브레드쇼 씨." 플로가 기관사실에서 몸을 밖으로 내밀어 그들에게 손을 흔들었다. "이리 올라와서 기관실 투어를 해 볼래?"

할은 재빨리 스케치북을 덮고 사다리로 뛰어 올랐고 삼촌과 에릭도 따라 올랐다.

할은 힘겹게 기관실로 기어 올라가서 플로를 보고 활짝 웃었다. "고맙습니다."

"이 사람들은 쉐일라와 그레그 씨야." 플로가 보일러의 쉬익 하는 소리 너머로 소리쳤다.

쉐일라는 적갈색 피부에 짧은 머리를 하고 있는 강단 있는 여자였다. 그녀는 녹색 폴로셔츠와 캐주얼 바지를 입었고 조종 장치에 서 있었다. 할은 그녀가 기관사라고 추측했다. 그레그는 가죽 빛깔과 올리브색 피부를 가진 체격이 다부진 남자였다. 그는 쉐일라와 같은 유니폼을 입고 더러운 모자를 쓰고 있었다. 플로가 활짝 웃었다. 그녀는 에릭이 조절 장치를 만지려고 손을 뻗치자 그의 손등을 찰싹 쳤다. "화상 입을 수 있으니까 만지지 말고 눈으로 보세요."

"물론이죠, 미안해요." 에릭은 꾸중 들은 것에 당황하여 아래쪽을 보았다. 할은 호기심 많은 소년처럼 자제력이 부족한 그가 왠지 짠하게 느껴졌다. "이렇게 인상적인 기관차의 기관실에 와 본 것은 처음이야." 에릭이 중얼거렸다.

"그레그 아저씨가 굉장히 여러 번 석탄을 삽으로 퍼 나르겠네요?" 할이 그레그에게 말했다.

그레그는 고개를 저었다. "제니스는 석탄을 자동으로 공급하는 장치인 스토커를 사용해, 우리 발아래에 있는 거대한 스크루야. 그것이 돌 때 탄수차에 있는 석탄을 모아서 연소실 중앙으로 전달해 줘."

"글래스고에서 만들어졌죠?" 넷 삼촌이 조종실을 보고 감탄하면서 말했다. 플로가 고개를 끄덕였다.

"스코틀랜드에서요?" 할이 놀랐다.

"NBLC(북영국기관차회사. 역자 주)는 엔진을 전 세계에 팔았어." 넷 삼촌이 말했다. "제니스는 배로 아프리카에 왔을 거야."

"굉장히 큰 배였겠네요." 할이 말했다. "제니스는 굉장히 무겁잖아요."

넷 삼촌이 끄덕였다. "어떤 배들은 가라앉았어. 지금까지도 바다 밑바닥에 가라앉아 있는 증기 기관차들이 있어."

"우리 여행에서는 가라앉는 일은 없을 거야." 플로가 말했다. "제니스의 탄수차를 간신히 채울 정도의 급수소만 있어. 증기 기관차는 남아프리카에서 자취를 감추었어."

"저는 선로 밑 워터트로프에서 물을 가득 채운 A4 퍼시픽 기차를 타고 여행했어요." 할이 말했다.

"물은 사바나에서 아주 귀해." 플로가 말했다. "그것이 제니스가 거대한 탄수차를 갖고 있는 이유란다."

"1만 1,000갤런 이상의 물과 19톤 이상의 석탄." 에릭이 경이롭다는 표정을 지으며 할을 보았다. "A4의 두 배 이상이야."

"기관차를 운전하면서 기관사실에서 코끼리와 코뿔소를 보는 것보다 더 멋진 일은 없을 것 같네요." 넷 삼촌이 쉐일라에게 말했다.

"코끼리와 사자는 볼 수 있어요." 쉐일라가 대답했다. "그렇지만 코뿔소는 못 봤어요. 사냥 때문에 멸종 위기에 처했어요. 코뿔소 바위는 항상 있지만요."

"코뿔소 바위요?" 할이 물었다.

"남쪽에서 보면 뿔을 가진 수컷 코뿔소처럼 생긴 바위야. 사냥꾼들이 쏜 총알에 상처가 생겼다고 하는데, 아주 그럴싸해. 그곳을 지나갈 때 승객들은 진짜 코뿔소를 본다고 생각하고 사진을 찍어."

"바위를 코뿔소로 착각하는 사람은 없겠죠?" 에릭이 웃었다.

"내일 저녁에 후크 근처를 지나갈 때 확인할 수 있을 겁니다. 후크는 무케시를 지나면 바로 나오는 심하게 꺾어진 선로예요." 그레그가 대답했다. "놓치지 않을 겁니다."

"사람들에게 그것이 바위라고 얘기 안 하나요?" 할이 물었다.

"안 해." 플로가 대답했다. "사람들은 자신들이 야생에서 진짜 코뿔소를 봤다고 생각하면서 행복해 한단 말이지. 왜 그들을 실망시키겠어?"

땋은 머리를 하고 똑같은 녹색 유니폼을 입은 승무원이 미소를 지으며 승객들을 불러서 승강장 아래에 있는 객차로 안내했다. "여기입니다, 여러분." 아홉 개의 객차로 된 기차를 따라가다 문을 반쯤 열면서 흰색 장갑을 낀 손으로 들어가라는 손짓을 했다. "여러분의 짐은 각자의 객실에 있습니다."

할은 기차 내부를 빨리 보고 싶은 마음에 계단을 쏜살같이 올라갔다. 객차 벽면은 다홍색 나무판자로 되어 있었고 카트와 여행 가방에 움푹 패인 곳과 스크래치가 보였다. 복도에 깔려 있는 짙은 황록색 카펫은 낡아서 올이 다 드러난 부분도 있었다.

"두 분은 브레쉬 씨와 함께 객차를 나누어 쓰실 거예요. 그녀가 넷과 할을 문으로 안내하며 말했다. "이곳은 고급 스위트룸입니다."

"고급 스위트룸이라고요?" 넷 삼촌이 얼굴을 찡그렸다. "일반 객실이라고 알고 있었어요."

"애커먼 씨는 여러분이 사파리 스타에서 가장 멋진 경험을 하기를 바라고 계십니다." 그녀가 그에게 가죽 장식이 달린 황동 열쇠를 건넸다. "제 이름은 카야입니다. 필요하신 것이 있으면 벨 끈을 당겨 주세요. 두 분을 모시게 되어 기쁩니다. 이번 여행에는 참가하신 손님이 많지 않습니다. 5월까지는 성수기가 아니니까요." 그녀가 인사를 하고 물러났다. "1시간 후에 애커먼 씨께서 기차 뒤쪽에 있는 전망차에서 사파리 스타의 모든 승객들에게 환영 인사를 하실 겁니다. 늦지 않게 오시길 바랍니다."

"고마워요, 그럴게요." 넷 삼촌이 말했다.

카야는 짧게 인사하고 갔다.

"고급 스위트룸!" 넷 삼촌이 할을 보았다. "객실이 크겠구나."

할은 잠금장치를 풀고 문을 밀어서 열었다. "오, 와우!" 그는 안으로 들어가서 좌우로 돌면서 보았다. 샌드위치와 과일이 놓인 작은 테이블이 있고 테이블 양쪽에는 안락의자가 있었다. 그 위에는 평면 텔레비전이 걸려 있었다. 왼쪽에는 휴게 공간이 표시되어 있는 이인용 소파가 놓여 있었다. 붙박이 옷장과 서랍이 반대쪽에 있었다. "제대로 된 침대가 있어요!" 할이 창문 옆에 있는 침대에 얼굴을 파묻고 소리쳤다. 할이 침대 위에서 구르면서 삼촌에게 말했다.

"제가 이 침대 써도 돼요?" 삼촌은 객실 끝에서 창문을 열고 있었다.

"좋을 대로 하렴."

"뭘 보고 계세요?" 할이 삼촌이 있는 곳으로 껑충 뛰어가서 삼촌 팔 아래쪽을 보았다. "욕조 딸린 우리만의 화장실이 있어요! 오, 여기는 정말 고급스러워요." 할은 기차가 덜컹거리며 선로를 내려갈 때 철벅거리는 물로 목욕을 하면 얼마나 멋질지를 생각했다. "저기를 통과하면 무엇이 나오나요?" 할이 객실 반대쪽 끝에 있는 문을 가리켰다.

"그건 방 사이를 잇는 사잇문일 거야. 베릴 씨 방으로 연결되어 있는 것이 분명해. 아마 잠겨 있을 거야." 넷 삼촌은 가방을 갖고 서랍으로 가 책과 신문을 꺼내서 서랍에 넣었다.

"사파리 스타는 한때 세계에서 가장 화려한 기차 중에 하나였어. 고급스러움의 극치였지. 그런데 지금은 조금 낡아 보이는구나. 왜 애커먼 씨가 내가 사파리 스타에 대해 글을 쓰기를 간절히 바라는지 알 것 같다. 그는 돈이 되는 손님들이 더 필요한 거야."

할은 작은 삼각형 모양의 오이 샌드위치를 집으면서 테이블에 앉았다. 그러고는 입 안에 가득 채워 넣었다. "넷 삼촌." 할이 샌드위치를 삼켰다. "삼촌께 할 얘기가 있어요."

"괜찮은 거니?" 넷 삼촌이 안경 너머로 할을 보았다.

"잘 모르겠어요." 할이 스케치북을 꺼내서 테이블 위에 놓았다. "애커먼 아저씨가 이상한 뭔가를 하고 있는 것을 보았어요." 할이 그림을 가리켰다. "이 남자한테 돈 한 뭉치를 받았어요. 그들은 나무 사이에 숨어 있었는데, 남의 눈에 띄지 않기를 바라는 것 같았어요. 그 사람들의 행동은 마치……." 할이 잠시 멈췄다. "범죄 행위 같았어요."

넷 삼촌이 가까이 와서 스케치를 내려다보았다. "정말 이상하구나."

"에릭 아저씨께 얘기해야 할까요?"

"맙소사! 안 돼. 할, 에릭 씨는 방금 은퇴하셨어. 그는 휴식을 취하러 이 기차에 탄 거야." 넷 삼촌이 킥킥 웃었다. "이 기차는 아직 역에서 출발하지도 않았어. 그런데 너는 해결할 사건부터 찾고 있구나." 삼촌이 할의 그림을 가리켰다. "이것은 완벽하게 결백한 것일 수도 있어."

"아니면 뇌물일 수도 있어요. 누군가에게 협박하는 것일 수도 있고요. 아니면 불법적인 뭔가를 파는 것일 수도 있고……."

"그만!" 넷 삼촌이 깔깔 웃었다. "네가 정확하게 맞아, 그것들 중 어떤 것일

수 있어. 사실은, 그 의심스러운 신사가 그의

어머니의 비밀 생일 파티를 위한 거대한 케이크를 구워 달라고 애커먼 씨에게 돈을 주는 것일 수도 있지!" 할이 삼촌의 농담에 얼굴을 찌푸렸다. "확실한 것은 우리는 그들이 무엇을 하고 있었는지 모른다는 거야. 성급하게 결론

내지 말자."

"저는 아무에게 아무거나 갖고 혐의를 제기하는 것이 아니에요." 할이 방
어하듯 대답했다. "어쨌든 증거가 있을 때까지는 아닌 거죠. 그렇지만 저는
알아요, 제가 보지 말아야 할 것을 봤다는 것을요." 할은 그림을 내려다보았
다. "애커먼 아저씨는 뭔가를 꾸미고 있어요."

"그럴지도 모르지, 하지만 그는 이 기차의 주인이야. 그리고 우리에게 이
객실을 제공해 준 사람이고." 삼촌은 서랍을 열었다. "오, 이것 봐." 그가 쌍
안경을 꺼냈다. "빅5를 볼 때 사용하면 되겠다."

할이 삼촌이 화제를 바꾸고 싶어 한다는 것을 알았기에 쌍안경을 들어 관
심을 보였다. "사람들이 계속 빅5에 대해 이야기하는 것을 들었는데 뭐예
요?"

"사람들이 사파리에서 가장 보고 싶어 하는 동물이야." 넷 삼촌이 손가락
으로 동물의 수를 셌다. "사자, 표범, 아프리카물소, 아프리카코끼리 그리고
코뿔소."

"그런데 왜 그 동물들이에요? 남아프리카에는 많은 동물들이 있잖아요.
저는 벌써 다섯 종류 이상을 봤어요."

"옛날에 사파리가 대부분 사냥이었을 때, 그 동물들은 사냥하기 가장 어려
웠거든." 삼촌은 옷장과 여행 가방을 열었다. "테이블 위에 책 한 권이 있어."

할은 책을 집었다. '남아프리카의 동물들', 할은 큰소리로 읽고 페이지를
획획 넘겼다. "어, 치포예요! 몽구스는 미어캣과 관계가 있다고 쓰여 있어
요." 그가 잠시 멈췄다. "우엑! 몽구스가 도마뱀과 거미를 먹어요!"

"치포가 누구니?"

"제가 만난 노란 몽구스예요. 윈스턴이 키우고 있어요. 윈스턴은 이 기차 사파리 가이드의 아들이에요." 그가 삼촌을 보았다. "치포가 저를 애커먼 아저씨를 보았던 그 빈터로 이끌었어요."

넷 삼촌이 한숨을 쉬었다. "조심해, 할. 루터 애커먼 씨는 네가 능력 있는 탐정이라는 것을 알고 있어. 그가 뭔가를 꾸미고 있다면 너를 계속 지켜볼 거야. 나는 네가 이 일을 그냥 지나치는 것이 더 낫다고 생각한다. 우리 그냥 사파리를 즐기는 것이 어때?"

할이 노란 몽구스 그림을 내려다보면서 고개를 끄덕였다. 지금은 넷 삼촌 조차도 모험에서 등을 돌리고 있다. 왜 모든 사람들이 루터 애커먼의 심기를 건드리는 것을 그렇게 걱정할까? 할은 무섭지 않았다. 만일 그가 불법적인 뭔가를 하고 있다면 그를 잡을 것이다. '셜록 다빈치가 조사 중이다.' 할은 스스로에게 중얼거렸다.

"뭐라고?"

"그냥……." 할이 밝게 미소 지었다. "우리가 늦는 것은 싫다고요."

chapter 05

애커먼의 인사말

그들이 전망차로 가는 중에 할은 격앙된 목소리를 들었다. 한 남자와 한 여자가 어느 한 침대칸에서 다투고 있었다.

"당신이 나에게 그런 것을 부탁하다니 믿을 수가 없어요!" 그 남자가 소리쳤다.

"나는 당신에게 정중하게 행동하라고 부탁하는 거예요." 할은 포샤 라마보아의 위엄 있는 목소리를 알아들었다. 그는 듣기 위해 잠시 멈췄다. "그에 관한 것으로 이 여행을 망치지 말아요."

"그가 나에게 그런 짓을 했는데도요? 당신은 그가 나이 많은 고릴라 수컷처럼 위아래로 돌격하는 동안 내가 가만히 앉아 미소 짓기를 바라요? 그가 이 열차에 타는 것을 알았다면……."

"그것이 내가 정확하게 당신에게 기대하는 것이에요." 포샤가 그의 말을 끊었다. "당신은 배우예요, 그렇죠? 그러니까 연기를 해요. 여기에 당신 자존심보다 더 중요한 것이 걸려 있어요." 그녀의 목소리가 부드러워졌다. "제발, 나를 위해서."

"할, 오고 있니?" 넷 삼촌이 복도 끝에 도착해서 뒤를 돌아보며 말했다. 할은 엿들은 것을 들키지 않기를 바라면서 서둘러서 앞으로 갔다.

전망차는 큰 창이 있어서 밝고 통풍이 잘됐다. 그곳에는 등을 벽에 대고 있는 양단으로 된 안락의자가 비치되어 있었다. 베릴은 복도 끝에 있는 유리문 근처의 편안한 안락의자에 비스듬히 기대어 앉아 있었다. 그 유리문은 선로 위 발코니 쪽으로 통했다. 할은 문을 통해서 키 큰 여자 옆에 서 있는 루터 애커먼을 볼 수 있었다. 키 큰 여자는 어두운 녹색 폴로셔츠와 전투 바지를 입고 있었고 사냥용 소총을 등에 메고 가죽끈을 가슴에 걸쳤다. 할은 그녀가 윈스턴의 엄마일 거라고 추측했다. 윈스턴이 베릴 뒤 구석에 쪼그리고 앉아 있는 것을 발견하고 손을 흔들었다.

베릴의 옆자리에서 머빈 크로스비가 멍하니 코를 파고 있었다. 그의 아내와 딸은 지루해 보였다. 에릭이 할과 넷 삼촌에게 그의 맞은편 소파에 앉으라고 손짓했다. 그들이 앉을 때 사사키와 사사키 부인이 료와 사쓰키라고 자기소개를 하면서 공손하게 목례로 인사했다. 할은 료 사사키에게 그가 외과 의사인지 물어보고 싶은 마음을 참았다.

"음바싸 씨와 라마보아 씨, 환영합니다. 자리에 앉으세요." 루터 애커먼이 포샤와 패트리스가 들어가자 거창한 몸짓으로 환영 인사를 했다. 패트리스는 화를 참느라 몸이 경직되어 있었고 포샤는 태연하고 침착했다.

"모두가 모였으므로 시작하겠습니다." 애커먼이 발코니에서 방으로 들어갔다.

"여기 있는 사람들이 손님 전부는 아니겠죠?" 할이 삼촌에게 속삭였다. "비어 있는 자리가 너무 많아요!"

넷 삼촌이 대답하기도 전에 루터 애커먼이 손뼉을 치며 주위를 환기했다.

"애커먼 레일의 가장 고급스러운 기차, 사파리 스타에 탑승하신 것을 환영합

니다! 저는 여러분의 여행을 특별하게 만들 매니저입니다. 우리는 우리와 함께 여행하기로 한 여러분의 선택에 매우 기뻐하고 있으며 여러분은 남아프리카와 짐바브웨의 생생한 야생을 경험하실 수 있을 것으로 기대합니다.”

"오늘 우리는 음푸말랑가 평야를 가로지르고 드라켄즈버그산맥의 낮은 봉

우리를 통과하여 동쪽으로 여행합니다. 밤사이 우리는 내일의 사파리를 제시간에 하기 위해 세계적으로 유명한 크루거 국립 공원 옆 호스프루잇역을 향해 북쪽으로 갈 것입니다. 그 공원은 200만 헥타르 규모의 땅에 걸쳐 펼쳐져 있고 빅5를 포함하여 수백 종의 포유류와 조류로 가득합니다. 그러니 쌍안경을 가져오세요."

손님들의 감탄하는 소리가 들렸다.

"우리는 베이트브릿지를 향해 한 번 더 북쪽으로 가기 전에 하이 티(high tea, 오후 늦게 음식, 빵, 케이크 등을 차와 함께 먹는 것. 역자 주)를 위해 오후에 기차로 돌아올 것입니다. 두 번째 날 아침에 일어나면 우리는 남아프리카와 짐바브웨 사이의 국경에 있을 것입니다. 아침 식사와 필요한 서류 작업을 한 후에 오후 사파리가 준비되어 있는 황게 국립 공원 깊숙이 들어갈 때까지 짐바브웨의 아름다운 경치를 통과하여 계속 달릴 것입니다. 우리 여행은 그다음 날 아침에 극적인 결론에 이를 것입니다. 잠비아에서의 마지막 목적지에 다다르면서 압도적인 빅토리아 폭포 다리를 건널 것입니다.

여러분은 5성급의 안락한 럭셔리 스위트에서 자연의 가장 위대한 경이로움을 목격할 것입니다. 더 가까운 막사에서 야생 동물을 경험하는 많은 기회가 있고 경험과 지식이 풍부한 동물학자인 리아나 초초베가 항상 여러분을 안내할 것입니다."

윈스턴의 엄마가 앞으로 한걸음 나왔다. "감사합니다, 애커먼 씨." 그녀가 미소 지었다. "이번 여행에서 두 개의 사파리 원정을 이끌게 되어 기쁘고 막중한 책임을 느낍니다. 여러분은 이 여행에서 풍부하고 다양한 야생 동물을 볼 것입니다. 당연한 말이지만, 이곳의 동물은 모두 야생입니다. 기차 밖 공원에서는 항상 저의 지시를 따라 주셔야 합니다. 자연은 아름답지만 위험하기도 합니다. 사람에 의해 울타리 쳐진 땅에서조차도 우리는 항상 자연을 존중하고 조심해야 합니다."

"그것이 당신이 총을 지니고 있는 이유인가요?" 베릴이 총을 곁눈질하며 물었다.

"제 총은 오로지 마지막 수단으로만 사용됩니다." 리아나가 가슴에 걸쳐진 가죽끈을 손으로 만졌다. "여러분의 안전을 위해서입니다. 불행히도 신경 안정제 총은 달려드는 동물로부터 여러분을 구할 정도로 충분히 빠르지 않습니다."

"그렇군요!" 베릴의 눈이 커졌다.

"내가 안전하게 지켜 주겠소." 머빈 크로스비가 그의 아내 위로 상체를 구부려서 베릴의 무릎을 토닥거렸다. "난 명사수예요." 그가 비뚤어진 웃음을 지으며 리아나를 올려다봤다. "사냥하는 스릴만큼 피를 끓게 하는 것은 없어요, 안 그래요?"

"여러분이 애커먼 레일에서 여행하는 동안은 어느 누구도 총을 휴대하거나 사용할 수 없습니다." 리아나가 권위 있게 말했다.

"오, 제발." 머빈 크로스비가 조롱하는 말투로 말했다. "나는 실력 좋은 사냥꾼이란 말이요. 무스(북미산 큰 사슴. 역자 주), 엘크, 곰, 너구리……." 그가 그의 가슴을 자랑스럽다는 듯이 쳤다. "나는 그것들을 다 쏴 봤지."

"여행 일정으로 돌아갑시다." 애커먼이 크로스비를 째려보는 리아나를 불안한 듯 힐끗 보면서 말했다.

"자, 들어 보세요." 크로스비가 그의 말을 무시하며 말했다. "나는 몇 년 동안 아프리카에서 큰 사냥감을 사냥했고 나를 겁주던 사자 두 마리 이상을 잡았어요. 빅5중 네 마리의 머리가 우리 집 벽에 걸려 있어요. 내가 못 잡은 건 코뿔소뿐이지요. 다섯 개 세트면 좋을 텐데 말이에요. 그것이 내가 사냥총을 가져온 이유이고 이 기차에 탄 이유지요."

객차 안에 있던 모두가 충격의 정적 속에서 머빈 크로스비를 쳐다보았다. 이를 악물고 마침내 말을 한 사람은 패트리스였다. "코뿔소는 지구상에서 가장 심각한 멸종 위기에 처한 동물 중 하나입니다." 포샤가 그의 팔을 잡았다.

"코끼리보다 더 잡기 어려울 수는 없어요." 크로스비가 불신을 존경으로 착각한 듯 말했다. "내가 잡은 것의 크기를 보고 싶어요? 내게 사진이 있으니 보세요." 그는 콤비 상의 주머니에서 핸드폰을 꺼냈다.

"그만해요, 아빠!" 니콜 크로스비가 손으로 머리를 감쌌다. "아무도 보고 싶어 하지 않아요."

"크로스비 씨, 제가 총을 사용할 때는……." 리아나가 말했다, "생명을 구하기 위해서지 빼앗기 위해서가 아닙니다. 우리는 사냥 탐험을 하는 것이 아니라 기차 사파리를 하는 것입니다. 당신은 우리 여행에서 어떤 동물도 쏘지 않을 것입니다. 사냥은 제가 허용하지 않을 뿐만 아니라 법으로도 금지되어 있습니다."

"내가 돈을 더 내면?" 머빈 크로스비가 그녀의 말을 무시하면서 루터 애커먼에게 말을 했다. "내가 내 티켓 값, 아니 우리 가족 티켓 값의 두 배를 주지." 그가 그의 가족을 몸짓으로 가리켰다." 내가 기차에서 사냥을 할 수 있게 해 준다면 내가 코뿔소를 잡아서 사체를 지붕에 묶는 것에 더 많은 돈을 당신에게 지불하겠어요. 그러면 그것을 배에 실어 집으로 가져갈 수 있지."

"죄송하지만 가능하지 않을 것 같습니다." 애커먼이 말했다. 그의 얼굴에 달래는 듯한 미소가 빠르게 지나갔다. "일단, 그것은 불법입니다. 그리고……."

"누가 알겠소? 제발, 누구나 많은 돈을 주면 시키는 대로 하기 마련이지." 크로스비가 그의 지갑을 꺼냈다. "내가 세 배를 지불하면? 네 배면?"

애커먼은 주저했다. "저는…… 크로스비 씨." 그가 다시 미소를 짓고 그의 두 손을 합쳤다. "우리 얘기가 옆길로 샌 것 같은데요. 이것은 개인적으로 논의합시다. 나중에 제 사무실로 오시겠습니까? 라운지 다음이 기차 매니저 객실입니다. 우리의 사냥 정책을 더 자세히 설명드리겠습니다. 그리고 죄송하지만 당신의 총을 가지고 와 주시면 여행 기간 동안 잘 보관하고 있겠습니다." 그는 얘기가 다 끝났다는 신호로 손뼉을 치고 모두에게 미소를 지었다. "남아프리카와 짐바브웨 야생 동물에 관한 한 리아나를 따라올 자가 없습니다. 그녀는 여행 내내 여러분의 어떤 질문에도 답을 해 드릴 것입니다."

리아나는 무관심하거나 인지하지 못한 머빈 크로스비를 냉담하게 쳐다보고 있었다.

"자, 이제 건배를 할 시간이군요." 애커먼이 베릴 옆의 진열대 안에 있는 얼음 양동이에서 샴페인 병을 꺼내 들었다. "우리의 위대한 기차 모험을 축하하기 위하여!"

카야가 빈 잔이 담긴 쟁반을 갖고 앞으로 나왔다. 애커먼이 샴페인의 코르크 마개를 터뜨렸다. 그가 잔을 채우자 모두 공손하게 박수를 쳤다.

비록 아무도 머빈 크로스비에게 말을 걸지 않았지만, 사람들은 잔을 돌리며 서로에게 자신을 소개하면서 이야기하기 시작했다. 윈스턴이 할 옆자리에 나타났다.

"넷 삼촌." 할이 삼촌의 소매를 잡아당겼다. "제 친구 윈스턴과 치포예요."

치포가 소파 팔걸이 위로 뛰어올랐다.

"만나서 반갑구나." 넷 삼촌이 윈스턴을 보고 미소를 지었다. 그런 다음 치포에게로 관심을 돌렸다. "정말로 노란 몽구스를 데리고 있구나. 멋지네! 길들여졌니?"

"얘는 치포예요." 윈스턴이 빙그레 웃었다. "치포는 자기가 원하는 대로 해요. 제가 훈련을 시키려고 했지만⋯⋯." 그는 어깨를 으쓱했다.

"넷, 자네 포샤 라마보아 씨를 만난 적 있나?" 에릭이 묻자, 넷 삼촌이 일어나 자기소개를 했다.

윈스턴은 소파에서 할의 옆자리에 앉아 베릴과 깔깔 웃으며 샴페인을 마시고 있는 애커먼을 흘깃 보았다. 그러곤 목소리를 낮춰 말했다. "너에게 해야 할 말이 있어."

"애커먼 아저씨에 관한 거야?" 할이 속삭였다.

"여기서 말하지 말자." 윈스턴이 말했다. "나를 따라와." 그가 치포를 어깨 위에 올렸다. 기차가 앞으로 덜컹거리고 기차의 기적 소리가 크게 울려 퍼졌다.

chapter 06

거미 먹기

전망차에서 슬그머니 나와 할은 윈스턴을 따라 기차 아래로 내려갔다. 치포가 그들 앞에서 달렸다.

"우리 어디 가는 거야?"

"알게 될 거야."

"끔찍한 크로스비 아저씨가 코뿔소를 쏘고 싶다고 말하는 것을 들었니?"

윈스턴이 고개를 끄덕였다. "그는 전리품 사냥꾼이야."

"그게 뭔데?"

"동물을 사냥하기 위해 돈을 지불하는 사람이야. 그런데 아무 사냥도 안해. 누군가 그들을 동물 가까이에 데려다 주면 그들은 동물을 쏘고 가죽과 머리를 가져가. 자기들이 얼마나 용감한지 자랑하면서 말이야." 그가 얼굴을 찡그렸다. "정말 싫어."

"왜 어떤 사람들은 그런 것을 하고 싶어 할까?"

윈스턴이 어깨를 으쓱했다. "아마도 자신들이 힘이 세고 강하다고 느끼게 해 주나 봐. 그렇지만 그건 진짜 추적이나 사냥이 아니야. 나는 크로스비 아저씨의 총을 없애고 그를 사자 한 무리 앞에 놓아서 꼼짝 못 하게 하고 싶어." 그가 킬킬 웃었다. "그러면 그가 얼마나 용감한지 알 수 있을 텐데."

둘은 기차 중앙에 있는 라운지에 도착했다. 그곳에는 넓은 창문이 있었고 금실로 기운 올리브색 카펫이 깔려 있었다. 아이보리색 페인트가 칠해진 천장에는 천장용 선풍기 두 대가 달려 있고, 업라이트 피아노(현을 세로로 쳐 놓은 직립형 피아노. 역자 주)가 긴 바의 반대편 벽에 놓여 있었다. 바에는 기차가 움직일 때 가볍게 울리는 술병이 놓여 있는 선반이 같이 있었다.

치포가 뛰어올라 바를 따라 달리더니 윈스턴의 어깨 위로 올라갔다.

"이 사파리 기차에는 승객이 많지 않아." 할이 가죽 의자 수를 눈여겨보면서 말했다. "이 기차는 훨씬 더 많은 승객을 수용할 수 있었어."

"성수기에는 기차가 승객들로 꽉 차곤 했대. 그런데 애커먼 철도 회사가 힘든 시기를 보내고 있다고 엄마가 말씀하셨어." 그들은 솔기가 터져 있고 충전재가 사라진, 다리를 뻗을 수 있는 긴 의자를 지나갔다. "그리고 부자들은 모든 것이 완벽하기를 원해."

"나는 사파리 스타가 완벽하다고 생각해." 할이 보드게임, 종이 표지로 된 낡은 책과 여행 서적으로 꽉 채워진 낮은 책장을 주목하면서 말했다. 삼촌의 책 중 하나가 책장에 있는 것을 보고 할은 미소를 지었다.

"엄마는 상황이 더 나빠지면 직장을 잃을까 봐 걱정하셔. 하지만 나는 오늘 승객들이 거의 없어서 기뻐. 왜냐하면 기차가 손님들로 가득 찼다면 나는 올 수 없었을 테니까."

"내 생각에는 애커먼 아저씨가 삼촌에게 우리 티켓을 준 것 같아. 그래서 삼촌이 신문에 사파리 스타에 대해서 쓸 거야." 할이 말했다. "어쩌면 그 글을 읽고 더 많은 사람들이 오지 않을까?"

"삼촌이 뭐라고 쓰느냐에 달렸지."

그들이 라운지를 떠날 때 할은 침묵했다. 할은 삼촌이 이 기차에 대해 어떻게 생각하는지 확신할 수 없었다.

"만약 많은 사람들이 예약을 원했다면 애커먼 아저씨는 머빈 크로스비 아저씨 같은 사람을 거절할 수 있었을 텐데."

"그가 코뿔소를 쏘는 것은 허락되지 않을 거야, 그렇지?" 할이 물었다.

윈스턴이 고개를 저었다. "그가 코뿔소를 보기라도 한다면 운이 좋은 걸 거야. 코뿔소는 거의 남아 있지 않아."

"코뿔소는 보호되고 있잖아?"

"대부분의 코뿔소들이 그렇지, 하지만 좀 복잡해. 어떤 보호 구역에서는 사냥용 코뿔소를 사육시키는 특별한 자격증을 갖고 있어. 그리고 그것으로 큰돈을 벌어. 그 돈은 코뿔소를 보호하는 데 도움을 줘. 가장 나쁜 사람은 밀렵꾼들이야. 그들은 사냥 금지 구역으로 침입해서 뿔을 얻기 위해 코뿔소를 죽여."

"뿔이라고?"

"코뿔소의 뿔은 같은 무게의 금보다 더 값어치가 있어. 밀렵꾼들은 코뿔소를 죽이고 뿔을 톱으로 잘라서 팔아." 그가 고개를 절레절레 흔들었다.

할은 충격을 받았다. "뿔이 왜 그렇게 가치가 있어?"

"왜냐하면 귀하니까. 돈이 많은 사람들은 뿔로 장신구를 만들어서 몸에 착용해. 그러면 모두가 그들이 돈이 많다는 것을 알게 되지." 윈스턴이 어깨를 으쓱했다. 다른 사람들은 코뿔소의 뿔이 치유력이 있다고 생각해. 그들은 그것을 갈아서 가루로 만들어 약처럼 먹어."

"효과가 있어?"

"엄마가 말씀하시는데 모래를 먹는 편이 더 낫대." 윈스턴이 고개를 흔들고 한숨을 쉬었다. "그리고 최악의 사람들이 있는데, 그들은 죽이는 것을 즐겨." 윈스턴이 안경 너머로 할을 쳐다보았다. "나는 크로스비 씨가 부패한 사람이라고 생각해."

할이 고개를 끄덕였다. "그는 무례해."

"그리고 개코원숭이 엉덩이보다 흉측해."

할이 깔깔 웃었다.

"여기가 내 객실이야." 객실 통로를 지나가며 할이 말했다.

"좋아 보이네, 고급 스위트룸이구나." 윈스턴이 걸음을 늦추지 않고 말했다. 할은 어디로 가는지 궁금했다.

그들은 식당차를 통과해 지나갔고 그다음 서비스 차량을 지나갔다. 철로 위 바퀴의 리듬 너머로 달그락거리는 주방 타악기의 불협화음이 들렸다. 그 너머에 있는 객차는 오래됐고 승객들의 객차처럼 최근에 새로 꾸미지도 않았다. 페인트칠은 벗겨졌고 닳아 해진 장판이 바닥에 카펫 대신 깔려 있었다. 윈스턴이 객실 문을 밀어서 열자 치포가 쏜살같이 들어갔다. "여기가 나와 엄마의 방이야."

객실에는 한쪽 벽에 고정되어 있는 두 개의 침상이 있었고 안은 더웠다. 윈스턴이 바람이 들어오게끔 창문 가장자리를 잡고 아래로 내려 기차 몸체 안으로 넣었다. 할은 여름 나무의 진한 냄새를 맡고 미소를 지었다.

치포가 아래쪽 침상으로 뛰어 내려가자 할은 치포 옆에 걸터앉았다. "그래서……." 그가 음모를 꾸미려는 듯이 윈스턴을 쳐다보았다. "우리가 왜 여기 온 거야?"

"치포가 배고파 해." 윈스턴이 바닥에 책상다리를 하고 앉았다. 그러고 바닥에 있는 배낭 앞주머니에서 깨끗한 플라스틱 박스를 꺼내면서 대답했다. "너는 거미를 무서워하지 않지?" 그가 뚜껑을 열었다. "걱정 마, 죽은 거미야." 윈스턴은 다리가 둥글게 말려 있는 한 묶음을 뽑아냈다. "헤이, 치포. 봐, 냠냠 거미야."

놀라서 얼어붙은 할은 몽구스가 윈스턴의 손가락에 있는 거미를 잡아서 자기 입 속으로 쑤셔 넣는 것을 보았다. "어디서 거미를 잡았니?"

"네가 나를 만났을 때 내가 나무 밑에서 뭘 하고 있었겠니?" 윈스턴이 활짝 웃었다. "즙이 많은 것들도 잡았어." 그가 박스에서 더 큰 거미를 꺼내자 할이 뒷걸음질쳤다.

"네가 애커먼 아저씨에 관해 어떤 것을 발견했다고 말했지?" 그가 압박하는 듯 물었다. 지나가는 나무들의 얼룩덜룩한 그림자가 객실 안에 비쳤다.

"그랬지."

윈스턴이 눈을 반짝이며 말했다. "내가 짐꾼들이 가방을 나르는 것을 도운 후에 그들이 나에게 애커먼 아저씨에게 메시지를 전해 달라고 했어. 우리는 갈 준비가 되었다고 말이야. 그런데 애커먼 아저씨의 사무실 문밖에 있을 때 그가 전화 통화하는 소리를 들었어."

"무엇을 들었어?"

"그가 말하길……." 윈스턴이 눈을 감고 마치 머리속에서 대화를 재생하듯이 각 단어를 천천히 소리 내어 말했다. "레온 씨, 저는 그 심각한 위험성을 잘 알고 있습니다. 그 계획은 잘 마련되어 있고 특별한 준비를 마쳤습니다. 당신의 고객은 실망하지 않을 것입니다. 제가 약속드립니다."

"레온이 누구야?" 할이 의아해하며 큰소리로 말했다. 그러곤 즉시 애커먼에게 돈을 건넸던 그 남자를 떠올렸다.

"전혀 모르겠는데." 윈스턴이 밝게 말했다. "너는 탐정이잖아. 나는 네가 알아낼 거라고 생각했어."

할이 입술을 물었다. "마치 애커먼 아저씨가 불법적인 뭔가를 하기 위해 레온이라는 사람한테서 돈을 받은 것처럼 들려. 나는 그것이 무엇인지 궁금해……." 윈스턴이 또 하나의 거미를 치포에게 먹였다. "네가 먹이를 주는 동안 내가 치포를 그려도 돼? 그림을 그리면 생각이 잘돼."

"물론이지." 윈스턴이 대답했다. "치포는 먹을 때만 가만히 앉아 있어."

할이 스케치북과 목탄 연필통을 꺼냈다. 치포의 하트 모양 머리를 그리면서 전화 통화에 대해 생각했다. 루터 애커먼은 분명히 그 미스터리한 레온을 위해 일하고 있다. 그런데 어떤 특별한 준비를 마쳤다는 것일까? 그 계획이 무엇이었을까? 할은 뒤로 당겨 핀으로 고정시킨 듯한 작고 뭉툭한 세모 모양의 귀와 호박색 눈 주위의 둥근 그림자를 그렸다. "많은 사람들이 애완동물로 몽구스를 기르니?"

"아니, 치포는 내가 어렸을 때부터 나와 함께 컸어. 치포 무리가 독수리한테서 공격을 받아서 치포의 엄마가 새끼들을 보호하려다가 독수리에게 잡혀 갔어. 엄마는 치포가 우는 것을 발견하곤 집으로 데리고 왔지. 다른 새끼들은 살아남지 못했고 나는 치포가 이유식하는 것을 도왔어. 후에 치포를 야생으로 돌려보내려고 했는데 치포가 가기를 원하지 않았어." 그가 치포의 턱 밑을 손가락으로 쓰다듬었다. "치포는 나와 엄마가 자기 무리라고 결정한 거야."

"너희 엄마가 너에게 이유식하는 것을 가르쳐 줬니?"

윈스턴이 고개를 끄덕였다. "나는 조부모님의 자연 보호 구역에서 자랐어. 우리는 여러 종류의 동물을 돌봤지."

"이제 더 이상 거기에 살지 않는 거야?"

"우리는 조부모님이 돌아가셨을 때 보호 구역을 팔아야 했어. 지금은 프리토리아에 있는 아파트에 살아. 엄마는 파트타임 수의사 겸 사파리 가이드로 일하셔. 그리고 아빠는 배관공이야. 그렇지만 우리는 저축을 해. 언젠가 보호 구역을 다시 사고 거기를 동물로 가득 채울 거야. 나는 엄마처럼 수의사가 되고 싶어." 그가 치포에게 또 하나의 거미를 먹였다. "나는 다른 사람들보다 더 동물을 좋아해."

"왠지 알겠어." 할은 치포의 코를 그리기 위해 작은 방울 모양을 그리고 새끼손가락으로 문질러 번지게 했다. 순간 할은 강아지 베일리를 생각했다.

객실 문이 열리고 리아나 초초베가 그들에게 미소를 보였다. "벌써 친구를 만들었구나, 윈스턴?"

"엄마." 윈스턴이 일어났다. "얘는 할이예요."

"방금 네 삼촌을 만났단다, 할. 너희 셋이 같이 있을 거라고 추측했지." 할은 리아나가 사냥총의 가죽끈을 머리 위로 들어서 벗는 것을 빤히 쳐다보았다. "걱정 마, 이 총에는 총알이 들어 있지 않아. 나는 야생이 얼마나 위험한

지 강조하기 위해서 손님들을 만날 때 총을 멘단다." 그녀가 웅크리고 앉아서 침상 밑에서 나무 상자를 꺼냈다. "보통은 사람들이 내 말을 듣게 하는 효과가 있는데 오늘은 그렇지 않네." 그녀가 뚜껑을 열고 총알이 든 두꺼운 종이 상자 옆에 총을 넣었다. "자, 이제 사라졌다." 그녀는 보관함을 닫고 아이들에게 미소를 지었다. "그림을 그리고 있니?"

할이 스케치북을 돌렸다.

"치포! 아주 잘 그렸네."

"나도 보자." 윈스턴이 상체를 위로 구부렸다. "이것 봐, 치포 너야." 몽구스가 머리를 들고 킁킁거리며 냄새를 맡았다.

"나는 사파리가 너무 기다려져." 할이 스케치북을 덮으며 말했다. "나는 내가 보는 모든 동물을 그릴 거야."

"많이 보게 될 거다." 리아나가 말했다. "내가 말한 대로 한다면 우리는 더 가까이 다가갈 수 있을 거야."

"엄마, 레온이라는 사람을 아세요?" 윈스턴이 물었다.

"아니." 리아나가 얼굴을 찡그렸다. "왜?"

"아무것도 아니에요." 할이 일어나며 말했다. "모두 전망차를 떠났다면, 나는 가야 해." 그가 윈스턴을 쳐다봤다. "우리 저녁 식사 때 볼 수 있을까?"

"우리는 서비스차량에서 직원들과 여기로 돌아와서 먹을 거야." 리아나가 말했다. "그렇지만 우리는 사파리 때문에 내일 아침 일찍 만날 거야." 그녀가 윈스턴을 쳐다보았다. "너도 따라가고 싶다면 학교 과제를 시작하는 것이 좋을 거야, 누누(윈스턴의 애칭)."

"네, 엄마." 윈스턴이 할을 위해 문을 열면서 짜증 난다는 듯 눈동자를 굴렸다.

"내가 뭔가를 발견하면 알려 줄게." 할이 속삭이자 윈스턴이 고개를 끄덕였다.

할은 객실로 돌아가면서 해결할 사건이 생겼다는 친근한 스릴에 활기가

넘쳤다. 애커먼은 무슨 일을 꾸미고 있을까? 레온은 누구일까? 그리고 그들의 비밀 계획은 무엇일까? 할은 번뜩 한 가지 생각이 떠올랐다. 애커먼이 크로스비에게 환영 인사 후에 그의 사무실로 와 줄 것을 요구했었다. 그들은 분명 지금 대화를 나누고 있을 것이다. 할은 '기차 매니저'라고 쓰여 있는 얇은 금속 명판이 달린 문이 다음 객차였다는 것을 기억하며 객실 통로를 서둘러 지나갔다. 할이 다가갔을 때 문은 열려 있었고 머빈 크로스비가 나와 할은 뒷걸음질쳤다.

"당신을 믿을 수 있다는 것을 알고 있어요, 루터 씨." 크로스비가 애커먼과 악수를 하고 있었다. "아, 그리고 내 총 말이에요……."

"물론, 총은 계속 갖고 계시면 됩니다." 애커먼이 그에게 공모하는 듯한 미소를 보냈다. "다른 손님들 앞에서는 그렇게 말해야 했습니다, 이해하시나요?"

크로스비가 깔깔 웃었다. "이해합니다."

할은 몸을 떨었다. 그는 레온이 누구인지, 그 비밀 계획이 무엇인지 알 것 같았고, 그것을 조금도 좋아하지 않을 것 같다는 끔찍한 느낌이 들었다.

chapter 07

동물과 함께
저녁 식사를

넷 삼촌은 저녁 식사를 위해 옷을 갈아입고 객실 테이블에 앉아 기사를 쓰고 있었다. "일을 조금 하고 있었어." 할이 들어오자 그가 말했다.

"윈스턴하고는 재밌게 놀았니?"

"우리는 치포에게 죽은 거미들을 먹였어요."

"멋지구나." 넷 삼촌이 쳐다보지 않고 말했다.

할은 그가 목격한 애커먼과 크로스비 사이의 거래에 대해 삼촌에게 말하고 싶었지만 삼촌을 방해하고 싶지 않았다. 대신 여행 가방을 열어서 저녁 식사 때 입기 위해 가져온 남색 치노 바지(질긴 면직물로 만든 입기 편한 바지. 역자 주)와 하얀 폴로셔츠를 꺼내서 갈아입었다.

"오! 좋아, 준비가 다 됐구나." 할이 자신을 거울에 비쳐 보고 있을 때 넷 삼촌이 고개를 들고 말했다. "아주 깔끔해."

"넷 삼촌, 어떤 것에 대해 얘기해도 돼요?"

"물론이지." 삼촌이 펜을 상의 주머니에 넣었다. "하지만 저녁 먹으면서 하자, 배가 몹시 고프구나."

그들이 식당차에 도착했을 때 이인용 테이블에 혼자 앉아 있는 에릭 러브조이 외에 아무도 없었다. 웨이터가 그들에게 인사를 하고 아주 깨끗한 하얀 테이블보 위에 크리스털 유리잔과 은으로 된 포크, 나이프, 스푼 등이 세팅된 사인용 테이블로 안내했다.

"네가 뭔가 나에게 말하고 싶어서 입이 간질간질하구나?" 자리에 나란히 앉으면서 넷 삼촌이 말했다. "그게 뭔대? 궁금하네." 삼촌은 접시에 놓인 롤빵 한 귀퉁이를 떼어서 입어 던져 넣었다.

"그게……." 할이 우연히 엿들은 거래에 대해 삼촌에게 말하려고 했을 때 관련된 두 남자인 루터 애커먼과 머빈 크로스비가 식당차 안으로 성큼 들어왔고 크로스비 부인과 니콜이 뒤따라 들어왔다. 애커먼이 바로 그들을 데리고 와서 옆 테이블에 앉게 하고 아멜리아를 위해 의자를 뒤로 뺐다. "나중에 말할게요." 할이 숨죽여 말했다.

넷 삼촌이 크로스비를 힐끗 보고 목례를 했다.

포샤 라마보아와 패트리스 음바싸가 코너 테이블에 앉았다. 그들은 차분해 보였다. 하지만 자리에 앉자 서로에게 격렬하게 속삭이기 시작했다. 할은 그들이 패트리스가 싫어하는 그 남자 때문에 여전히 언쟁 중이라고 추측했다. 그리고 그 남자가 누구인지 알 것 같았다.

베릴이 체크무늬 파시미나(부드러운 모직의 긴 숄. 역자 주)를 어깨에 걸치고 성큼 들어와서 버젓이 에릭 맞은편에 앉았다. "우리를 같이 앉게 배치했어요!" 그녀가 아양 떠는 듯이 말했다. "내가 보기에는 그들은 우리 둘 다…… 이렇게 생각하는 것 같아요." 그녀가 몸을 앞으로 기울여서 그 단어를 분명하게 발음했다. "싱글." 에릭의 얼굴이 빨개졌고 할은 웃음을 멈추기 위해 고개를 돌려야 했다.

웨이터가 료와 사쓰키 사사키를 할과 삼촌이 앉은 테이블로 안내했다. 넷 삼촌이 일어났고 할도 일어났다.

"안녕하세요." 료가 말했다. "같이 앉아도 되겠습니까?"

사쓰키가 머리 숙여 인사하자 할도 똑같이 따라했다.

"물론이죠." 넷 삼촌이 대답했고 모두가 자리에 앉았다. "사사키 씨, 당신은 의사입니까?"

"저는 외과 의사입니다. 그리고 료라고 불러 주세요."

"어떠니?" 넷 삼촌이 할을 보고 활짝 웃었다. "할은 당신이 의료계에서 일할 거라고 추측했어요."

"저는 사사키 씨가 부인의 맥박을 짚는 것을 보았어요." 할이 대답했다. "부인께서 편찮으신 게 아니었으면 좋겠어요."

사쓰키가 이해를 못한 듯한 표정을 짓자 료 사사키가 '편찮다'라는 단어를 번역해 주었다. 그녀는 고개를 흔들면서 손을 배에 갖다 댔다. "아기가 태어날 예정이에요."

할과 넷이 그들을 축하해 주었다. 잎채소와 호두, 배 한 조각을 소스로 버무려 만든 샐러드가 담긴 흰 접시가 그들 앞에 놓였다.

"사쓰키는 교토에 있는 신토 사원에서 일해요." 료가 그녀에게 격려하는 미소를 지으며 말했다.

"신토 사원이 뭐예요?" 할이 물었다.

"신토는…… 어……." 사쓰키가 적당한 단어를 떠올리면서 혼자 빙그레 웃었다. "종교와 같은 거예요, 또한 삶의 길이지요. 사원은……." 그녀가 손가락을 깍지 꼈다. "자연과 조상과 과거와의 연결이라고 할 수 있어요."

"일본 전국에 신토 사원이 있어요." 료가 말했다. "많은 사람들이 그들의 종교와 상관없이 사원을 방문해요."

머빈 크로스비가 옆 테이블에서 우렁찬 목소리로 웃자 사쓰키의 얼굴이 어두워지며 고개를 흔들었다. "신토에서는 자연의 모든 영혼이 신이에요. 신토는 신의 길, 자연의 길을 의미해요." 그녀가 물 한 모금을 마셨다. "어떤 나쁜 사람들은 자연을 전혀 존중하지 않아요."

"우리는 늘 함께 사파리 가기를 원했어요." 료가 아내의 손을 잡으며 말했다. "하지만 사쓰키는 크로스비 씨가 여기 있다는 것을 알고는 행복해하지 않아요. 그는 교토 근처 고대 숲 자리에 대형 카지노 건설을 진행하는 프로젝트의 배후에 있어요. 이것은 우리에게 재앙이 될 것입니다. 사쓰키는 반대 시위를 조직하는 것을 도왔어요."

"잘하셨어요." 할이 감동하여 말하자 사쓰키는 미소를 지었다.

"저는 몇 년 동안 일본에 가 보지 못했습니다." 넷 삼촌이 아쉬운 듯이 말했다. "신칸센은 제가 가장 좋아하는 최고의 기차 중 하나죠."

"총알 기차요?" 할이 물었다.

"맞아, '총알 기차'라는 별명은 기차의 코 모양과 속도에서 붙여진 거야. 1시간에 320킬로미터의 속도로 달릴 수 있어."

사람들이 전채요리 접시를 비우자 빈 접시를 치우고 메인 요리가 나왔다. 사사키와 넷 삼촌은 일본에 대해 이야기했다.

"바로 이거야." 크로스비는 스테이크가 놓인 것을 보고 만족스러운 듯이 고함을 질렀다. "고기가 거의 날거라 심장 박동이 느껴지는 것 같군."

"목소리 좀 낮춰 주시겠습니까?" 에릭이 몸을 돌려 예의 바르게 말했다. "우리는 대화를 나누려고 애쓰고 있습니다."

베릴은 에릭이 머빈 크로스비에게 핀잔준 것에 너무 기쁜 나머지 큰소리를 내어 킥킥 웃었고 식당차에 있던 모두가 그를 쳐다봤다.

"당신들 뭘 보고 있어?" 머빈 크로스비가 호통을 쳤다. "많은 양의 소고기 먹을 생각에 신이 난 남자 처음 봐?" 아무도 대답하지 않았다. "내가 육즙 많은 코뿔소 스테이크를 먹을 때까지 기다려요." 그가 사람들을 자극했다. "그러면 내가 내는 소리를 확실히 들을 거요."

패트리스가 의자를 박차고 벌떡 일어났다. 의자가 뒤로 밀리면서 긁히는 소리를 냈다. 포샤가 그를 확 잡아당겨 다시 의자에 앉혔다.

"아빠, 그만해요." 니콜이 어깨가 귀까지 올라간 채로 의자에 주저앉았다. "아빠가 너무 창피해요!"

아멜리아 크로스비는 괴로운 표정으로 먹지도 못한 채 딸 옆에 조용히 앉아 있었다.

"진짜로 코뿔소를 먹을 건 아니죠?" 할이 큰소리로 말할 의도는 아니었지만 머빈 크로스비가 이미 그를 보려고 고개를 돌렸다.

"너는 코뿔소가 귀엽다고 생각하지? 그렇지? 내가 너에게 말해 줄 것이 있단다. 코뿔소는 킬러야. 뿔은 싸우고 박고 찌르기 위해 있는 거야. 네 뼈에서 고기를 찢어서 저녁 식사로 먹을 거야, 아무 생각 없이." 그는 스테이크 덩어리를 잘라서 입을 벌린 채 씹었다. "우리는 고기를 먹어, 코뿔소가 그렇게 하듯이. 우리가 먼저 그것을 죽이는 거야, 그것들이 그렇게 하듯이. 그게 바로 자연이야."

"코뿔소는 초식 동물이에요! 그리고 소는 위험하지 않아요." 할이 화내지 않으려고 애쓰면서 말했다. "닭이나 양도 마찬가지예요. 아저씨는 배가 고파서 코뿔소를 죽이는 게 아니에요. 단지 재미를 위해서 죽이는 거죠!"

"젠장! 네 말이 맞아. 사냥은 재미로 하는 거야. 일본인들은(그는 사사키를 가리켰다) 고래를 사냥해. 너희 영국인들은(그가 할을 고갯짓으로 가리켰다) 여우와 꿩을 사냥해. 사람은 역사가 시작될 때부터 사냥을 해 왔어."

"만약 아저씨가 단지 재미로 지구상에 마지막으로 남아 있는 코뿔소들 중 하나를 죽이고 싶어 한다면……." 할이 일어났다. "아저씨는 악마예요!"

"할." 넷 삼촌이 그의 팔을 잡으며 조용히 말했다. "저 사람 말을 듣지 마라. 아무도 코뿔소를 쏘지 않을 거야, 앉아."

"여러분, 여러분!" 루터 애커먼이 그들을 향해 서둘러 왔다. "이것이 저녁 식사를 하면서 나누기를 원했던 종류의 대화인가요? 그런 것 같지 않은데요?" 그가 객차 안을 불안하게 휙 둘러봤다. "그 이야기는 그만하시는 것이 어떨까요? 그래야 모두가 평화롭게 식사를 할 수 있을 테니까요."

"저 아저씨가 먼저 시작했어요." 할이 머빈 크로스비를 노려봤다. 할은 너무 화가 나서 몸을 떨었다.

머빈 크로스비가 야비하게 웃었다.

"이제, 얘야." 애커먼이 역겨운 미소를 지으며 말했다. "하찮은 비난으로 모든 사람들의 저녁 식사를 망치지 말자."

"아저씨가 왜 크로스비 아저씨에게 알랑거리는지 내가 모른다고 생각하지 마세요." 할이 애커먼을 노려보면서 대답했다.

"도대체 무슨 소리냐?" 애커먼이 불안한 듯이 웃었다.

"할." 넷 삼촌이 그의 목소리로 경고의 신호를 보냈다.

"나는 아저씨가 기차역 뒤에서 한 남자로부터 돈을 받은 것을 봤어요. 그것은 뇌물이었어요, 그렇죠?" 사람들 사이에서 헉! 하는 소리와 함께 모두가 할을 주목하는 것을 느낄 수 있었다. 할은 스케치북을 꺼내 루터 애커먼이 돈을 받는 그림을 펼치고 높이 들어 보였다. "그리고 아저씨는 레온이라는 사람과의 통화에서 특별한 준비를 했다고 말했어요. 내게 증인이 있어요. 크로스비 아저씨가 기차에서 코뿔소를 쏠 수 있도록 돈을 건넨 사람이 그 사람인가요?" 오직 그의 무거운 숨소리만으로 가득 찬 긴 침묵이 있었다.

"오! 애야, 내가 환상에서 벗어나게 해 주마." 루터 애커먼이 차분하지만 차갑게 말했다. "너 같은 어린아이에게 설명할 필요는 없지만 내가 어떻게 기차에서 사냥하는 것을 허용하지 않을 것인지에 대해 크로스비 씨와 저녁 식사 전에 개인적으로 얘기를 나누었단다. 나는 그에게 우리가 잠비아에 도착하면 즐길 수 있는 사냥 보호 구역에 대해 얘기했어. 안내 책자까지 드렸지, 그렇지 않나요? 크로스비 씨?"

"물론, 그랬지요." 크로스비가 고개를 끄덕였다.

"내가 레온 씨와 얘기했던 그 특별한 준비는 또 다른 고객을 위한 거야."

"그것은 나를 위한 거예요." 포샤 라마보아가 말했다. "레온 씨는 나의 영양사입니다. 나는 알러지가 있어요." 그녀가 할에게 미안한 듯이 미소를 지었고 할은 가슴이 떨렸다.

"공개적으로 얘기하게 되어 죄송합니다, 라마보아 씨." 애커먼이 할에게 떫은 표정을 보이며 말했다.

포샤가 손을 내저었다. "아니에요."

"네가 상관할 바는 아니지만 네 그림 속 그 남자는 엔조야. 그리고 그림에서 분명히 볼 수 있듯이, 나는 그에게서 돈을 받고 있는 것이 아니라 내가 그에게 돈을 주고 있었어. 그는 기관차 부품 공급업자고 나는 부품을 전문가에게 공급받아야 해. 그 부품들은 싸지 않고 부품 수집상들은 현금만 받지." 그가 잠시 멈췄다. "나는 네가 탐정놀이에 심취해 있는 걸 알지만 이번 놀이는 지나친 것 같구나. 크로스비 씨와 라마보아 씨에게 사과하는 것이 좋겠구나. 그래야 우리 모두 즐거운 저녁 식사를 할 수 있을 테니까 말이야."

할은 입술이 바싹 말라 말하려고 입을 열었지만 아무 말도 안 나왔다.

머빈 크로스비가 자신의 손을 귀에 갖다 댔다. "안 들려."

"죄송합니다, 크로스비 씨. 죄송합니다, 라마보아 씨." 할이 중얼거렸다.

"뭐라고?" 머빈 크로스비가 이를 드러내며 말했다.

"당신은 완벽하게 들었어요, 크로스비 씨." 넷 삼촌이 할에게 위로의 눈빛을 보내며 말했다. "앉아라, 할."

할이 앉았다. 부끄러움으로 얼굴이 화끈거렸다.

사쓰키 사사키가 테이블을 가로질러 할의 스케치북을 당겼다. 뒤로 넘겨서 빈 페이지를 뜯어도 되는지 동의를 구하며 할을 쳐다봤다. 할은 고개를 끄덕였다. 사쓰키는 얇은 종이를 접고 완벽한 정사각형을 만들기 위해 직사각형 모양으로 조심스럽게 찢었다. 할이 사쓰키의 민첩한 손가락이 종이를 돌리고 전문가처럼 접는 것을 보고 있었고 넷 삼촌은 료와 대화에 빠져 있었다. 그녀는 주름을 따라 종이를 밀고 날개를 만들었다. 각각의 동작은 이전보다 더 복잡했다. 할은 종이를 접는 속도와 확실성에 도취되었고 그녀가 무엇을 만드는지 알아내려고 애썼다. 할은 종이가 배의 선체처럼 휘어졌기 때문에 배라고 생각했다. 그러나 그녀가 그것을 돌리자 할은 자신이 뒤쪽을 보고 있었다는 것을 깨달았다.

"부엉이야." 그녀가 그것을 테이블 위, 할의 앞에 세워 놓으면서 말했다. "행운을 위해서!"

"제 거예요?" 할이 감동받았다.

사쓰키가 고개를 끄덕였다. "기분이 안 좋을 때 종이접기를 하면 마음이 차분해지고 해결책이 보이지."

"나에게 그림과 같은 거네요." 할이 그녀의 친절함에 감사하며 미소를 지었다.

객실로 돌아오자 넷 삼촌이 그를 앉혔다. "괜찮니?"

"저는 괜찮아요." 할은 마음속에 부끄러움이 밀려왔지만 거짓말을 했다. "내가 어떻게 그렇게 틀렸는지 이해할 수 없어요."

"너는 크로스비 씨가 너를 자극해서 자제력을 잃게 하는 수법에 넘어가지 말아야 했어. 만약 네가 더 알아볼 시간이 있었다면 너는 레온이 누구인지 알아냈을 텐데. 단서를 갖고 있는 것과 증거를 갖고 있는 것은 다르다는 것을 누구보다도 더 잘 알고 있잖니?" 할은 혼날 거라고 생각했으나 삼촌은 고개를 흔들며 말했다. "그는 정말 혐오스러운 사람이야."

"삼촌은 저에게 화나지 않아요?"

"루터 씨가 공개적으로 너에게 망신을 줘서 충분히 벌 받았어. 내가 보탤 필요가 없지." 넷 삼촌이 한숨을 쉬었다.

"내일 사파리는 끔찍할 거예요." 할이 비참하게 말했다. "모두가 나를 바보 같은 아이라고 생각할 거예요."

"말도 안 돼. 루터 씨는 그렇게 생각하지 않을 거고 그의 부인과 딸을 제외하고 만약 그가 여기 안 왔다면 더 행복하지 않을 사람은 이 기차에 없다고 생각해. 나는 네가 모든 사람들이 네 편이라는 것을 알게 될 것이라고 확신해."

넷 삼촌의 말에 할은 기분이 나아졌다. 그러나 식당차에서 있었던 그 일은 할의 얼굴을 다시 달아오르게 했다. 윈스턴이 거기에 없어서 자신이 망신당하는 것을 목격하지 않은 것이 기뻤다. 에릭 러브조이도 그 자리에 없었더라면 좋았을 거라고 생각했다. 할은 은퇴한 형사에게 깊은 인상을 주고 싶었다.

"잠자리에 들어야 해." 넷 삼촌이 자켓을 벗으며 말했다. "내일 일찍 출발해야 하니까 말야."

할은 침대로 올라가서 창밖 세상을 멍하니 보았다. 사물의 검은 윤곽이 모호하게 보였다. 별이 총총한 밤하늘 아래에 드라켄즈버그산맥이 자고 있는 거대한 용처럼 놓여 있었다. 할은 루터 애커먼을 그린 그림을 다시 내려다보았다. 돈을 건네는 손을 잘못 본 걸까? 할은 그렇게 생각하지 않았다.

chapter 08

동틀 무렵에
피리 부는 사람

넷 삼촌의 시계 알람이 쩍쩍거리며 울릴 때 할은 눈을 뜨고 객실 천장을 멍하니 바라보고 있었다. 할은 잠들지 못한 밤을 보냈다. 기차가 멈췄을 때 잠에서 깨 다시 잠들지 못했다. 지난밤의 사건이 꿈속에서 계속 반복됐다. 증거 없이 애커먼의 혐의를 제기하는 실수를 했다. 순간적으로 애커먼의 냉정한 대응에 흔들렸지만 엔조에 관한 이야기가 사실이 아니라는 것을 확신했다. 플로를 만나면 예비 부품 중개상에 대해 물어보기로 결심했다. 똑바로 앉아서 나무 블라인드 사이를 들여다봤다. 사파리 스타가 호스프루잇 역 바깥쪽 측선에 멈춰 섰다. 세상은 짙은 사파이어 빛으로 빛났고 태양은 아직 떠오르지 않았다.

넷 삼촌이 알람을 끄려고 시계를 더듬었다. 그리고 안경을 찾으려고 침대 사이에 있는 작은 테이블을 더듬거리면서 쿵 소리를 냈다.

"안녕히 주무셨어요?" 할이 속삭였다.

할은 엄마가 사파리 갈 때 입으라고 사 준 카키색 긴 반바지와 엷은 황갈색 폴로셔츠를 꺼냈다. 할은 과연 어떤 동물을 보게 될지 떠올리자 흥분의 전율을 느꼈다.

옷을 입고 준비가 끝나자 넷 삼촌이 앞장서서 객실 밖으로 나가 길을 나섰다. 할은 머빈 크로스비와 하루를 같이 보낼 생각에 배가 노끈으로 조여지는 것 같았다. 할은 그 남자가 자신의 인생 최초 사파리를 망치게 놔두지 않을 생각이었다.

기차에서 내려오는 것은 또 다른 세계로 들어가는 것과 같았다. 먼지투성이 땅은 새벽 이슬에 가물거렸다. 공기는 차가웠고 새들의 시끌벅적한 재잘거림으로 가득 찼다. 리아나 초초베가 허리에 손을 얹고 손님들을 기다리는 곳을 향해 걷는 동안 자갈을 밟는 소리가 계속 났다. 잠에서 덜 깬 승객들이 간혹 휘청거리며 걸었고, 베릴 브레쉬와 머빈 크로스비를 빼고 모두가 사파리에 어울리는 색깔의 옷을 입고 있었다. 베릴은 자두색 카프탄(소매가 넓고 헐렁한 긴 원피스. 역자 주)을 입고 있었고 크로스비는 사파리 재킷 안에 또 다른 핑크색 셔츠를 입고 있었다.

"잘 주무셨나요?" 리아나가 말했다. "오늘 우리는 남아프리카 야생 동물의 낙원인 크루거 국립 공원의 일부를 탐험합니다. 다른 동물들이 깨어 있을 이른 이 시간에 여러분은 본격적으로 쉬고 있는 야행성 동물들을 보게 될 것입니다. 조용히 자연을 있는 그대로 존중해 주시고 지시를 따라 주세요." 그녀는 아무도 감히 거역하지 못할 선생님처럼 말했다. "우리는 두 그룹으로 나누어 제가 한 그룹을 맡고 데런이 다른 한 그룹을 맡을 것입니다." 연한 적갈색 턱수염을 하고 녹색 모자를 눈까지 내려 쓴 남자가 앞으로 나와 목례를 했다. "데런은 크루거 국립 공원의 레인저입니다. 오르펜 게이트까지는 차로 1시간 걸릴 것입니다. 우리는 동물 관측의 새로운 소식을 얻기 위해 이미 무선 연락을 취하고 있습니다." 그녀는 사람들을 면밀히 살펴보다가 머빈 크로스비를 발견하고 멈췄다. "지프차에 오를 때 의무적으로 가방을 점검할 것입니다. 어떤 무기도 갖고 탈 수 없습니다."

머빈 크로스비가 콧방귀를 뀌었다.

"일단 여러분이 게이트를 통과하면 공원 관측 안내판을 보게 될 것입니다. 거기에는 코뿔소에 관한 정보는 포함되어 있지 않습니다. 슬프게도 공원은 매일 불법 밀렵꾼에게 코뿔소를 잃고 있습니다. 그래서 코뿔소의 위치를 알려 드리지 않습니다. 만약 여러분이 너무 운이 좋아서 코뿔소를 보더라도 어디에서 봤는지 아무에게도 얘기해서는 안 됩니다. 이것은 동물의 안전을 위한 것입니다." 리아나가 미소 지었다. "좋습니다, 이 길 아래에 두 대의 지프차가 있습니다. 윈스턴이 여러분을 그쪽으로 안내할 것입니다." 그녀가 윈스턴을 가리켰고 그는 길에서 손을 흔들었다. 할도 그에게 손을 흔들었다. "출발할게요."

베릴이 에릭의 팔을 와락 움켜잡았다. "당신은 정말 신사답네요." 그녀가 그를 보고 미소 지으며 말했다. "숙녀분이 이런 길에서 망신스럽게 넘어질 수도 있으니까요."

울퉁불퉁 비틀리고 잎이 없는 나무를 통과하는 길은 완전히 평평했다. 할은 윈스턴과 치포와 같이 가려고 앞서 달려가면서 활짝 웃었다.

"어젯밤에 네가 애커먼 아저씨에게 혐의를 제기했다는 것을 들었어." 윈스턴이 속삭였다. "아주 대담한 행동이었어."

"으악, 끔찍했어." 할이 말했다. 기차 승무원들이 윈스턴이 알 정도로 그 일에 대해 떠들었을 거라는 것을 깨닫고 얼굴이 빨개졌다. "오늘 나를 크로스비 아저씨와 같은 그룹에 넣지 않게 해 줄 수 있어?"

"물론이지."

그 길은 지붕이 방수 천으로 된 두 대의 거대한 지프차가 있는 빈터로 이어졌다. 차 앞에 버팀 다리가 있는 탁자 위에는 차가운 생수병과 과일주스 캔, 페이스트리와 빵, 고기, 치즈와 과일이 가득 놓여 있었다.

"아침 식사입니다, 마음껏 드세요." 리아나가 큰소리로 말했다. "우리는 길 위에서 식사를 할 겁니다."

사람들이 종이 백을 채울 때 윈스턴은 아멜리아 크로스비가 하나의 지프차에 올라타는 것을 보고 할을 쿡 찔렀다. 그들은 재빨리 음료를 집어 들고 다른 차로 갔다.

지프차는 자리가 세 줄로 되어 있었는데 각 줄마다 세 명이 앉을 수 있었고 앞줄보다 뒷줄이 높게 설치되어 있었다. 그들이 차의 가운데 줄로 올라가자 치포가 윈스턴의 어깨에서 내려왔다. 할은 치포가 아침 식사 테이블로 돌아가서 견과류 접시 옆으로 뛰어 올라가는 것을 보았다. 머빈 크로스비가 롤에 얇게 저민 고기를 채우고 있었다.

"치포!" 윈스턴이 쉬익 하는 소리를 냈다. "이리 돌아와, 치포!"

머빈 크로스비가 치포를 보고 폴짝 뛰면서 고함을 쳤다. 그는 손등으로 치포를 철썩 때려서 테이블에서 떨어뜨렸다.

깜짝 놀란 몽구스가 땅에 굴러떨어졌고 할은 놀라서 소리를 냈다.

"안 돼!" 머빈 크로스비가 그의 발을 뒤로 빼서 치포에게 잔인한 발차기를 하려고 할 때 윈스턴이 소리 질렀다. 그러나 그가 차기 전에 넷 삼촌이 치포 앞으로 뛰어왔고 크로스비의 부츠가 넷 삼촌의 발목을 세게 찼다. 삼촌은 고통으로 몰아쉬며 땅에 쓰러졌다.

"넷 삼촌!" 할이 재빨리 지프차에서 내려 달려갔다. "괜찮아요?"

"치포!" 윈스턴이 휘파람을 불자 잔뜩 겁먹은 몽구스는 그에게로 날쌔게 움직였다.

"이 바보 같으니!" 머빈 크로스비가 넷 삼촌에게

소리를 질렀다. "뭐 하는 거야?"

에릭이 그의 팔을 단단한 손으로 잡았다. 그리고 이성적인 목소리로 말했다. "크로스비 씨, 당신은 방금 목격자들 앞에서 나타니엘 씨를 폭행했습니다. 내가 당신이라면 그에게 소리를 지를 게 아니라 사과를 할 거요."

"저 거대한 쥐가 내 음식 뒤에 있었소!" 머빈 크로스비가 에릭의 손을 뿌리치며 분노에 차서 코를 벌름거렸다.

"저 동물은 길들여진 노란 몽구스예요." 넷 삼촌이 발목에서 느껴지는 고통으로 이를 갈면서 말했다. "아무런 해가 없다는 뜻입니다." 삼촌은 할의 도움을 받아 일어서면서 말했다.

"멍청한 영국인." 크로스비가 투덜거렸다.

에릭이 발끈했다. "크로스비 씨, 당신한테 예의가 없을지는 모르겠지만 당신이 법 위에 있는 것은 아닙니다."

"당신이 틀린 점이 바로 그거야." 머빈 크로스비가 몸을 아래로 숙이자 그의 코가 에릭의 코와 거의 닿을 뻔했다. "나를 기소하려 하거나 기소하는 법정은 어느 나라에도 없어."

그가 분노로 이를 드러냈다. 그러고 나서 그의 아내가 타고 있는 다른 지프차로 성큼성큼 가 버렸다. 니콜이 할을 미안하다는 듯이 보았다. 그녀는 무엇인가 말하려고 하는 것 같았지만 고개를 살짝 흔들었다. 그러곤 어깨가 처진 상태로 고개를 떨군 채 그녀의 아빠를 따라갔다.

"그의 몸 안에 있는 것은 사람의 뼈가 아니야." 에릭이 넷을 미안한 표정으로 보았다.

"저는 당신이 아주 능수능란하다고 생각했어요." 베릴이 말했다.

"제가 삼촌에게 아침 식사를 갖다드릴게요." 할은 넷 삼촌이 껑충껑충 뛰어서 지프차까지 가는 것을 도와주면서 말했다.

"브레드쇼 아저씨, 고맙습니다." 윈스턴이 치포를 껴안으며 말했다. "그런 발차기는 치포를 죽게 했을 수도 있어요. 아저씨께 빚을 졌어요."

"나에게 빚진 것 하나도 없어, 윈스턴." 넷 삼촌이 아픔을 참으면서 미소를 지었다. "나는 단지 무해한 동물을 위험으로부터 지키려고 한 거야."

리아나가 넷을 인계받아 지프차 뒷자리에 앉혔다. 그래서 그는 다리를 뻗을 수 있었다. 그녀는 그의 발목에 붕대를 감고 아이스 팩으로 발목을 떠 받쳤다. "부츠를 다시 신기고 조이지 않게 묶을게요. 붓기를 가라앉히는 데 도움이 될 거예요.

"저는 괜찮습니다, 정말로요." 넷 삼촌이 주장했다.

"멍이 심하게 들겠지만 삔 것은 아니에요. 붓기가 가라앉으면 걸을 수 있을 거예요."

"괜찮은가?" 에릭이 넷 삼촌에게 커피가 담긴 보온병을 건네면서 물었다. "자리 한 줄을 통째로 써야 할 것 같아." 할은 윈스턴 옆에 올라탔다

"우리는 앞자리에 모여 앉아야 할 거예요, 에릭." 베릴이 올라타서 그녀 옆자리를 쓰다듬으며 말했다.

"그래야 할 것 같네요." 에릭이 넷 삼촌에게 '이건 당신 때문이야'라는 표정을 보이며 말했다.

"모두 모였나요?" 리아나가 운전석에 올라타며 물었다.

"잠깐만요!" 니콜 크로스비가 그들 차량으로 달려왔다. 그녀는 주먹을 꽉 쥐고 있었다. "같이 타도 될까요?" 그녀는 운 것 같았다. "부탁해요."

"물론이야." 할이 일어나 자리를 내주었다.

"고마워." 니콜이 올라타서 그의 옆에 앉아 옷소매로 얼굴을 닦았다.

리아나가 시동을 걸었다. "아침 식사 하시고 졸리면 잠깐 주무셔도 됩니다." 그녀가 기어를 넣고 큰길로 이어지는 비포장도로로 후진했다. "사파리 할 시간입니다."

그들이 다른 지프차를 지나갈 때, 할은 머빈 크로스비로부터 멀어지는 것

에 밀려오는 기쁨을 느꼈다. 그는 포샤 라마보아가 자신을 응시하고 있는 것을 알아채고 경직됐다. 그러나, 곧 그녀가 보고 있는 사람이 자신이 아니라는 것을 깨달았다. "니콜, 포샤 씨가 너를 보고 있어."

니콜이 몸을 돌려 그녀에게 미소를 지었다. "멋진 분이야." 두 차량이 서로 멀어지자 니콜이 넷 삼촌에게로 고개를 돌렸다. "발목 다치신 거 정말 죄송해요. 이것 때문에 사파리를 망치지 않았으면 좋겠어요."

"사과를 하다니 정말 친절하구나." 넷 삼촌이 말했다. "하지만 네가 잘못한 것은 아무것도 없어. 그리고 아무것도 오늘을 망치지 않을 거야."

"아빠는 최악이에요." 그녀가 불쑥 말했다. "전 아빠를 싫어해요."

"난 그분이 그렇게 나쁜 분은 아닐 거라고 확신해." 할이 이렇게 말은 했지만 자신이 하는 말을 믿지 않았다.

"아니, 맞아. 하지만 더 오랫동안 아빠를 견뎌야 할 필요는 없을 거야. 나는 이제 곧 열일곱 살이니까." 니콜이 굳은 표정을 지었다. "나는 대학에 들어가기 위해 미국의 다른 지역으로 갈 거야. 그러면 아빠를 볼 필요가 없겠지." 그녀가 할을 보았다. "아빠한테 맞서다니 어젯밤에 너는 참 용감했어. 나는 아빠가 다 큰 남자를 울게 만드는 것을 여러 번 봐 왔어."

"오! 맞아." 베릴이 끼어들었다, "네가 탐정놀이를 할 때 정말 존경스러웠어. 네가 옳았기를 바랐는데 망신당하는 것으로 끝나는 것이 너무 딱했어."

그녀의 말이 할의 가슴을 찔렀지만 억지로 미소를 지으며 신경 쓰지 않는 것처럼 보이려고 애썼다.

"그것에 대해 자책하지 마라." 에릭이 말했다. "네가 탐정이 된다면 많은 실수를 하게 될 거야. 나도 수천 번을 했거든." 그가 잠시 멈췄다. "스케치북을 가지고 있니? 네 그림을 보고 싶구나."

"물론이죠." 할이 에릭의 말에 고마움을 느끼면서 말했다. 그는 가방에서 스케치북을 꺼내서 앞으로 건넸다.

에릭이 두 그림을 뚫어지게 보고는 퉁명스럽게 한 번 고개를 끄덕이고선 스케치북을 돌려줬다. "고맙다."

할이 윈스턴과 눈빛을 교환했다. 그러나 그 은퇴한 형사는 더 이상 아무 말이 없었다.

태양이 지나가는 농지를 물들이며 그윽한 핑크 자몽 빛으로 떠올랐다. 부드러운 바람이 얼굴을 때리자 할은 크게 심호흡을 하고 미소를 지었다. 넷 삼촌이 옳았다. 아무것도 오늘을 망칠 수 없었다. 그들은 사파리 여행을 가고 있었다.

chapter 09

사파리에서

1시간 후에 그들은 오르펜 게이트를 통과하여 크루거 국립 공원으로 들어갔다. 리아나가 갓길에 지프차를 세웠다. 그녀는 무선 수신기를 집어들면서 버튼을 누르고 최신 정보를 요청했고 주위 깊게 들었다. 베릴이 에릭 옆에 바싹 다가앉아서 그의 어깨를 베개 삼아 얌전히 코를 골고 있었다. 그는 완전히 깨 있는 상태에서 꼿꼿이 앉아 있었다.

다른 지프차가 그들을 지나가자 니콜은 할과 동시에 자리에서 몸을 낮추고는 깔깔 웃었다.

"우리가 운이 좋네요." 리아나가 그녀의 어깨너머 큰소리로 말했다. "여기서 멀지 않은 곳에서 한 무리의 사자가 물소를 쓰러뜨렸대요. 사자들이 아침 식사하는 모습을 보고 싶나요?" 그녀가 할과 니콜을 쳐다보았다. "경고하지만, 아름다운 광경은 아닐 거예요." 그들은 이해했다는 것을 보여 주기 위해 고개를 끄덕였다.

지프차는 차분한 속도로 공원을 통과했다. 땅은 돌투성이었고 풀은 말랐으며 많은 나무가 죽은 것처럼 보였다. 할은 사바나에 관한 그의 지리학 수업을 기억하려고 애쓰면서 야생 동물의 풍경을 면밀히 살폈다. 태양이 떠오르자 기온이 올라갔다. 할은 양털로 만든 스웨터를 벗고 얼굴과 목에 자외선 차단제를 발랐다.

넷 삼촌이 할의 어깨를 두드리면서 높이 있는 나뭇가지를 가리켰다. 지프차가 굴러 지나갈 때 할은 한쌍의 새를 보았다. 새는 시나몬 핑크색 가슴에 흑백 줄무늬가 있는 날개와 긴 검은색 부리 그리고 모히칸처럼 솟은 분홍색 깃털 왕관을 갖고 있었다.

니콜은 휴대폰을 들고 사진을 찍었다.

"후푸(원래 발음은 후투티로, 파랑새목 후투티과의 조류. 역자 주)." 윈스턴이 속삭였다.

"나야." 할이 속삭이며 대답했다. "후푸(Who poo, 누가 똥 싸?)라고 물어보지 않았어?"

윈스턴이 킥킥거리며 웃었고 니콜이 눈동자를 굴리면서 어이없는 표정을 지었다.

"코끼리!" 베릴이 일어났다가 다시 자리에 쓰러지면서 소리를 질렀다. "봐요! 그리고 새끼들도!"

코끼리 떼가 느릿느릿 길을 가로질러 갈 때 리아나가 차를 멈췄다. 한 마리가 잠시 멈춰서 코로 나무에서 나뭇가지를 꺾어 막대 사탕처럼 입 안에 집어넣더니 나뭇잎을 벗겨 냈다.

"오, 내 카메라가 어디 있지?" 베릴이 그녀의 핸드백 안을 더듬거리며 혼잣말을 했다. 휴대폰을 찾아서 포즈를 취하기 전에 에릭에게 툭 건넸고 그가

사진을 찍는 동안 코끼리를 가리키며 활짝 웃고 있었다.

할은 코끼리의 등 곡선과 기분 좋게 말려 있는 코를 그리기 위해 목탄 연필을 사용했다. 두꺼운 가죽 주름을 어둡게 칠했고 재빠르게 움직이는 허접스러운 작은 꼬리를 그려 넣었다. 그 인상적인 동물은 단지 몇 미터 떨어져 있었다. 할은 그림 그리는 것에 너무 집중해서 숨 쉬는 것도 잊었다. 할은 코끼리 실물을 그리면서 남아프리카에서 느끼는 경이로움에 완전히 압도당했다. 그리고 베릴만큼 주체할 수 없을 정도로 활짝 웃고 있는 자신을 발견했다.

"아프리카코끼리는 먼 거리에서도 서로

대화를 할 수 있대.” 윈스턴이 말했다. “그런데 소리가 너무 낮아서 사람들은 들을 수 없대.”

“코끼리가 말을 해?” 베릴이 아주 즐거워하며 혼잣말로 속삭였다. “자연은 위대한 걸작이다.”

“아름다워.” 니콜이 한숨지으며 말했다.

“빅(Big)은 뷰티풀(beautiful)해요.” 베릴이 에릭에게 윙크했다.

“그것이 네 빅5 중에 첫 번째구나.” 넷 삼촌이 몸을 앞으로 구부려 할의 스케치를 보고 감탄하며 말했다. “아주 훌륭해.”

“우리는 사자들이 물소를 쓰러뜨린 장소에서 멀리 있지 않습니다.” 그 코끼리가 무리를 따라잡으려고 행진하는 것을 보고 리아나가 말했다. “거기에 도착하면 여러분은 모두 차 안에 머물러 있어야 합니다. 사자는 위험하니까요.”

할은 사자를 볼 생각에 흥분되고 긴장되었지만 앞으로 눈에 들어올 광경에 준비가 되어 있지 않았다. 죽은 물소는 선체가 떨어져 나간 난파된 배처럼 땅 위에 불편한 자세로 다리를 벌리고 있었다. 네 마리의 사자가 죽은 물소 주위에 앉아서 그들의 입을 빨갛게 더럽히면서 사체의 고기를 조용히 그리고 천천히 뜯고 있었다. 할은 충격으로 경직되어서 빤히 쳐다보았다. 그 물소는 생명을 다했고 사자들은 생기가 넘쳤다.

“괜찮니?” 그는 어깨에 넷 삼촌의 손이 닿는 것을 느꼈고 고개를 끄덕였으나 말을 할 수 없었다. 눈물이 눈을 따갑게 했다.

“이빨과 발톱이 피로 물든 자연의 본성(영국의 시인 테니슨이 자연을 두고 쓴 유명한 묘사. 역자 주).” 할의 목탄 연필이 스케치북을 가로질러 움직일 때 넷 삼촌이 조용히 말했다.

"테니슨." 베릴이 넷 삼촌에게 고개를 끄덕이며 말했다.

할은 이것이 야생 동물이 살아가고 먹는 방식이라는 것을 알았다. 그는 동물이 다른 동물을 사냥하는 텔레비전 프로그램을 많이 봤다. 그림을 그리면서 그는 생각했다. '이런 것을 보다니 나는 운이 좋아, 이것이 삶이고 죽음이야. 이것은 진짜야.'

"이빨과 발톱이 피로 물든 자연의 본성." 니콜이 그 말을 반복했고 할은 그녀가 카메라 누르는 소리를 들었다.

"영리한 하이에나." 윈스턴이 낮은 목소리로 말했다. 윈스턴은 검은색 코와 두 개의 단추 같은 눈을 가진 하이에나가 나뭇가지가 넓게 우거진 나무 밑 풀숲에 숨어 있는 흐릿한 윤곽을 가리켰다. "인내심 있게 물소 아침 식사를 기다리고 있어."

"문제가 생겼어요." 리아나가 하이에나 뒤를 언급했다. 그들이 좀 전에 감탄했던 코끼리들이 속도를 높이고 코를 들어 올리면서 사자들을 향해 진군했다. "여기는 코끼리 영역이에요. 코끼리들은 사자들을 환영하지 않을 거예요. 우리는 가는 것이 좋겠어요."

지프차가 출발했을 때 사람들은 몸을 돌려 코끼리들이 아침 식사에서 물러나는 사자들을 쫓는 모습을 보았다. 아니나 다를까, 잠시 후에 하이에나들이 풀숲에서 몰래 나와서 물소 고기 한 조각을 뜯었다.

"스릴 있었어요." 베릴이 부채질하며 말했다. "매우…… 매우 원초적이고 매우 야성적이었어요."

"삶은 잔혹하죠." 에릭이 공감했다.

"드라마를 충분히 본 것 같네요, 그렇죠?" 리아나가 시동을 켰다. "코끼리의 물웅덩이를 찾으러 갑시다. 그리고 누가 거기서 환영받는지 보자고요."

지프차는 넓은 물웅덩이를 향해 울퉁불퉁한 땅 위를 덜컹거리며 갔다. 그곳은 아침에 물을 마시려는 동물로 붐볐다. 빨갛고 노란 부리를 가진 황새 무리가 예의 없게 첨벙거리며 물 위에 착지했고 엄마 배 밑에 들어갈 정도로 작은 아기 코끼리가 즐거워서 귀를 펄럭거리며 물속에 텀벙 빠졌다.

지프차가 10미터 정도 떨어진 거리에서 멈췄고 리아나가 시동을 껐다. "여러분이 원하시면 차에서 내려도 좋습니다. 여러분들이 자연을 존중하고 거리를 유지하는 한, 여기서는 아무것도 여러분을 해치지 않을 것입니다. 길에서 벗어나지 마시고 덤불 속으로 들어가지 마세요."

"저는 차 안에 있겠습니다." 넷 삼촌이 말했다. "다리가 아직 조금 아파요."

윈스턴을 따라 차에서 내린 할이 검고 흰 줄무늬의 뿔을 가진 동물을 가리켰다. 반은 말, 반은 염소 모습을 하고 있었고 웅덩이 가장자리에서 물을 마시고 있었다.

"대형 검은 영양이야." 윈스턴이 속삭였다. "나는 좀 더 가까이 갈게."

할은 동물에게 너무 가까이 가고 싶지 않았지만 그림을 그리기 위해 좋은 각도를 찾고 싶었다. 할은 앞에 큰 바위가 있는 황량한 나무를 발견하고 스케치북을 위로 향하게 펼쳐서 바위 위에 놓았다.

그는 아른거리는 물웅덩이 형태를 그리고 나서 원숭이들이 물 가장자리에서 첨벙거리며 노는 장난기 많은 모습을 즐기기 위해 잠시 멈췄다. 그리고 나서 목탄 연필이 춤을 췄고 외곽선을 그릴 즈음에는 연필이 깡총깡총 뛰었다. 외곽선을 다 그렸을 때, 할은 원숭이의 얼굴을 좀 더 분명히 보기 위해 쌍안경을 들었다. 렌즈의 초점을 맞추기 위해 다이얼을 돌리다가 멀리 사바나 풀숲 위로 움직이는 어두운 형태를 발견했다. 그 형상에 초점이 맞춰졌을 때 바위에서 뒤로 물러나 나무 기둥에 기댔다. 할은 헉 숨이 멎는 소리를 냈다. 그것은 물웅덩이 건너편에서 혼자 이동하고 있는 검은 코뿔소였다. 그 코뿔소의 뿔은 사라지고 없었고 밑동만 남아 있었다. 할은 멀리서 같은 그룹 사람들이 그 코뿔소를 보고 지르는 탄성을 들었다. 할은 쌍안경을 내려놓았다. 코뿔소는 여전히 멀리 떨어져 있어서 물을 마시고 있는 동물들을 당황하게 하지 않았다. 그러나 한두 마리가 고개를 들고 다가오는 소리에 경계하는 모습을 보였다.

그때 무엇인가가 할의 오른쪽 어깨를 건드리는 것이 느껴져 고개를 돌렸다. 할의 눈 끝에 은빛 회색 뱀의 머리가 보였다. 그 뱀은 나무 몸통에서 할에게로 미끄러져 와 목 쪽으로 움직였다. 섬뜩한 공포감과 함께 자신이 리아나가 한 말을 어겼고 길에서 벗어나 있다는 것을 깨달았다.

"도와주세요." 할은 두려움으로 얼어붙은 채 비명을 질렀다. "넷 삼촌!" 그러나 넷 삼촌은 지프차안에 있었다. 할의 목소리를 듣기에는 너무 멀리 있었다.

chapter 10

검은 독사, 맘바

"**움**직이지 마." 에릭 러브조이의 목소리는 차분하고 위엄 있었다.

할은 숨을 쉴 수가 없었다. 뱀의 머리가 오른쪽 어깨 위에 매달려 있었다. 뱀의 무게가 느껴지고 심장이 너무 세게 뛰어서 가슴 밖으로 터져 나올 것 같았다.

"가만히 있어."

돌돌 말고 있는 뱀의 움직임이 뒷목에서 느껴졌다. 뱀은 차갑고 부드러웠다. 할은 바스락거리는 소리와 나뭇가지를 꺾는 소리를 들었다. 어깨뼈 쪽에서 날카로운 것이 찌르는 듯한 따끔함을 느꼈고 그 끔찍한 순간에 할은 자신이 물렸다고 생각했다. 그러나 뱀의 무게가 가벼워지더니 사라졌다.

할은 에릭이 두 개의 나뭇가지를 팔 길이만큼 내밀어서 들고 물러나는 것을 보았다. 하나는 끝이 갈라졌고 거기에 뱀의 머리가 올라가 있었다. 두 번째 가지는 말려 있는 뱀의 고리 가운데에 끼어 있었다. 천천히 그리고 얌전

히, 에릭은 나뭇가지를 땅
으로 내려서 떨어뜨리고
신속하게 할 쪽에 있는 옆
길로 움직였다. 그러곤 팔을 할의 어깨에 둘렀다.

　"같이 뒤로 물러나자. 한 번 더, 또 한 번 더."

　할은 발밑에 단단한 땅을 느꼈고 무릎은 녹초가 되어 젤리가
된 것 같았다. 할은 뱀이 덤불 속으로 스르르 달아나자 에릭한테

기댔다.

"물렸니?"

할이 고개를 저었다. "고맙습니다." 그가 속삭였다.

윈스턴이 그들에게 달려왔고 에릭을 경외심을 갖고 쳐다봤다. "저건……."

"검은 맘바." 에릭이 고개를 끄덕였다.

"검은 맘바?" 할이 몸을 떨었다.

"세상에서 가장 치명적인 뱀 중에 하나야." 윈스턴이 눈을 크게 뜨고 말했다. "그 뱀의 독은 너를 마비시켜서 산 채로 잡아먹을 수 있어."

할은 다리에 힘이 풀렸다. 에릭이 할의 팔을 잡아서 그의 어깨에 두르고 할을 부축해서 지프차로 돌아갔다.

"할?" 넷 삼촌이 힘겹게 차 밖으로 나오고 있었다.

"할은 괜찮아." 에릭이 큰소리로 말했다. "다치지 않았어."

"무슨 일이에요?" 리아나가 그들에게 달려오면서 물었다.

"러브조이 아저씨가 할을 검은 맘바로부터 구해 줬어요!" 윈스턴이 엄마에게 말했다.

"물 있어요?" 베릴이 서둘러 왔을 때 에릭이 물었다. "할이 많이 놀랐어요."

"여기." 베릴이 그녀의 핸드백에서 사탕을 꺼내 포장지를 벗겨서 할의 입 속에 넣었다. "버터 스카치 캔디야, 도움이 될 거야." 그녀가 할에게 격려하는 미소를 지으며 에릭을 홀딱 반한 눈으로 쳐다봤다. "당신은 영웅이에요, 러브조이 씨."

넷 삼촌이 물 한 통을 움켜잡고 절뚝거리며 다가왔다. 그는 할을 끌어안았다. "하나님 감사합니다. 무사하구나! 내가 너랑 함께 차에서 내려야 했어. 에릭, 고마워요. 뭐라고 말을 해야 할지…… 나 자신을 용서하지 못할 거예요, 만약…….”

“당신도 똑같이 했을 거예요.” 에릭이 멋쩍어하며 말했다.

넷 삼촌이 할이 지프차 뒷자리에 앉도록 돕고 있는 동안 리아나가 할이 길을 벗어난 것에 대해 조심스럽게 꾸짖었다. 삼촌은 양털 스웨터를 할의 어깨에 둘러 주고 물을 좀 더 마시라고 권했다. 할은 머리가 핑핑 돌았고 몸이 떨렸다. 죽은 물소의 모습을 생각해 낼 수 없었다.

니콜이 할 앞에 앉았다. “너 코뿔소 봤니?” 그녀가 속삭였다. “아름다웠어, 내가 근사한 사진을 몇 장 찍었어.”

할이 미소 짓고 고개를 끄덕이려고 애를 썼다.

“모두들 여기서의 활동이 다 끝났으면 이동하는 것이 좋겠어요.” 리아나가 말했다. “자리로 돌아가세요.”

지프차가 덜컹거리면서 물웅덩이에서 멀어지자 할은 공원 전체를 둘러봤고 세상을 새롭게 보았다. 그의 인생에서 처음으로 자연이 얼마나 강력하고 치명적일 수 있는지 제대로 인식하게 되었다.

그들은 점심 식사 장소로 지정된 빈터에 모였다. 다른 그룹 사람들이 벌써 그곳에 도착해서 접이식 테이블 옆에 주차를 했다. 테이블은 나뭇가지가 넓게 우거진 나무 그늘에 있었고 샌드위치와 과일 접시로 꽉 차 있었다.

윈스턴은 할이 검은 맘바를 맞닥뜨린 이야기를 시작하려고 베릴을 구슬렸고 할이 기억하는 것보다 더 크고 더 사납게 뱀을 묘사했다. 베릴은 할을 구한 에릭의 영웅적인 모습과 어떻게 할을 부축해서 지프차로 되돌아갔는지를 한술 더 떠 묘사했다.

넷 삼촌이 빙그레 웃었고 할은 고개를 흔들었다. 기차에 탄 모든 사람들 앞에서 바보같이 보인 것이 이번이 두 번째였다. 그는 이번 여행이 넷 삼촌과 함께한 지난 두 번의 여행과 같기를 원했다. 그렇기는커녕 없는 범죄를 만들었고 독사에게 물릴 뻔했다. 그를 기분 좋게 만든 유일한 일은 그가 베릴과 윈스턴이 얘기하고 있는 그 이야기에 대해 느끼는 것처럼 에릭도 불편해 보인다는 것이었다. 문득 웅덩이 근처 바위에 스케치북을 두고 왔다는 것을 깨닫고는 간담이 서늘해졌다.

"괜찮니?" 넷 삼촌이 수천 번도 넘게 그에게 물었다.

"네." 할은 억지로 미소를 지으며 고개를 끄덕였다. "샌드위치를 좀 더 가지고 올게요." 할은 테이블로 가면서 머리는 온통 스케치북 생각으로 가득 찼다. 리아나에게 그것 때문에 되돌아가 달라고 부탁할 수가 없었다. 법석을 떠는 아기라고 생각할 것이다. 그냥 스케치북이 없어졌다고 받아들여야 했다. 지루하고 공허한 느낌이 몸 안에서 밀려 나와 한숨을 쉬었다. 이번 여행은 그가 바라던 모험이 아닌 것 같았다. 할은 사건을 파헤치는 것을 멈추고 여행에 대한 좋은 것들에 집중하기로 결심하면서 사과를 집었다.

윈스턴은 무릎 위에 샌드위치 접시를 놓고 바오밥 나무 그늘에 앉아 있었다.

"같이 앉아도 되니?" 할이 물었다.

"걱정 마, 치포가 너를 뱀으로부터 지켜 주려고 여기 있으니까." 윈스턴이 고개를 끄덕이며 말했다. 할은 자신이 조롱당하고 있다고 생각하며 쓸쓸하게 웃었다. "진짜야! 검은 맘바와 싸워서 살아남을 수 있는 유일한 동물이 치포야. 노란 몽구스는 타고난 뱀 사냥꾼이야. 뱀 독에도 저항력이 있어."

"진짜야?" 할이 치포를 보았다. 치포는 그를 멍하니 쳐다보았다. 이 노란 몽구스가 뱀 싸움꾼처럼 보이지는 않았다.

"그럼, 그리고 얘는 묘기도 잘 해." 윈스턴이 접시에서 땅콩 두 개를 집었다. "이것 봐." 윈스턴은 머리 위 높이 땅콩 하나를 던져 떨어지는 것을 입을 벌려 받아먹었다. 그리고 나서 그는 두 번째 땅콩을 하늘을 향해 튀겼고 딱딱 소리를 내며 손가락을 튕겼다. 치포가 뛰어올라 땅콩을 잡아채서 윈스턴의 왼쪽 어깨에 깔끔하게 착지했다. 치포가 땅콩을 입 안에 쑤셔 넣었다.

할은 박수를 치며 웃었다.

"안녕." 니콜이 다가오자 두 소년은 그녀를 올려다봤다. "사람들이 점심을 치우고 있어. 사사키 부인이 피곤하다고 기차로 데려 달라고 요청했어. 너희 엄마가 말씀하셨는데 할의 삼촌도 가는 것이 좋겠대, 발목을 쉬게 해야 하니까. 엄마가 차로 데려다주실 거래, 그런데 차가 두 대뿐이라서 우리는 다른 그룹과 함께 사파리를 계속해야 해." 그녀가 잠시 멈췄다. "나는 기차에 돌아가기로 결심했어. 아빠와 같이 가고 싶지 않아."

"나도 같이 갈래, 넷 삼촌을 도와야 하니까." 할이 일어서면서 말했다. 머빈 크로스비와 오후 내내 함께 있을 생각이 사파리에 대한 흥미를 떨어뜨렸고 뱀을 만난 충격에 여전히 떨렸다 .

"나는 치포를 크로스비 아저씨와 함께 지프차에 태울 수 없어." 윈스턴이 벌떡 일어났다. "나도 갈래, 치포한테 런을 만들어 주는 것 좀 도와줄래?"

"런이 뭔데?" 할이 물었다.

"일종의 터널이라고 할 수 있지, 몽구스는 터널을 좋아하거든."

"재밌겠다."

"나도 도와줘도 될까?" 니콜이 물었다.

"물론이지." 윈스턴이 고개를 끄덕였다. "런이 더 클수록 치포는 더 행복할 거야."

1시간 후 지프차가 사파리 스타에 도착했을 때 제니스의 녹색 측면이 햇빛에 반짝였다. 플로 애커먼이 탄수차 꼭대기에 서서 탱크를 다시 채우기 위해 배수관의 넓은 분사구를 입구로 가져가고 있었다. 그녀가 그들을 보고 손을 흔들었다.

"누구야?" 차에서 내리며 니콜이 물었다.

"플로 애커먼 씨라고, 이 기차 엔지니어야." 할이 대답했다. "멋진 분이지."

"하! 우리 기차를 책임지는 사람이 여자라는 것을 아빠가 아신다면 분통을 터뜨릴 텐데."

"나는 플로 씨에게 물어볼 것이 있어." 할이 말했다. 탄수차 쪽으로 달려가는 중에도 물웅덩이 뒤 바위에 두고 온 스케치북을 생각하면서 애통해 했다. "여기요, 플로 씨." 그가 크게 불렀다. "플로 씨에게 전문적인 증기 기관 부품을 공급해 주는 그 사람의 이름이 뭐예요?"

플로는 그 질문에 놀라는 것 같았다. "엔조라고 부르는 중고 부품 중개상한테서 구해." 그녀가 되물었다. "왜?"

"아, 아무것도 아니에요. 그냥 저와 넷 삼촌이 얘기한 것 때문에요." 할이 실망하면서 대답했다. "고맙습니다."

할은 윈스턴과 니콜을 따라 서비스 차량 안에 있는 빈 객실로 들어갔다. 윈스턴이 아래 침상에서 튼튼한 천으로 만든 원통형 가방을 끌어당긴 다음 거기서 오래된 포스터 지관통 스무 개와 검은 양말 한 뭉치 그리고 청 테이프 한 통을 꺼냈다.

"양말에 발가락 부분이 없어." 니콜이 손을 양말 속에 쑥 집어넣으면서 말했다.

"내가 잘랐어." 윈스턴이 설명했다. 할이 지관통 하나를 망원경처럼 들여다보았다. "양말로 통을 연결할 수 있어. 통 끝에 양말을 씌우고 테이프로 감은 다음 다른 통을 양말 안에 넣고 테이프로 감은 후 안으로 구부려서 진짜 긴 터널이 될 때까지 계속 만들어 줘."

"교차로는 없어?" 할이 물었다.

"물론 있지." 윈스턴이 비웃었다. 치포는 터널이 하나 이상이어서 선택할 수 있어야 해."

"무엇으로 교차로를 만들어?" 니콜이 물었다.

"기저귀!" 윈스턴이 원통형 가방 바깥 주머니에서 한 뭉치를 확 잡아당겼다.

"너는 너무 괴상해." 니콜이 킥킥 웃었다.

셋은 런을 만드는 작업에 착수했다. 그동안 치포는 흥분하여 이리저리 뛰어다니고 지관통을 확 통과하며 작업을 도전 이상의 것으로 만들었다. 윈스턴이 자기 손에 양말을 씌우고 뱀처럼 흉내 내며 할을 쫓아다녔다. 할이 악을 쓰며 말했다. "살려주세요, 에릭 아저씨!"

니콜은 저런 놀이를 하기에는 창피해서 잠시 동안 참았다가 포스터 지관통을 잡고 '죽어라, 뱀, 죽어!' 소리 지르면서 윈스턴의 손을 세게 치고 깔깔 웃었다. 그러곤 셋 모두 웃으며 대굴대굴 굴렀다.

"윈스턴, 공원에 있던 그 코뿔소는 왜 뿔이 없는 거야?" 통을 세로로 침상 사다리에 고정시키면서 니콜이 물었다.

"공원 주인이 잘랐을 거야." 윈스턴이 양말을 다른 통에 테이프로 연결시

키면서 말했다. "밀렵꾼들은 훔칠 뿔이 없다면 코뿔소를 죽이는 것을 원하지 않을 테니까, 그것이 코뿔소를 살리는 방법이지. 그들은 코뿔소를 신경 안정제 화살로 잠들게 하고 톱으로 뿔을 잘라 내. 마치 손톱을 자르는 것과 같아서 아프지는 않아."

"나는 백만 번이나 사냥에 대해 아빠에게 말하려고 해 봤어." 니콜이 그들에게 암울한 미소를 보였다. "아빠는 내가 예민한 여자애라서 그것을 싫어한다고 생각하셔."

"네 아빠는 좋아하기 힘든 사람이야." 할이 인정했다.

"아직 애커먼 아저씨를 조사하고 있어?" 윈스턴이 할에게 물었다.

할이 고개를 저었다. "내가 잘못 짚었어."

"네가 뭔가를 알아낼 줄 알았는데." 윈스턴이 실망하는 표정을 보였다.

"누가 해결할 사건이 필요하겠어? 사파리 스타는 훌륭하고 남아프리카는 놀라워." 할이 말했다. 치포가 자세를 바로 하고 깍 소리 질렀다.

"그래. 치포, 야생 동물도 멋있어." 그들 모두가 웃었다. "어쨌든, 나는 스케치북을 물웅덩이 뒤에 두고 왔어." 할이 어깨를 으쓱했다. "나는 그것 없이 사건을 해결할 수 있을 거라고 생각 안 해."

"아, 안 돼! 네가 그린 모든 그림들!" 윈스턴이 말했다. "이제 뭘 그릴 거야?"

할이 어깨를 으쓱하고 주제를 바꿨다. "런은 어떻게 돼 가?"

"다 끝났어." 윈스턴이 소량의 테이프로 양말 가장자리를 둘러서 조였다. "저것이 마지막 통이야. 몽구스 런이 공식적으로 오픈합니다!" 윈스턴이 입구에서 손을 치우자 치포가 휙 들어가더니 통을 통과하여 돌진했다. 런은 바닥에서부터 아래 침상으로 올라가서 창문까지 평평하게 달리다가 가방 선반까지 수직으로 이동한 후, 거기서 천장 주변을 도는 높은 원으로 쪼개지고 다시 아래로 내려가게끔 되어 있었다. 치포가 즐거워하며 반복하고 반복해서 재빠르게 돌았다.

그들은 땅에서 미끄러지는 타이어의 딱딱 하는 소리를 들었고 모두 창문 밖을 내다봤다. 다른 지프차가 돌아왔다.

"지금 4시가 틀림없어." 윈스턴이 말했다.

"하이 티 시간이야." 니콜이 말했다. 어른들을 다시 만날 생각에 서로 실망하는 표정을 지었다.

chapter 11

흥분의 도가니

거대한 기관차가 사바나를 가로질러 북쪽에 있는 호스프루잇에서 객차를 끌어당길 때 사파리 스타의 경적 소리에 이어 기차 굴뚝에서 배출되는 연기의 허프, 허프, 허프 소리와 커다란 바퀴를 굴리는 피스톤의 압축된 쉬익 소리가 뒤따랐다.

할은 윈스턴, 니콜과 함께 전망차 문에 도착했다. 기차는 빅토리아 여왕이 만족했을 만한 매우 느린 속도로 이동하고 있었다. 산이었을지도 모르지만, 지평선은 모두 언덕이었다. 할은 거리를 판단할 수 없었다.

넷 삼촌은 근처 테이블에서 농담을 나누며 에릭과 함께 앉아 있었다. 삼촌은 그들이 들어오는 것을 보고 미소를 지었다. "할, 에릭 아저씨가 너한테 줄게 있대."

할은 발을 질질 끌면서 앞으로 갔다. 갑자기 부끄러움이 느껴졌다. "러브조이 아저씨, 제 생명을 구해 주신 것에 대해 제대로 인사를 못 드렸어요."

"무슨!" 에릭이 손사래를 쳤다. "나는 네 생명을 구한 것이 아니라 뱀을 치웠을 뿐이야. 그게 다야. 그 뱀은 너를 물려고 하지 않았어." 그는 친절했다. 할은 사람들이 반응하는 것을 보고 그가 정말 위험했었다는 것을 알고 있었다. "어쨌든, 내가 너를 네 삼촌에게 데려다주고 나서 나는 다시 그곳으로 갔고 이것을 갖고 왔지." 그가 할의 스케치북을 테이블 위에 내밀었다.

감격한 할은 침을 삼키고 갑작스런 눈물에 눈을 깜빡였다. "감사합니다." 할은 스케치북을 집어 들고 가슴에 꼭 안으면서 작은 목소리로 말했다.

"크루거 공원에서 네가 그린 스케치를 눈여겨봤는데, 자세한 부분까지 보는 관찰력이 좋더구나. 네가 훌륭한 탐정이라고 해도 지나치지 않다고 생각한다."

할은 칭찬에 얼굴이 붉어졌고 넷 삼촌은 자랑스러워하며 미소 지었다.

"아, 안 돼." 니콜이 중얼거렸다. 딸이 들어오는 것을 발견한 아멜리아 크로스비가 하이힐을 신고 휘청거리며 다가왔다. "엄마." 니콜이 밝게 말했다.

"닉, 아빠가 너랑 얘기하고 싶어 하셔." 아멜리아는 불안해 보였다.

"저는 이 애들이랑 어울리고 있어요. 아빠하고는 나중에 말할게요."

"진짜니?" 아멜리아가 할과 윈스턴을 전에 본 적 없다는 듯이 쳐다봤다. "네 친구라기에는 좀 어리구나, 그렇지 않니?"

"엄마가 내 친구를 누구로 할지 선택할 수 없어요." 니콜이 팔짱을 꼈다.

"애야, 아빠를 기다리시게 하는 것은 좋은 생각이 아니라는 것을 너도 알잖니. 저 라마보아 여자 때문에 아빠가 난리를 피우셨어. 사파리에서 그 여자가 아빠한테 네가 특별히 총명하다고 말하면서 대학에 가려고 하는 너의 야심을 지지해야 한다고 했어. 네가 대학에 가고 싶어 하는 것을 그 여자가 어떻게 알고 있니?" 아멜리아는 당황해서 어쩔 줄 몰라 했다.

"제가 말했어요." 니콜이 반항적으로 대답했지만 결국은 객차를 가로질러 엄마를 따라갔다. 잠시 멈추고 뒤돌아서 할과 윈스턴을 보고 어이없지 않냐는 듯이 눈을 굴렸다.

베릴이 화려한 모자를 쓰고 웅장하게 입장했다. 그런데 모자의 챙이 너무 넓어서 모자가 출입구에 끼고 말았다. "어머나!" 그녀가 외치면서 모자를 빼려고 흔들었다. 그녀는 문 근처에 있는 팔걸이의자에 털썩 앉아 핸드백에서 메모장과 만년필을 꺼냈다. 그러곤 에릭에게 미소를 짓고 메모장에 열중해서 휘갈겨 쓰기 시작했다.

"내가 벗어날 수 있는 시간이야." 에릭이 낮은 목소리로 말했다. 그는 시계를 만지작거리고 나서 큰소리로 말했다. "오, 시간이 벌써 이렇게 됐네! 미안하네, 넷. 객실에서 해야 할 중요한 일이 있어서." 그가 일어났다. "저녁 식사 때 보세."

할이 슬그머니 자리에 앉았고 윈스턴은 또 다른 의자를 끌어당겼다. "베릴 아줌마의 다음 책에서 영웅으로 나오는 사람은 에릭 러브조이 아저씨라고 나는 확신해." 할이 속삭였고 둘은 킬킬거리며 웃었다.

"안 돼!" 머빈 크로스비의 목소리가 전망차 안을 조용하게 만들었다. 모두가 베란다 쪽을 바라보았다. "나는 스포츠 팀을 후원하거나 그들에게 빌딩을 사 줄 거야. 하지만 나의 어떤 자식도 서민처럼 시험을 보지는 않을 거다."

"그건 입학시험이에요. 아빠, 그리고 저는 시험을 보고 싶어요."

"너는 대학에 갈 필요가 없다." 머빈 크로스비가 자신의 가슴을 쳤다. "네 아빠는 부자야." 아멜리아는 바닥을 우두커니 바라보면서 옆에 앉아 있었다.

"저는 하버드에서 경영 관리를 공부할 거예요." 니콜이 완강하게 말했다.

"너는 경영을 이해하기 위해 대학에 갈 필요가 없어." 머빈 크로스비가 씩

씩거리며 말했다. "너는 바닥에서 시작해서 높은 자리로 올라가는 거야. 내가 내 회사에서 비서 같은 좋은 자리를 마련해 줄 수 있다."

"저는 아빠를 위해 일하고 싶지 않아요." 니콜이 톡 쏘아 댔다. "저는 제 사업을 하고 싶어요." 그녀는 방을 재빨리 둘러봤고 고개를 끄덕이는 포샤 라마보아와 눈이 마주쳤다.

"아빠가 사업을 만들어 줄게. 무엇을 팔고 싶니? 화장품? 너는 예쁘니까 잘할 거야." 머빈이 케이크를 조금 잘라서 입으로 던졌으나 빗나가서 턱에 튕겨서 분홍색 셔츠로 굴러떨어졌다.

"아빠는 제 말을 듣지 않아요." 니콜이 화를 내기 시작했다. "아빠가 좋아하든 말든 저는 하버드에 들어갈 거예요."

"내가 싫어하면 너는 가지 않는 거야."

"으으!" 그녀가 악을 쓰며 말했다. "아빠가 내 인생을 망치고 있어요!" 니콜은 의자를 뒤로 밀고 일어나서 객차를 뛰쳐나갔다.

"닉! 닉! 돌아와." 아멜리아가 딸을 쫓아가면서 불렀다.

긴 정적이 흘렀다.

"당신은 딸을 억압할 게 아니라 지지해야 해요." 객차를 가로질러 앉아 있던 포샤가 말했다. "그렇게 하지 않으면 당신은 후회할 거예요."

"닥쳐, 이 여자야." 크로스비가 대꾸했다.

"이 사람한테 그렇게 말하지 말아요." 패트리스가 의자에서 몸을 돌리며 말했다.

"내가 원하는 방식으로 말할 거야." 크로스비가 턱을 내밀며 말했다. "당신은 나쁜 남자예요, 크로스비 씨." 패트리스가 일어서며 소리쳤다. "썩을 대로 썩었어." 그가 냅킨을 테이블 위에 던졌다. "당신은 무례하고 불쾌해. 당신은 오늘 아침에 브레드쇼 씨를 걷어차고도 사과 한 마디도 없었지." 패트리스는 넷 삼촌을 손짓하며 가리켰다. "당신은 우리가 공원에서 보았던 아름다운 동물들에 대해 도살업자처럼 말했고, 다른 사람들을 불쾌하게 하거나 그들의 휴가를 망쳐도 신경 쓰지 않아." 패트리스가 고개를 저었다. "사람들은 당신이 뭘 하든 참지. 왜냐하면 당신이 부자이기 때문이야. 그러나 나는 그러지 않을 거야, 당신은 괴물이야."

"당신이 누구라고?" 머빈 크로스비는 상대방이 별거 아니라는 표정으로 말했다. "패트릭이라고 했던가?"

"당신은 내가 누구인지 알아."

"나는 매년 수백 명, 수천 명의 사람들을 만나." 그가 패트리스를 무표정하게 쳐다보았다. "나는 오직 중요한 사람들만 기억해."

패트리스가 주먹을 꽉 쥐었다. 할은 그가 폭발할거라고 생각했지만 돌아서서 객차를 당당하게 걸어 나갔다.

머빈 크로스비가 깔깔거리며 웃었다. "당신은 새 남자 친구를 원하나 보군." 포샤가 일어나자 그가 말했다. "그는 실패자야, 완전히 얼간이지."

포샤가 크로스비를 뚫어져라 쳐다보는 눈빛이 너무 무서워서 할은 갑자기 긴장했다.

"업보는 부메랑이야, 크로스비 씨. 어떻게든 합당한 대가를 치르게 될 거야." 포샤는 패트리스를 따라서 방을 나갔다.

베릴은 혼잣말로 중얼거리고 더 격렬하게 휘갈겨 썼다.

머빈 크로스비는 자신이 일으킨 소동에 전혀 동요하지 않는 것 같았고 또 다른 케이크를 우걱우걱 먹어 댔다.

"봐!" 윈스턴이 창밖을 가리켰다. 옥수수가 두껍게 줄지어 살랑살랑 흔드는 합창 단원처럼 춤추며 지나갔다. 한 무리의 야생 임팔라가 선로 옆에서 풀을 뜯고 있다가 기차 소리에 겁을 먹고 뛰기 시작하더니 속도를 높여 달렸다. 할은 스케치북을 가슴에 꼭 안고 크로스비를 지나 베란다 쪽으로 달려갔다.

할은 바지 주머니에서 목탄 연필통을 꺼내고 놋쇠로 만든 난간에 기댔다. 잃어버렸다고 생각한 스케치북에 그림을 그릴 수 있어서 황홀했다. 할은 검은 눈동자를 스케치했고 악마처럼 보이는 한쌍의 뿔로 왕관을 씌웠다. 임팔라 등의 곡선은 근육질의 허리와 뒷다리까지 내려갔다. 동물들이 너무 가까이 있어서 할은 만질 수도 있겠다고 생각했다.

"임팔라가 기차만큼 빠르구나." 넷 삼촌이 할 뒤에서 말했다.

"임팔라는 1시간에 90킬로미터까지 속도를 낼 수 있어요." 윈스턴이 대답했다. "그들이 지그재그로 뛰는 이유는 천적한테 잡히지 않기 위해서예요."

"한 마리 쏴서 쓰러뜨리면 재미있겠군." 머빈 크로스비가 그들을 따라서 베란다로 나왔다.

그는 두 손가락으로 임팔라를 겨냥했다. "빵."

할이 놀라서 넷 삼촌을 쳐다봤다.

"임팔라가 살아서 자연 서식지에서 뛰는 것을 보는 것이 더 멋지지 않을까요?" 넷 삼촌은 참을성 있게 물었다. "아니, 지루해. 쫓아가서 쏘는 게 짜릿하지."

"아저씨는 재미로 사람을 쏘지는 않잖아요, 그런데 동물은 왜죠?" 할이 물었다.

"왜 내가 사람을 쏘지 않을 거라고 생각하는 거지?" 크로스비가 할을 보고 음흉하게 웃었다.

"우리는 아저씨가 무섭지 않아요." 윈스턴이 할 옆에 서서 말했다. "아저씨는 불량배예요. 그리고 엄마가 모든 불량배들은 겁쟁이라고 말했어요."

"너는 나를 무서워해야 해. 패트릭 그자가 말한 것을 못 들었니? 나는 괴물이야." 크로스비가 껄껄거리며 웃고 나서 기차 앞쪽을 보면서 몸을 밖으로 내밀었다. 그러곤 뭔가를 다시 한번 보고 아차 하는 표정을 지었다. 그의 눈이 빛나면서 목에 걸려 있는 쌍안경을 움켜잡았다. "이럴 수가! 바로 그 장소야." 크로스비는 시계를 확인하고 중얼거리더니 음흉한 미소를 지으며 전망차로 서둘러 들어갔다.

윈스턴과 할은 놀라서 서로를 쳐다보곤 그를 따라갔다.

"어디로 가시는 거예요?" 할이 큰소리로 말했다.

"너는 알고 싶지 않을 거다, 꼬마야." 그가 어깨너머로 이를 드러내며 웃었다. "악몽을 꿀 수 있어."

"임팔라를 쏘려는 것은 아니죠?" 할이 애원했다.

"기차에서 총을 쏘는 것은 위험해요. 엄마가……." 윈스턴이 말하기 시작했다.

"꼬마야, 내 말 잘 들어. 나는 네 엄마가 말하는 것에 조금도 개의치 않아. 그리고 임팔라를 쏘려는 게 아니야. 이미 수백 번 쏴 봤어." 그가 지적했다. "나는 방금 본 코뿔소를 쏠 거다."

"뭐라고요?" 할과 윈스턴이 크로스비가 서둘러 가는 것을 목을 빼고 보면서 휙 돌아섰다.

"넷 삼촌!" 할이 소리쳤다. "빨리요, 크로스비 씨가 기차에서 코뿔소를 쏘려고 해요!" 그들 셋은 침대차로 황급히 달려갔다.

"그는 로열 스위트룸에 있어." 넷 삼촌이 말했다. "저 문이야." 그가 주먹으로 문을 쾅쾅 쳤다. "크로스비 씨! 기차에서 총을 쏘면 안 돼요. 듣고 있어요?" 손잡이를 돌리려 했지만 잠겨 있었다. "크로스비 씨, 애커먼 씨를 데리고 올 겁니다. 만약 당신이……."

"가서 데리고 와!" 크로스비가 큰소리로 말했다. "내가 신경이나 쓰나!"

넷 삼촌이 할을 보았다. "그가 총을 들고 있으니 근처에 가지 마. 전망차로 돌아가서 앉아 있어. 애커먼 씨를 데리고 올게." 할이 고개를 끄덕였고 넷 삼촌이 복도 아래로 절뚝거리며 갔다.

"어서." 윈스턴이 할의 소매를 휙 잡아당겼다.

할은 크로스비가 찰칵 소리와 함께 창문을 내리는 소리를 들으며 물웅덩이에서 보았던 코뿔소를 생각했다. "제발, 크로스비 아저씨! 쏘지 마세요!"

무언가가 문에 내던져졌고 할과 윈스턴은 서로를 붙잡고 빠르게 뒤로 물러섰다.

"가자." 윈스턴이 낮은 목소리로 말했다.

그 순간, 폭탄 터지는 듯한 굉음이 들렸고 귀가 윙윙거리는 적막이 뒤따랐다. 그러고 나서 무거운 쿵 소리가 이어졌다.

chapter 12

사파리 스타에서 난
총소리

"**저** 거 총소리야?"

할이 놀라서 눈을 크게 뜨고 윈스턴을 쳐다봤다.

"그런 거야? 코뿔소를 쏜 거야?" 윈스턴이 속삭였다.

"크로스비 아저씨?"

할이 큰소리로 부르고 대답을 들으려고 귀를 기울였다. 그러나 아무 대답이 없었다. 그는 문에 귀를 바짝 갖다 댔다. 기차 바퀴의 우르릉거리는 소리와 끼익 하는 소리 너머로 누군가가 객실 안에서 움직이는 소리가 들렸다. "크로스비 아저씨? 괜찮으세요?" 할이 윈스턴을 쳐다봤다. "우리는 넷 삼촌이 말한 대로 전망차로 가서 기다리는 것이 좋겠어."

윈스턴이 고개를 끄덕였고 그들은 서둘러 갔다.

"잠깐만." 윈스턴이 몸을 돌렸다.

"뭔데?"

"치포! 얘가 어디 있지?"

"저기!" 할이 가리켰다. 몽구스는 통로 다른 쪽 끝, 카펫 위에 비치는 가느 다란 햇빛에 서 있었다. 노란색 빛은 문이 살짝 열려 있는 포샤와 패트리스 의 객실 입구에서 나오는 것이었다. 치포가 고개를 돌려 윈스턴을 흘깃 보고 는 문틈으로 사라졌다.

"어…… 어…….."

윈스턴이 치포 뒤를 쫓으며 소리를 냈다.

할이 윈스턴의 팔을 잡았다. "우리는 전망차로 가야 해!"

"나는 치포를 잡아야 해. 치포가 또 다른 승객을 불쾌하게 하면 내가 곤란 해져."

"그러면 빨리 하자!"

그들은 객실의 열려 있는 문 쪽으로 까치발을 하고 살금살금 다가갔다.

"왜 문이 열려 있지?" 윈스턴이 속삭이며 문을 조금 더 열고 안을 들여다 봤다.

"아마 방을 나올 때 문을 완전히 닫지 않았나 봐."

"치포!" 윈스턴이 낮은 목소리로 불렀다. "치포, 어디 있니?" 할이 윈스턴 의 어깨를 잡고 손가락으로 가리켰다. 패트리스 음바싸가 방 끝에 있는 더블 침대에 누워 얼굴에 수면 안대를 쓰고 있었다.

둘은 패트리스의 가슴이 오르락내리락 숨 쉬는 것을 보며 얼어붙었다.

"잠들었어." 할이 속삭였다.

"총소리가 저 사람을 깨우지 않았을까?"

"아마 깊이 잠들었나 봐."

윈스턴이 침대 밑에 있는 치포를 발견하고 네 발로 엎드려서 방으로 기어 들어가 치포를 밖으로 유인하기 위해 손을 내밀었다.

할은 그가 깨지는 않을까 살피면서 윈스턴을 따라 살살 기어갔다. 그러면서 귀에 노란색 물체가 붙어 있는 것을 보았다. "윈스턴." 그가 속삭였다. "저 사람 귀마개를 끼고 있어!"

"치포, 이리 와." 윈스턴이 조용히 말했다. "이리 오라고, 그렇지." 치포가 침대 밑에서 나와 사잇문 쪽으로 달려갔다. 치포가 문을 긁고 나서 윈스턴을 돌아봤다. "안 돼, 거기는 통과할 수 없어. 이리 와!" 윈스턴이 화난 어조로 낮게 말했다.

"저 문은 어디로 연결돼?" 할이 속삭였다.

"크로스비 아저씨의 객실로." 윈스턴이 대답했다.

손잡이 위에 후크가 거치대 안으로 내려가서 잠겨 있었다.

치포가 다시 문을 긁었다. 윈스턴이 털썩 네 발로 엎드려서 기어가 치포를 안아 올리고 벌떡 일어났다. 두 소년은 객실 밖으로 나와서 조심스럽게 문을 닫고 전망차로 앞다투어 뛰어갔다. 그들은 자리에 털썩 주저앉아서 헐떡거리며 숨을 쉬었다.

"치포, 거기서 뭘 하고 있어! 이 장난꾸러기 몽구스야?" 윈스턴이 야단을 쳤다.

전망차 창문 밖에서 할은 황금 바위의 높은 벽을 보았다. 그것은 협곡 안에 있었다. "그가 맞혔을까? 코뿔소 말이야."

"아니길 바라야지. 그런데……." 윈스턴이 창밖을 보면서 얼굴을 찌푸렸다. "나는 코뿔소가 밖에 있었다는 것이 놀라워. 너도 코뿔소가 어슬렁거리

는 것을 보지 못했잖아. 살아남아 있는 코뿔소가 거의 없어." 윈스턴이 일어나서 베란다로 걸어갔다. "그가 창밖으로 총을 쏜 것을 엄마가 아시면 분노하실 거야. 그는 무언가를 다치게 할 수도 있었어…… 잠깐!" 윈스턴이 어깨너머로 할을 보았다. "봐." 그가 가리켰다.

"뭐를?"

"저거 안 보여? 저기 위에."

"뭐를 보라고?"

"코뿔소 바위! 그 바보가 코뿔소 바위에 총을 쏘고 있었어."

소년들이 안도하며 깔깔 웃었다. 할은 그레그가 했던 말처럼 바위 형상이 멀리서 보면 얼마나 진짜 같은지를 깨닫고 경이로워했다. "그런데, 너 쿵 하는 소리 들었어?" 자리에 앉으면서 할이 말했다.

"총의 반동이 너무 세서 크로스비 아저씨가 넘어진 거였으면 좋겠어."

"하지만 그는 경험 많은 사냥꾼이라 총을 다루는 법을 잘 알아."

복도에서 발자국 소리와 쾅 치는 소리가 들려 둘은 서로를 쳐다보면서 귀를 기울였다.

"크로스비 씨, 루터 애커먼입니다. 얘기 좀 할 수 있을까요? 문을 열어 주세요." 또 한 번의 노크 소리가 있었다. "크로스비 씨? 당신이 기차에서 총을 쐈다고 들었어요." 루터는 더 고집스럽게 다시 문을 두드렸다. "크로스비 씨, 저를 들여보내 주지 않으면 열쇠로 문을 열겠습니다." 경고가 충분히 이해가 될 때까지 루터는 잠시 멈췄다. "듣고 있어요? 크로스비 씨?" 그가 다시 문을 두드렸다. 그러고 나서 할과 윈스턴은 열쇠가 쨍그렁 하는 소리를 들었다.

"왜 크로스비 씨가 대답하지 않는 거지?" 윈스턴이 속삭였다.

어떤 서늘한 느낌이 할의 가슴을 살살 기어갔다.

그때 터져 나오다가 끊긴 비명 소리가 들렸고 애커먼이 넷 삼촌의 이름을 외쳤다. 다급한 남자들의 목소리가 뒤죽박죽 섞였다.

"뭔가가 잘못됐어." 할이 윈스턴을 쳐다보며 일어났다.

"네 삼촌이 우리는 여기 있어야 한다고 말했어."

"그냥 보기만 하려고……. 무슨 일이 일어나고 있는지 알고 싶어." 할이 문 쪽으로 가면서 말했다.

루터 애커먼이 얼굴을 손으로 감싼 채 머빈 크로스비의 객실에서 뒷걸음질치며 나올 때까지는 복도에 아무도 없었다. 그는 "오! 안 돼!"를 계속 반복했다.

"료 사사키 씨를 불러 줘요." 넷 삼촌의 다급한 목소리가 들렸다.

루터 애커먼이 돌아서서 서둘러 갔다. "러브조이 씨!" 에릭이 복도 반대 쪽 끝에서 나타났을 때 그가 외쳤다.

"괜찮아요? 마치 유령이라도 본 얼굴이에요."

"맙소사! 고맙게도 당신이 여기 있네요. 끔찍한 사고가 있었어요." 루터는 에릭의 팔을 잡고 객실 입구로 데리고 갔다. 에릭은 서서 아래를 멍하니 보고 있었다.

"그가……?" 에릭이 말했다.

"안타깝게도 그런 것 같아요." 넷 삼촌이 객실 안에서 대답했다. 그리고 나서 애커먼이 계속 서 있는 것을 보고 소리쳤다. "료 사사키 씨를 모셔 와요!"

"여기 왔습니다! 무슨 일이죠?" 사사키가 진찰 가방을 들고 복도에 나타났다. 에릭과 루터가 길을 비켜 주었다. 그는 입구를 살펴봤다. 파란색 수술 장갑을 꺼내서 손을 넣고 잡아당기며 딱 소리가 나게 끼고 안으로 들어갔다.

할은 그 자리에서 얼어붙었다. 크로스비의 객실에서 무슨 일이 일어나고 있을까? 두려움으로 토할 것 같았다.

포샤 라마보아가 복도로 들어왔다. "이게 뭐죠?" 그녀가 물었다.

에릭이 애커먼을 쳐다봤다. 그는 알아들을 수 없는 소리를 내면서 물고기처럼 입을 열었다 닫았다 했다. 에릭은 포샤가 그 객실을 들여다보지 못하게 앞으로 나왔다. "라마보아 씨, 뒤로 물러나 주십시오. 유감스럽게도 끔찍한 사고가 있었어요."

"사고요?"

"아저씨가 무슨 말을 하고 있는 거야?" 윈스턴이 속삭였다. 그는 할의 어깨 옆에 서 있었다.

"크로스비 아저씨에게 일이 생겼어."

"승객들은 어떻게 하면 좋을까요? 애커먼 씨?" 에릭이 기차 매니저에게 물었다.

"어…… 그러니까……." 애커먼이 충격받은 얼굴로 알아듣기 힘들게 종알거렸다. 할은 공포감으로 심장이 치직거리며 금이 가는 것 같았다. 다 큰 어른이 이렇게 행동하는 것을 본 적이 없었다. 크로스비에게 생긴 일이 무엇이든 간에 매우 매우 안 좋은 것이 틀림없었다.

"애커먼 씨가 모든 승객들에게 라운지에 모여 달라고 말씀하셨습니다. 거기서 곧 상황을 설명할 겁니다." 에릭이 따뜻한 미소로 말했다.

"네, 네, 라운지요. 좋은 생각입니다." 애커먼이 고개를 끄덕이며 공포에 휩싸인 채 크로스비의 객실 안을 빤히 쳐다보았다.

"무슨 일인가요?" 포샤가 안을 들여다보려고 고개를 숙였다.

"라마보아 씨, 부탁합니다……." 에릭이 단호하게 막아섰다.

"무슨 일이에요?" 패트리스 음바싸가 그의 방 출입구에 나타나서 하품을 하고 귀마개를 뺐다. "포샤?" 그는 복도에서 상황을 지켜봤다. "괜찮은 겁니까?"

"애커먼 씨가 모든 승객들에게 즉시 라운지로 모여 줄 것을 요청했습니다." 에릭이 반복했다. "라마보아 씨, 음바싸 씨와 가는 길에 만나는 승객들에게 알려 주세요. 애커먼 씨가 곧 그곳으로 갈 겁니다."

넷 삼촌이 크로스비의 객실에서 나왔다.

"누가 다쳤나요?" 패트리스가 혼란스러운 표정으로 물었다.

"우리는 라운지로 갈게요." 포샤가 패트리스의 손을 잡고 앞서 가면서 고개를 끄덕였다.

"저는 할을 보러 가야 해요." 넷 삼촌이 에릭에게 말했다. "제가 여기서 더 이상 도울 것이 없는 것 같네요. 누군가가 크로스비 부인을 찾아서 무슨 일이 일어났는지 말해 줘야 합니다."

에릭이 괴로워하는 루터 애커먼을 흘깃 보면서 고개를 끄덕였다. "내가 하는 것이 낫겠어."

"가! 가! 가!" 할이 속삭이며 윈스턴과 앞다투어 서둘러 자리로 돌아갔다. 넷 삼촌이 출입구에 나타났다.

"무슨 일이에요?" 할이 즉시 물었다. "크로스비 아저씨에게 무슨 일 있어요?"

넷 삼촌의 표정이 심각했다. "크로스비 씨가 사고를 당했단다."

"어떤 사고요?" 윈스턴이 물었다.

"다쳤나요?" 할이 물었다. 삼촌의 얼굴을 살피고 상황이 더 안 좋다는 것을 깨달았다. 소름이 돋았다.

"그가…… 죽었나요?" 윈스턴이 치포를 쓰다듬으며 속삭였다.

"너희 둘 다 나와 함께 라운지로 가야 해."

"심장 마비인가요?" 할이 총소리가 난 후 들린 무거운 쿵 소리를 생각하면서 물었다.

"지금은 어떤 질문에도 답을 해 줄 수가 없구나. 할, 그러니 더 이상 묻지 마라."

넷 삼촌이 그들을 통로로 안내했다. 애커먼은 크로스비의 객실로 들어가서 문을 닫았다.

chapter 13

아멜리아의
혐의 제기

할, 윈스턴 그리고 넷 삼촌이 라운지에 도착했을 때 포샤와 패트리스는 코너에 앉아서 작은 목소리로 얘기하고 있었다. 사쓰키 사사키는 책장 옆에서 책을 읽고 있었고 베릴은 바에서 음료를 주문하고 있었다. 넷 삼촌이 아이들을 보드게임 옆 테이블에 앉게 하고 게임을 할 것을 제안했지만 아이들은 그럴 기분이 아니었다. 윈스턴은 치포를 쓰다듬고 있었고 할은 스케치북을 열고 그림을 그리기 시작했다.

"이건 매우 미스터리해." 베릴이 초대받지 않고 그들 사이에 끼어들었다. "왜 우리 모두 라운지에 모이라고 한 걸까요?"

"사고가 있었어요." 넷 삼촌이 낮은 목소리로 대답했다. "크로스비 씨가 다쳤어요."

베릴의 눈썹이 치켜올라 갔으나, 그녀는 음료를 한 모금 마시며 아무 말이 없었다.

"윈스턴!" 리아나가 라운지로 서둘러 들어와서 안도하며 외쳤다. 넷 삼촌이 자리를 옮겨 줘서 그녀는 아들 옆에 앉을 수 있었다. 그녀가 팔로 윈스턴을 감싸고 힘찬 포옹을 했다. "무사하구나."

"저는 괜찮아요, 엄마. 으으, 으스러질 것 같아요."

"에릭을 봤나요?" 베릴이 물었다.

리아나가 고개를 끄덕였다. "그는 크로스비 부인과 그녀의 딸과 함께 식당차에 있어요."

불쌍한 니콜! 할은 자신이 호기심에 사로잡혀서 친구를 잊고 있었다는 것을 깨달았다. 윈스턴이 할을 쳐다봤다. 분명히 그도 할과 같은 생각을 했을 것이다.

리아나와 넷 삼촌 그리고 베릴은 일부러 그날 그들이 보았던 야생 동물에 대해 대화를 했다. 할과 윈스턴을 안심시키려는 노력이 눈에 빤히 보였다. 그러나 그들의 어색한 대화는 할을 더 불안하게 만들었다.

루터 애커먼이 객차를 서둘러 통과하는 것을 보느라 모두 일제히 대화를 중단했다. 5분 후에 그는 두 명의 승무원과 함께 다시 지나갔다. 사람들은 료 사사키가 들어올 때까지 딱딱한 대화를 나누고 있었다. 료는 아내 옆에 앉았다. 할은 그들이 일본어로 소곤소곤 대화하는 것을 지켜봤다. 사사키가 무슨 일이 있었는지 설명하자 사쓰키의 눈이 커졌다. 그녀는 울지 않으려고 애쓰며 손으로 입을 막았고 할은 최악의 일이 일어났다는 것을 알았다.

1시간 30분 이상의 시간이 지나서야 에릭 러브조이가 초조해하는 루터 애커먼과 함께 라운지로 들어왔다. 예상됐던 침묵이 객차를 에워쌌다.

"신사 숙녀 여러분, 기다려 주셔서 감사합니다." 에릭이 말했다. "아시는 분도 계시겠지만, 제가 조기 은퇴를 하기 전인 5일 전만 해도 저는 요하네스

버그 경찰서 형사였습니다. 그래서 애커먼 씨가 이 상황을 제게 맡아 달라고
요청했습니다."

애커먼이 손을 비틀면서 고개를 끄덕였다.

"어떤 상황이요?" 베릴이 물었다.

"유감입니다만, 사고가 있었습니다. 우리 승객 중 한 분인 머빈 크로스비
씨가 돌아가셨습니다."

객차 안은 충격에 휩싸여 순식간에 조용해졌다.

"사고요?" 패트리스가 물었다.

"불행이 일어났을 때 크로스비 씨는 그의 객실 창문에서 동물을 총으로 쏘려고 한 것 같습니다. 그리고 음…… 실수로 자신을 쏜 것으로 보입니다."

소곤거림이 라운지 안에 잔물결처럼 퍼졌다. 애커먼은 손을 더 세게 비틀었다.

"어떻게 자신을 쏠 수 있지?" 할이 속삭였다.

"아마도 총이 잘못 작동했나 봐." 윈스턴이 대답했다. "아니면 총알이 총 안에서 터졌거나."

"섬뜩해라." 베릴이 흥미를 보이며 말했다.

"몇 시간 후에 우리는 국경 도시 무시나에 도착할 것입니다." 에릭이 객차 안을 조용히 시키기 위해 목소리를 높였다. "우리는 이미 경찰서에 전화를 했습니다. 크로스비 씨는 기차에서 내릴 것이며 경찰이 우리의 상황을 확인할 것입니다."

"여러분 중에 이 비극 때문에 여행을 중단하기 바라는 분들은 무시나에서 내려도 좋습니다." 애커먼이 말했다. 그는 아파 보이기까지 했다. "그러나 저는 여러분이 두 번째 사파리를 위해 그리고 빅토리아 폭포의 경이로움을 보기 위해 머물러 주시길 바랍니다!" 그가 억지로 내는 열정은 무의미하고 불쾌해 보였다.

"만약 누군가 이 기차를 떠난다면." 화난 목소리가 들렸다. "그 사람은 살인 용의자가 되는 겁니다."

모두가 고개를 돌렸다. 아멜리아 크로스비가 냉담한 표정으로 출입구에 서 있었다. 니콜은 눈물로 얼굴이 뒤범벅된 채 그녀의 엄마 옆에 서 있었다.

"크로스비 부인……." 에릭이 부드러운 목소리로 말했다.

"안 돼요!" 그녀가 그를 노려봤다. "왜 내 말을 안 들으려는 거죠? 나는 당신에게 말했어요. 머브가 자신에게 총을 쏘는 것은 불가능하다고요."

"그것은 끔찍한 비극입니다." 애커먼이 마구 고개를 끄덕이며 말했다.

"머브의 사냥총은 돈으로 살 수 있는 가장 좋은 총이에요." 그녀가 주장했다. "그 총은 여전히 온전한 상태라고 당신이 나에게 말했어요. 그러니 총이 오작동한 것이 아니에요. 그리고 총열이 너무 길어서 자신에게로 향할 수 없어요. 방아쇠에 손이 닿을 수 없었을 겁니다." 그녀가 팔짱을 꼈다. "만약 그가 총에 맞았다면 누군가가 그를 쏜 것입니다." 그녀가 비난하듯 방 안을 둘러봤다.

"크로스비 부인, 이 상황이 고통스러우시리라는 것을 이해합니다." 에릭이 차분하고 신중한 목소리로 말했다. "그러나 객실은 안에서 잠겨 있었습니다. 애커먼 씨가 들어갔을 때, 방은 비어 있었습니다."

"사잇문은 어땠나요?" 크로스비 부인이 포샤와 패트리스를 흘긋 보았다.

"사잇문은 고정되어 있었습니다. 양 쪽 다."

"당신이 창문이 열려 있었다고 말했잖아요."

"기차가 이동 중이었습니다. 아무도 기어올라서 들어가거나 나올 수 없었을 겁니다." 에릭이 그녀를 측은한 눈으로 보았다. "저 혼자만의 판단이 아닙니다, 크로스비 부인. 료 사사키 씨는 광범위한 의료 경험을 가진 외과 의사입니다. 그가 남편분을 검사했고 제 조사 결과에 동의했습니다."

"상심이 크시겠습니다." 료가 고개를 숙였다. "그의 상처는 그가 소유했던 총의 총알에 의한 상처와 일치합니다. 그가 창문을 열고 총을 창틀에 걸쳐 놓았고, 방아쇠를 당기려고 했을 때 흔들리는 기차의 움직임 때문에 균형을 잃어 총을 떨어뜨렸을 겁니다. 그리고 그때 발포되었다고 생각합니다. 그것은…… 매우 불행한 사고였습니다.”

“그가 기차의 흔들림 때문에 균형을 잃었다고요?” 아멜리아 크로스비가 비웃었다. “그는 평생 사냥을 했어요.”

“엄마…….” 니콜이 그녀의 팔을 잡았으나 아멜리아는 분노하며 뿌리쳤다. “아니에요, 러브조이 씨. 내 남편은 살해당했어요. 이 방에 있는 누군가에 의해.” 그녀가 완벽하게 매니큐어가 칠해진 손가락을 허공에 대고 삿대질을 했다. “당신들 중 누군가가 그를 쐈다고요!”

“그건 말도 안 돼요.” 패트리스가 고개를 저으면서 말했다.

“그래요?” 아멜리아가 잘 다듬어진 눈썹을 치켜올리면서 그를 쳐다봤다. “당신들 모두 그를 싫어했어요. 당신들이 그와 나에 대해서 뭐라고 말해 왔는지 내가 모른다고 생각하지 말아요.”

불편한 침묵이 흘렀고 할은 모두가 시선을 아래로 떨구고 그 사실에 부끄러워하고 있다는 것을 눈치챘다.

“이것은 살인이에요. 그리고 당신…….” 그녀가 에릭 러브조이 쪽으로 돌아섰다. “당신은 요하네스버그 경찰서 경찰이에요…….”

“은퇴한 경찰이죠.”

“당신은 5일 전에 은퇴했어요, 그렇죠?” 그녀가 톡 쏘며 말했다.

그가 고개를 끄덕였다.

“당신이 떠날 때, 틀림없이 당신이 쓰지 못한 휴가가 한 무더기 남아 있었을 거예요.”

에릭이 놀라는 표정을 지었지만 고개를 끄덕였다.

"그래서, 만약 당신이 휴가 중이라면 그것은 당신이 아직 완전히 은퇴한 것이 아니라는 뜻이죠. 법적으로 당신은 여전히 형사임이 틀림없어요. 만약 당신이 내 남편이 살해당한 것을 즉시 조사하지 않으면, 나는 요하네스버그 경찰서를 근무 태만으로 고소하겠어요." 그녀가 나가려고 돌아섰다. "내가 최고의 변호사를 선임할 수 있고 우리가 세계에서 가장 큰 방송사를 소유하고 있다는 것을 당신, 형사 러브조이 씨에게 새삼 상기시킬 필요는 없을 거라고 확신합니다." 아멜리아가 니콜의 어깨에 손을 얹었다. "제대로 하는 것이 좋을 거예요. 안 그러면 내가 당신의 명예와 당신과 함께 일한 동료들 한 명 한 명의 명예를 망가뜨릴 겁니다."

그렇게 말하고 두 사람은 나가 버렸다.

한참 동안 모두가 에릭을 바라봤다. 그때 베릴이 흥분하여 떨면서 외쳤다. "살인자는 우리들 중에 있어요."

chapter 14

무시나에서 일어난 미스터리

"**살**인자는 우리들 중에 있지 않아요." 에릭이 베릴을 쏘아붙였다. 아멜리아의 협박이 분명히 그를 짜증나게 했다. "우리 모두는 크로스비 부인을 동정할 수 있습니다. 사랑하는 사람을 잃는다는 것은 충격입니다. 저 역시 최근에 형을 잃었습니다. 며칠 동안은 형이 죽었다는 사실을 받아들일 수 없었습니다." 그가 목을 가다듬었다. "하지만 저의 고용 계약에 대한 그녀의 말이 맞습니다." 에릭이 살짝 고개를 저으며 방 안을 둘러보았다. "제가 속해 있던 경찰서를 위해서 저는 조사에 착수해야 할 것입니다. 적어도 우리가 무시나에 도착하여 지역 경찰이 인수받을 때까지요. 그러나 여러분 모두 안심하세요. 애커먼 씨, 사사키 씨 그리고 저는 사고라고 확신합니다. 그렇지 않다는 증거는 없습니다."

"질문 좀……." 루터 애커먼이 몸을 앞으로 내밀었다. "남아프리카 경찰이 범죄가 일어났다고 의심한다면, 무시나 국경에서 무슨 일이 일어날까요?"

"기차는 압수될 것이고 우리는 심문을 받기 위해 경찰서로 가게 될 것입니다."

"여행이 중단되나요?" 루터가 실망하며 외쳤다.

"물론이죠." 에릭이 고개를 끄덕였다.

"그거 짜증 나네요." 베릴이 중얼거렸다. "비록…… 필수적인 거지만 저는 확신해요. 정의를 위한 거라고." 그녀가 재빨리 덧붙였다.

"경찰이 사고라는 판단에 동의한다면 어떻게 되나요?" 패트리스가 물었다.

"그러면 크로스비 부인은 그들의 결정을 받아들여야 할 겁니다. 그녀와 그녀의 딸이 크로스비 씨와 함께 기차를 떠나고 우리는 여행을 계속할 겁니다."

할이 승객들을 휙 둘러봤다. 그들 모두가 머빈 크로스비의 죽음이 사고이길 바라는 것이 확실했다.

"이제, 우리가 무시나에 도착해서 경찰이 조사를 끝낼 때까지 모두들 객실로 돌아가서 머물러 주십시오." 에릭이 말했다. "애커먼 씨가 여러분의 방에 저녁 식사를 준비해 놓았습니다. 제가 여러분께 물어볼 것이 있으면 여러분 방으로 가서 문을 노크할 것입니다."

사파리 스타가 무시나를 향해 덜커덩거리며 평야를 가로질러 갔고 창문으로 이른 저녁의 검푸름 속에 있는 금빛 노을이 빛났다. 객실 안에서 할은 삼촌 맞은편 테이블에 앉아서 저녁 식사로 나온 부르보스(길게 감겨 있는 바비큐 소시지. 역자 주)와 차카라카(양파, 토마토, 피망, 당근, 콩 그리고 향신료가 들어간 샐러드. 역자 주)를 내려다보았다. 하이 티 이후로 오랜 시간이 지났는데도 할은 입맛이 거의 없었다. 왜냐하면 머빈 크로스비에 대한 생각을 지울 수 없었기 때문이었다. 할은 넷 삼촌도 먹고 있지 않는 것을 알아챘다.

"무슨 생각을 하고 계세요?" 할이 물었다.

"아, 별거 아니야." 넷 삼촌이 약간의 음식을 포크 위에 얹었지만 입으로 가져가지는 않았다.

"에릭 아저씨는 료, 애커먼 아저씨와 같이 크로스비 씨의 죽음이 사고라고 생각한다고 말했어요. 하지만 삼촌도 그 방 안에 있었잖아요." 할은 질문을 끝내지 못했다. 생각이 머릿속에서 뱅뱅 돌았다. 넷 삼촌이 고개를 끄덕였고 할은 삼촌이 무언가에 대해 갈등하고 있다는 것을 알 수 있었다. "저에게 말하고 싶지 않은 거예요?"

"너에게 말하고 싶지 않은 게 아니야. 이것은 책임 있는 어른이 되는 것에 관한 거야. 네가 아직 어리니까 너에게 말할 수 없는 거야."

"저는 열두 살이에요!"

"너는 매우 힘든 하루를 보냈어. 뱀 일도 그렇고, 이 사건까지. 그리고 음, 우리는 너에게 동물을 그릴 시간을 주기 위해서 여기에 왔어……." 삼촌은 손을 안경 밑으로 넣어서 눈을 비볐다. "나는 내가 존재할 수 있는 가장 나쁜 삼촌이 아닐까 의심해."

"삼촌은 크로스비 아저씨가 살해당했다고 생각하죠, 그렇죠?" 할이 포크와 나이프를 내려놓았다.

"솔직히 모르겠어, 할. 그렇지만 내가 만약 아멜리아 씨라면 나도 조사를 요구할 거야. 나는 크로스비 씨가 사고로 자신을 쐈다는 것을 믿을 수 없어. 그리고……." 그가 한숨을 쉬었다. "네가 맞아, 루터 애커먼은 매우 이상하게 행동하고 있어."

"삼촌은 애커먼 아저씨가……." 할은 애커먼이 돈뭉치를 받고 있는 그림이 나오도록 스케치북을 펼치고서 삼촌을 올려다봤다. "애커먼 아저씨가 크로스비 아저씨를 죽이는 대가로 돈을 받았다고 생각하지 않아요?"

"아니! 그가 왜 그런 일을 하겠어? 성급하게 결론지으면 안 돼. 결국, 사실상 이 기차에 타고 있는 모든 승객들이 크로스비 씨가 없어지길 바라는 이유를 갖고 있어. 그는 그리 좋은 사람이 아니었어."

"그래서 삼촌은 조사할 거예요?" 할은 간절해 보이지 않으려고 애썼다.

"들어 봐, 나는 무언가가 잘못 돌아가고 있다는 것에 동의해……."

"그런데 왜 우리는 사건을 해결하려고 하면 안 되는 거예요?"

"할! 왜냐하면 이건 살인 사건일 수 있으니까." 넷 삼촌이 손가락으로 탁자를 두드렸다. "만약 크로스비 부인의 말이 맞다면 그리고 그녀의 남편이 살해당한 것이 맞다면, 우리가 타고 있는 이 기차가 매우 위험하다는 거야."

"그래서 총격이 있었을 때 제가 들었던 것을 삼촌에게 말하면 안 되는 거예요?"

"무슨 소리야?"

"총소리가 났을 때 저는 그의 객실 문밖에 서 있었어요."

"하지만 내가 전망차로 가라고 했잖아."

"가려고 했어요." 할이 말했다. "그런데 제가…… 문을 쾅쾅 두드렸던 것 같아요. 그리고 크로스비 아저씨에게 마지막으로 코뿔소를 쏘지 말라고 간청했던 것 같아요." 할이 잠시 멈췄다. 끔찍한 생각이 떠올랐다. "아, 안 돼! 만약 제가 크로스비 씨를 넘어지게 해서 총을 떨어뜨렸다면요?"

"그럴 가능성은 거의 없어. 크로스비 씨는 네가 거기 있었다는 것을 알았어." 넷 삼촌이 손을 저으며 할의 말을 일축했다. "뭘 들었니?"

"크로스비 아저씨가 창문을 여는 소리를 들었어요. 아래 창틀까지 내렸을 때 찰칵 소리가 났어요. 제가 소리를 치자 크로스비 아저씨가 문에 무언가를 던졌어요. 부드러운 것을요."

"그건 쿠션이었어." 넷 삼촌이 고개를 끄덕였다. "내가 들어갔을 때 바닥에 있었어."

"그때 총소리와 함께 무거운 쿵 소리가 들렸어요."

"모든 것이 사고라고 주장하는 에릭의 이론을 입증하는구나."

"네, 하지만 제가 크로스비 아저씨를 부르며 괜찮은지 물었어요. 그러곤 귀를 문에 댔는데, 누군가가 방 한쪽에서 다른 쪽으로 움직이는 소리를 들었어요."

"확실하니?" 할이 고개를 끄덕였다. "그가 총에 맞았다면 어떻게 움직일 수가 있었을까요?"

"그렇게 할 수 없었을 거야. 그는 의자 옆 바닥에 쓰러져서 일어나지 못했어." 그가 잠시 멈췄다. "네가 한 말은 옆방에 있었던 패트리스 씨를 지목하고 있어."

할이 고개를 흔들었다. "그는 사건이 일어나는 동안 내내 자고 있었어요. 사건 바로 직후에 윈스턴과 저는 패트리스 아저씨의 객실에 들어갔어요."

"어떻게 했다고?!"

"치포가 총소리에 놀라서 그의 객실로 뛰어 들어갔어요. 우리는 치포를 쫓아 들어가야 했어요. 그는 귀마개와 수면 안대를 하고 깊이 잠들어 있어서 우리가 몰래 들어가서 치포를 붙잡는 것을 보지 못했어요."

"내가 왜 놀랐는지 모르겠다." 넷 삼촌이 의아한 표정을 지었다. "하지만 네가 맞아, 그것은 패트리스 씨일 리가 없어. 크로스비 씨의 객실은 안에서 잠겨 있었어. 사잇문도 확인했어." 삼촌이 얼굴을 찌푸렸다. "도대체 너는 누가 움직이는 소리를 들은 걸까? 그리고 그는 어디로 간 걸까?"

할이 스케치북을 내려다봤다. "이것이 살인 사건이라면 우리는 이 사건을 해결해야 해요."

넷 삼촌이 눈을 감았다. "네 엄마가 나를 죽이려고 할 거야."

그들은 얘기를 하면서 음식을 먹었고 어느새 접시를 깨끗이 비웠다. 푸딩은 커스터드로 채워진 밀크 타르트였는데 할은 그것을 매우 좋아해서 삼촌

것까지 맛있게 먹어 치웠다.

"우리 지금 무시나에 도착한 거예요?" 기차가 측선으로 들어가자 할이 물었다. 파란 경광등이 번쩍번쩍거리는 하얀색 경찰차가 선로 옆 비포장도로에서 기다리고 있었다. 할은 얼굴을 유리창에 바짝 대고 밴에서 내리는 흰색 비닐 방호복을 입은 사람들을 봤다. "경찰이 과학 수사대를 데리고 왔어요." 할이 삼촌을 쳐다봤다. "그들이 수사하는 것을 보게 허락해 줄까요?"

"아니, 그리고 나도 허락 못 해! 과학 수사는 구경하는 스포츠 경기가 아니야. 어쨌든, 경찰이 수사를 하는 동안 객실 안에 머무르라고 에릭이 우리에게 말했어."

노크 소리가 들렸고 윈스턴이 문틈으로 머리를 들이밀었다. "안녕하세요, 브레드쇼 아저씨. 할이 저와 몽구스 런을 만들러 치포 방으로 올 건지 궁금해서요."

"나는 좋지." 할이 테이블에서 일어서며 말했다. "괜찮아요?"

"에릭 아저씨 눈에 띄지 않게 해라." 넷 삼촌이 고개를 끄덕이며 말하자 둘은 문밖으로 재빨리 사라졌다.

둘은 서비스 차량으로 뛰어 내려갔다. 윈스턴과 치포의 방 가까이 왔을 때 할이 속도를 줄였다. 그러나 윈스턴은 계속 걸어갔다. "어디로 가는 거니?"

"경찰을 보러 가는 거야, 빨리 와."

"들키면 어쩌려고?"

"들키지 않아." 윈스턴은 그렇게 말하고 객차 문을 열고 기차 저쪽 끝에 있는 사다리를 타고 기어 내려갔다. "너 탐정 맞아?" 치포가 윈스턴의 어깨로 뛰어 내려간 다음에 땅으로 내려가서 나방을 잡으려고 기차 옆 긴 풀숲에서

이리저리 빠르게 돌아다녔다. "어서 빨리." 윈스턴이 낮은 목소리로 말했다. "사람들에게 들키면 치포가 쉬를 해야 한다고 말할 거야."

할이 윈스턴을 따라서 사다리를 타고 내려왔다. 문이 쾅 소리와 함께 닫히는 바람에 둘은 얼어붙었다. 누가 들었는지 둘러봤지만 아무 일도 일어나지 않았다.

"이쪽이야." 윈스턴이 객차에 가까이 붙어서 성큼성큼 걸었다. "경찰은 다른 쪽에 있어."

오른쪽에 어슴푸레하게 보이는 헛간이 철책으로 둘러싸여 있었다. 그들이 기차 끝으로 가까이 왔을 때, 경찰차의 파란색 불빛이 객차 밑에 있는 차대를 스쳐 지나갔다. 할은 크로스비의 객실 창문에서 낯익은 실루엣을 보았고 윈스턴을 붙잡았다. 그는 손가락을 입술에 대고 윈스턴을 끌어 내려서 바퀴 그림자 안에 쪼그리고 앉았다. "에릭 아저씨야." 할이 가리키며 속삭였다.

"…… 물론 아니죠." 에릭이 말하고 있었다. "우리는 계획대로 진행했어요."

소곤거리는 여자 목소리가 들렸지만 소리가 너무 작아서 그녀가 무슨 말을 하는지 이해할 수 없었다.

"맞아요, 우리 둘 다 성패가 여기에 달렸다는 것을 알아요." 에릭이 고개를 끄덕였다.

"안타까운 일이지만 부인은 사실을 받아들이려고 하지 않아요."

여자가 대답했다. 하지만 할은 '사고'라는 단어만 들었다.

"그 남자는 서투른 멍청이였어요. 코뿔소를 쏘려고 하다가 자신을 쏜 것은 인과응보예요."

그 여자가 알아들을 수 없는 말을 했다.

"우리 둘 다 더 중요한 문제가 있다는 것을 압니다. 샘플을 가져가고 그 장소에서 지문을 채취하고 사진을 찍으세요. 당신 팀은 이 소란을 가라앉히기 위해 필요한 것을 모두 하세요. 하지만 빨리 처리하세요. 우리는 지켜야 할 스케줄이 있어요. 이번 작업에 들인 시간과 에너지를 생각하면……." 그는 고개를 흔들었다.

그 여자가 다시 말을 했다. 할이 들으려고 안간힘을 썼지만 소용없었다.

"당신이 동의해 줘서 기쁘네요. 이제 와서 엉망이 되게 할 수는 없습니다. 어처구니없는 사고가 몇 년 동안 공들인 일을 망치게 놔두지 않을 겁니다. 사파리 스타가 여정을 계속하는 것이 중요해요."

chapter 15

범죄의 재구성

윈스턴이 치포를 팔로 꼭 안고 할과 함께 서비스 차량으로 돌아왔다. "러브조이 아저씨는 그가 은퇴했다고 말했어." 그들이 기차에 올라탔을 때 윈스턴이 숨을 헐떡이며 말했다.

"나에게는 진짜 은퇴한 것으로 들리지 않았어." 할이 말했다. "그는 다른 사건을 조사하고 있어, 그리고 크로스비 아저씨의 죽음은 그것을 망칠 수 있는 위협이 되고 있어."

"그러면 너는 그가 확실히 살해당했다고 생각하는구나?" 윈스턴이 객차 문을 닫으면서 물었다.

"나도 모르겠어. 에릭 아저씨는 사고라고 확신하는 것 같은데 넷 삼촌은 확실하지 않아. 만약 에릭 아저씨가 그의 다른 사건을 방해하는 살인 사건 조사를 원하지 않는다면, 아마도 그는 보고 싶은 것만 보려고 할 거야. 우리는 넷 삼촌한테 가서 우리가 들은 것을 말해야 해."

객실 문을 열었을 때 삼촌은 불편한 자세로 천장을 바라보며 카펫 위에 누워 있었다.

"아!" 넷 삼촌이 벌떡 일어났다. "안녕, 빨리 돌아왔구나."

할은 활짝 열려 있는 창문 밑에 의자가 쓰러져 있는 것을 의심스러운 듯이 보았다. "뭐 하고 계세요?"

"아무것도 아니야."

"범죄 현장을 재구성하고 있는 거예요?"

"쉬이!" 넷 삼촌이 서둘러 문을 닫았다. "그래, 맞아. 내가 하고 있는 것이 그거야."

"훌륭하세요!" 윈스턴이 말했다. "저희가 도와드릴까요?"

"조용히 있기만 하면 돼." 넷 삼촌이 말했다.

"중요한 것을 알아냈어요." 할이 목소리를 낮췄다. "에릭 러브조이 아저씨는 은퇴하지 않았어요. 그는 큰 사건을 조사하면서 잠복근무를 하고 있어요."

"어떻게 알아냈니?"

"그가 경찰에게 얘기하는 것을 우연히 들었어요. 그는 크로스비 씨의 죽음 때문에 그들의 임무가 실패할까 봐 걱정하고 있어요."

"네 객실에서 알아낸 거지? 그렇지?" 넷 삼촌이 윈스턴을 보고 얼굴을 찌푸렸다.

"그러니까, 그게…… 치포가 쉬를 해야 했어요." 윈스턴이 재빨리 말했다. "우리는 치포를 데리고 나가서 기차 바퀴 옆으로 지나갔어요."

"그리고 치포가 우연히 크로스비 씨의 객실 밑에 있는 바퀴 옆에서 쉬를 했고?" 둘 다 고개를 끄덕이자 넷 삼촌이 낄낄 웃었다. "음, 나는 그것이 사고

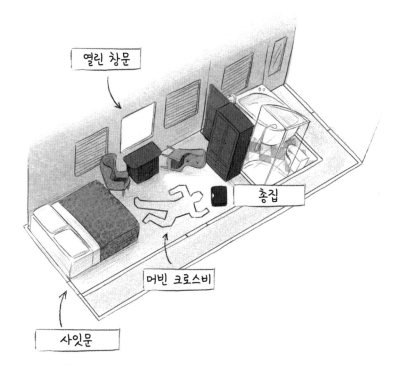

열린 창문

총집

머빈 크로스비

사잇문

라고 주장하는 에릭의 말이 맞다는 생각이 들어. 우리 객실은 크로스비 씨의 것만큼 크지는 않지만 근본적으로 구조가 같아. 자쿠지와 킹사이즈 침대는 없지만……."

"로열 스위트룸에는 자쿠지가 있어요?" 할이 놀라며 말했다.

"로열 스위트잖아." 윈스턴이 지적했다.

"만약 크로스비 씨의 객실에 살인범이 있었다면, 그들은 어디로 사라졌을까?" 넷 삼촌이 도저히 모르겠다는 듯 두 손을 들어 올렸다. "들어오거나 나갈 방법이 없어."

"여기 모든 것이 삼촌이 그를 발견했을 때 놓여 있던 곳에 정확히 있는 거예요?" 할이 테이블에 앉아서 스케치북을 펼치며 물었다.

"응, 검증해 보자. 나는 크로스비야." 넷 삼촌이 복도로 나와서 문을 열고 걸어 들어갔다. "나는 코뿔소를 쏠 생각에 흥분해 있어."

"실제로는 코뿔소 바위예요." 윈스턴이 끼어들었다.

"나는 말썽꾸러기들이 일을 망치는 것을 원치 않아. 그래서……." 삼촌은 문을 잠갔다. "그런 다음 나는 침대 위 선반에서 총집을 꺼내."

"케이스가 얼마나 커요?" 할이 물었다.

"대략 색소폰 케이스 사이즈야. 나는 그것을 여기 바닥에 놓고……." 할이 객차 그림 안에 그것을 그려 넣었을 때 넷 삼촌이 케이스를 열고 총을 꺼내는 시늉을 했다. "나는 케이스 안에 있는 박스에서 총알을 꺼내서 총에 장전해. 그런 다음 창문으로 가서 높이가 안 맞고 흔들리는 기차 때문에 안정된 조준을 유지하는 것이 어렵다는 것을 바로 알게 돼. 그래서 나는 의자를 당겨." 삼촌은 의자를 바로 세워 제자리에 놓았다. "나타니엘 브레드쇼가 루터 애커먼을 데리고 오겠다고 협박하면서 문을 쾅쾅 두드렸고 나는 그에게 그렇게 하라고 말해. 그리고 나서 앉아서 총을 내 무릎 위에 올리고는 창문을 열어." 넷 삼촌이 창문을 여는 시늉을 했다.

"저는 크로스비 아저씨가 쏠 준비를 하는 것을 들어요. 그래서 코뿔소를 쏘지 말라고 애원하면서 문을 쾅쾅 두드려요." 할이 그림에 열린 창문을 표시하면서 계속 말했다.

"나는 의자 등받이에서 쿠션을 집어서 너를 조용히 시키려고 문에 던져." 넷 삼촌이 말했다. "그런 다음 총을 들고 팔꿈치를 창틀 위에 받친 상태에서 몸을 앞으로 기울이고 조준을 해."

"우리는 총소리를 들어요. 그리고 나서 쿵." 윈스턴이 말했다.

"사건은 이렇게 일어날 수 있었어……." 넷 삼촌이 그의 팔꿈치가 창틀에서 미끄러지는 시늉을 했다. "미끄러지면서 총의 개머리판이 움직이고 총열이 회전하면서 총이 바닥에 떨어져. 탕! 개머리판이 바닥에 부딪힐 때 총이 발사되고 나는 총에 맞아." 삼촌은 의자를 뒤로 젖혔고 쿵 소리와 함께 카펫 위에 쓰러져 구르더니 팔다리를 벌린 채 누웠다. "이것이 그가 발견됐을 때 하고 있던 정확한 자세야."

할이 바닥에 누워 있는 모습을 그렸다.

"이 시나리오는 가능해." 넷 삼촌이 일어나 앉았다. "사고로 총이 발사됐다는 이론은 매우 설득력 있어."

"그 후에 누군가 돌아다니는 소리를 들은 것을 제외하면요." 할이 지적했다.

"사고가 발생했을 때 누군가 그와 함께 거기에 있었을지도 모르지?" 윈스턴이 의문을 제기했다.

"그러면 그때 그들은 왜 경보기를 울리지 않고 문도 열지 않았을까?" 넷 삼촌이 물었다. "그리고 루터 애커먼과 내가 들어갔을 때 그들은 어디에 있었을까?"

"사고 시나리오를 검토해 봤으니 이제 살인 시나리오를 검토해 봐요." 할이 제안했다.

"내가 범인을 할게." 윈스턴이 자원했다. "범인이 이미 안에 있었을까요? 크로스비 아저씨를 기다리면서?"

"그랬을 거야. 한번 안에서 문을 잠그면 객실 안으로 들어갈 방법이 없어." 넷 삼촌이 객실로 들어가 총집을 꺼내는 시늉을 했다. "하지만 너는 어디에 숨어 있지? 그리고 너는 그를 그의 총으로 쏴야 해. 만약 네가 갑자기 나타나서 나에게서 내 총을 뺏는다면 몸싸움이 일어날 거야. 그러면 너희들은 그

소리를 들었겠지.”

“내가 만약 객실 안에 있지 않고 창문을 열었을 때 창문을 통해서 들어오면요?” 윈스턴이 열린 창문으로 가서 고요한 밤을 내다봤다. 윈스턴은 몸을 창틀에 기대고 균형을 잡은 다음 창턱을 발로 밟고 지붕으로 손을 뻗어서 몸을 당겨 올라갔다.

할이 밖을 내다봤다. 윈스턴의 얼굴이 달빛에 활짝 웃으며 지붕 가장자리에서 나타났다. “버섯 모양의 통풍구를 잡았어.” 그가 말했다. “아주 쉬웠어.”

“왜냐하면 기차가 움직이지 않으니까.” 할이 지적했다. “기차가 속력을 내서 달리고 있다면 훨씬 더 어려울 거야. 거기 위에서 들어와 봐.”

윈스턴이 지붕에서 자세를 바꿨을 때 넷 삼촌은 의자의 위치를 바꾸고 앉았다.

“시작해!” 할이 외쳤고 윈스턴의 매달린 다리가 시야에 들어오더니 창문 가장자리를 찾으려고 주변을 다리로 찼고 넷 삼촌을 밟자마자 내려갔다. 삼촌은 소리를 지르는 척했고 의자에서 뒤로 떨어졌다.

“이 시나리오는 안 맞아.” 할이 말했다. “크로스비 아저씨가 침입자에게 소리를 지르고 총을 쐈을 거야.”

“만약에⋯⋯.” 윈스턴이 생각을 하느라 잠시 말을 멈췄다. “범인이 지붕에서 기다리고 있었다면요? 크로스비 아저씨가 총을 창밖으로 내밀었을 때, 그가 총을 뺏고 크로스비 아저씨를 쏜 다음 총을 객실 안으로 떨어뜨리고 다시 올라가서 모든 소동이 일어나는 동안 지붕에 누워 있었다면요?”

“가능할 수도 있어, 범인이 스파이더맨이라면.” 할이 말했다.

“기차가 달리는 동안 창문을 통해서 올라가거나 지붕에서 총을 잡아챌 수 있는 사람은 이 기차에 많지 않아." 넷 삼촌이 지적했다. "그건 매우 위험할 거야. 패트리스 씨가 그렇게 할 정도로 힘이 세지만 창문을 통과해서 올라가기에는 몸집이 너무 커."

"그리고 그가 잠들어 있는 것을 우리가 봤어요." 할이 말했다.

"승무원들은?" 넷 삼촌이 윈스턴을 쳐다봤다.

"엄마는 아마 가능하실 거예요." 윈스턴이 말했다. "엄마는 총을 다뤄 본 경험이 있어요. 하지만 그렇게 하시지 않을 거예요." 윈스턴이 고개를 흔들었다. "비록 이 기차에서 일하는 사람들이 크로스비 아저씨를 좋아하지 않지만 그를 죽이고 평생을 감옥에서 보낼 위험을 감수하려고 하지는 않을 거예요."

"이제 들어오거나 나가는 통로로 창문은 제외하자." 넷 삼촌이 말했다. "만약 누군가 안에서 크로스비 씨를 기다리면서 누워 있었다면 어떨까?"

"욕실에 숨었을 수도 있어요." 할이 제안했다. "또는 옷장 안에요."

넷 삼촌이 옷장을 열고 옷걸이를 한쪽으로 치우고 들어가서 문을 닫았다. "약간 몸이 껴." 삼촌의 또렷하지 않은 목소리가 들린 후 문이 확 열리자 할과 윈스턴이 깔깔 웃었다. "하지만 에릭이 방을 수색했을 때 범인을 찾았을 거야. 그리고 나와 료가 봤을 테고."

"누군가 방에서 몰래 나와 윈스턴과 제가 패트리스 아저씨의 객실에 있는 동안 도망갈 수 있었을까요?"

"매우 빠르고 조용해야 가능해." 윈스턴이 지적했다. "그리고 나와서 문을 잠가야 해."

"아멜리아 씨가 열쇠를 갖고 있어." 넷 삼촌이 말했다.

"범인이 크로스비 아저씨의 열쇠를 갖고 나왔을 수도 있어요." 할이 심사

숙고하면서 말했다. "하지만 객실에서 나와서 어디로 갔을까요? 범인들은 전망차로 가지 않았어요. 거기는 비어 있었어요."

"나는 루터를 부르러 라운지로 달려갔어. 그러곤 곧장 둘이서 돌아왔고." 넷 삼촌이 미간을 찡그리면서 말했다. "나는 아무도 못 봤어."

"머리가 핑핑 돌아요." 윈스턴이 안락의자에 털썩 주저앉았다. "누군가 객실에 있었던 것이 틀림없어요. 왜냐하면 할이 소리를 들었으니까요."

"다른 출구는 어떨까요?" 할이 베릴의 객실로 연결되는 사잇문으로 가면서 말했다. 그러곤 잠금장치를 들여다봤다. 그것은 문 표면에 달려 있는 두툼한 황동 고리였는데 문을 당겨서 여는 것을 방지하기 위해 벽에 달려 있는 작은 구멍 안에 고리가 떨어지면 잠기는 구조였다.

"양쪽에 잠금장치가 있어." 넷 삼촌이 말했다. "문을 열려면 양쪽 다 잠금장치가 풀려 있어야 해. 그런데 둘 다 잠겨 있었어."

"끈 갖고 있는 사람 있어요?" 할이 물었다.

윈스턴이 주머니를 뒤지더니 약간의 말린 과일과 나침반에 엉킨 낚싯줄을 꺼냈다.

"답을 찾기 위해 낚시를 하려고?" 윈스턴이 물었다.

"확인하고 싶은 것이 있어." 할이 낚싯줄을 고리 위쪽에 묶으면서 말했다. "넷 삼촌, 베릴 아줌마에게 그쪽에서 문을 열어 줄 수 있는지 물어봐 주실 수 있어요?" 잠시 후에 할은 문을 통해서 넷 삼촌의 낮은 목소리를 들었다.

"물론이죠, 귀여운 양반." 베릴이 꺄악 소리를 질렀다. "나는 아마추어 탐정 일 하기를 너무 좋아해." 문이 열렸다. "안녕, 얘들아."

"제가 들어가도 괜찮아요?" 할이 물었다.

"물론이지." 베릴이 궁금해하며 뒤로 물러섰다.

할이 자신의 방 쪽에서 문에 있는 고리를 위쪽으로 들어 올린 다음 낚싯줄을 고리 모양으로 만들어 고리에 걸고 베릴의 방으로 들어갔다. "이것이 작동하면 다시 들어갈게." 할이 문을 닫으면서 윈스턴에게 말했다. 낚싯줄을 조심스럽게 당기자 다른 쪽에 있는 고리가 구멍 안으로 떨어지는 소리가 들렸다.

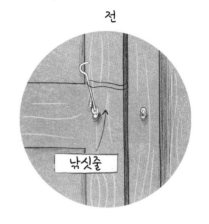

전

낚싯줄

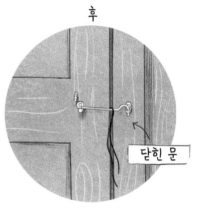

후

닫힌 문

"작동했어!" 윈스턴이 큰소리로 말했다.

"뭐가 작동했어?" 베릴이 신나서 물었다.

"여기서 옆방의 사잇문 잠금장치를 작동시키는 것이 가능하다는 것을 증명했어요." 할이 잠금장치 속임수를 그리기 위해 무릎을 꿇으면서 말했다.

"그거 스릴 있네!" 베릴이 두 손으로 손뼉을 쳤다.

윈스턴이 문을 열었다. "할, 범인이 크로스비 아저씨의 객실에 있다가 옆방으로 나와서 반대쪽 문을 잠그고 패트리스 아저씨가 자는 동안 그의 방에 숨을 수 있었다고 생각해?"

할이 고개를 끄덕였다. "가능해. 하지만 그건 우리가 범인과 함께 그 방에 있었다는 의미가 될 거야!"

chapter 16

부수사관에 임명되다

"할? 일어나. 국경 경찰이 여기 왔어."

할이 일어나 앉아서 눈을 비볐다. "우리는 계속 짐바브웨로 가는 거예요?"

넷 삼촌이 하얀색 치노 바지와 짙은 파란색 콤비 상의를 입고 물을 마시면서 창가에 서 있었다. "그런 것 같아, 그들이 여권과 비자를 확인하기만 하면. 너도 옷을 입는 것이 좋겠다."

할이 일어나서 얼굴에 물을 끼얹었다.

"그래서 경찰은 에릭 아저씨 의견에 동의한대요?" 할이 옷을 입으려고 몸부림치면서 물었다. "그들도 크로스비 아저씨의 죽음이 사고라고 생각한대요?"

"그런 것 같아, 문 밑에 쪽지가 있었어. 에릭이 모두에게 조사가 끝나면 식당차로 모이라고 했어."

푸른 회색 셔츠를 입고 있는 경찰이 문에 나타났다. 할은 그녀가 비자를 검사할 때 심장이 쓸데없이 뛰었다. 그러나 경찰은 미소를 지으며 고개를 끄덕였다. "짐바브웨에 오신 것을 환영합니다." 그녀가 기차 아래로 이동하기 전에 여권을 돌려주면서 말했다.

"자." 넷 삼촌이 말했다. "아침 식사다. 에릭이 하는 말을 들을 시간이야."

식당차에는 긴장된 분위기가 흘렀다. 베릴이 그들에게 손을 흔들었다. "자리를 맡아 놓았어요!"

윈스턴은 옆 테이블에 그의 엄마와 함께 앉아 있었다. 할이 슬그머니 자리에 앉으면서 안녕! 하고 속삭였다. 할은 목탄 연필통을 꺼내서 테이블에 앉아 있는 포샤와 패트리스를 스케치할 준비를 했다. 패트리스는 침울해 보였고 포샤의 표정은 침착했으나 냅킨을 비틀고 또 비틀었다. 료와 사쓰키는 그들 앞에 음식이 놓여 있는 것으로 보아 일찍 일어난 것이 틀림없었다. 할은 니콜이 그녀의 엄마와 같이 들어왔을 때 잠시 그리는 것을 멈췄다. 그들은 자리에 앉으면서 방 안에 있는 모든 사람들을 무시했다. 할은 도와줄 것이 없는지 알아보기 위해 기회가 있을 때 니콜에게 가서 얘기해 보기로 결심했다.

에릭 러브조이가 들어왔다. 그는 모든 사람들이 그를 보고 들을 수 있도록 방 중앙으로 이동했다. "모두들 모여 주셔서 감사합니다." 그가 말했다. "여러분도 알다시피, 어제 저녁에 경찰이 크로스비 씨의 객실 수색을 마쳤습니다. 그들은 그의 죽음이 비극적인 사고라고 결론 냈습니다. 크로스비 씨는 기차에서 옮겨졌고 그의 객실은 잠길 것이고 출입이 금지될 것입니다."

할은 이 소식이 아멜리아 크로스비를 화나게 하지 않는지 궁금해하면서 그녀를 흘긋 보았다. 하지만 그녀의 표정은 돌처럼 무표정했다.

"이 얘기는 곧 우리가 여행을 끝마칠 수 있다는 의미입니다." 루터 애커먼이 주체할 수 없는 기쁨을 보이며 끼어들어 말했다. "국경 경찰도 확인을 끝냈습니다. 그래서 우리는 짐바브웨로 갑니다! 지금 출발하면 오늘 오후에 있을 두 번째 사파리를 위해 제시간 안에 황게 보호 구역에 도착할 것입니다. 그는 활짝 웃으며 방을 둘러보았다. 그러나 승객들의 믿을 수 없다는 표정을 보고 헛기침을 하며 얼굴이 붉어졌다.

에릭이 불쾌한 표정을 지으며 애커먼을 쳐다보고 헛기침을 했다. "당국은 크로스비 씨의 죽음이 사고였다고 믿습니다." 그가 계속했다. "하지만 크로스비 부인은 그 결론에 만족하지 않습니다. 지난밤 그녀와의 긴 토론 끝에, 저는 충격으로 이어진 사건을 조사하기로 했습니다." 엷은 미소가 아멜리아의 얼굴에 천천히 번졌다. "짐바브웨에서는 저에게 관할권이 없기 때문에 저는 사설탐정으로 활동할 것입니다. 그리고 살인의 모든 가능성을 없애기 위해서 제 권한에서 모든 것을 할 것입니다."

이 소식에 사람들이 웅성거렸고 할은 흥분의 짜릿함을 느꼈다.

"여러분이 휴가를 즐기는 동안 사설탐정이 동행한다는 것은 여러분이 사파리 스타 티켓을 샀을 때 계약했던 것이 아니라는 것을 저는 잘 압니다. 그래서 반대 의견이 있는 분은 지금 손을 들어 주십시오."

"제 생각에는 크로스비 씨에게 무슨 일이 일어났는지 확실히 안다면 우리가 좀 더 안심할 수 있을 것 같아요." 포샤가 말했다.

"당신은 매우 너그러운 것 같아요." 베릴이 에릭을 보고 그녀의 속눈썹을 떨면서 말하기 시작했다. "어제의 비극적인 사건을 즉시 조사하는 것을 원하지 않는 사람은 자신에게 혐의를 두는 것입니다." 그녀가 다른 승객들을 유심히 둘러봤다.

"저는 당신이 조사를 한다면 훨씬 더 좋을 것 같습니다." 패트리스가 테이블을 세게 치면서 말했다. 그 바람에 테이블 위의 그릇이 달가닥거렸다. "당신이 더 철저하게 하면 우리는 더 빨리 이동할 수 있어요."

사람들이 서로 동의한다며 소곤거렸다.

아멜리아 크로스비가 일어났다. "여러분의 협조에 감사드립니다." 그녀가 말했다. "탐정 러브조이 씨가 필요로 하는 지원을 보장하기 위해 내 딸과 저는 사파리 스타에 남을 것입니다." 할은 그녀가 에릭에게 많은 돈을 제공했는지 아니면 압력을 가하는 것에 능한 건지 궁금했다. "그리고 여러분 중 한 사람이 제 남편을 죽였다면, 그 사람은 남은 평생을 감옥에서 썩을 거라는 것을 확실히 말하고 싶습니다." 그녀가 말하고는 자리에 다시 앉았다.

"전속력으로 전진!" 루터가 자신을 노려보는 사람들에게 선언했다.

"여러분들의 이해에 감사드립니다." 에릭이 고개 숙이며 인사했다. "가능한 한 빨리 시작하고 싶습니다. 아침 식사 후에, 저는 어제 사건의 명확한 시각표를 수립하기 위해서 여러분 모두를 인터뷰할 것입니다. 그러나 지금은 식사를 하시기 바랍니다."

방은 곧 식기가 달그닥거리는 소리와 토스트를 자르는 나이프의 거친 소리로 꽉 찼다.

베릴이 에릭의 손을 잡기 위해 몸을 밖으로 내밀었다. "당신은 놀라워요. 사설탐정이 돼서 사건을 해결하려고 하다니 얼마나 훌륭한 생각인가요!"

"제 생각이 아니었어요." 베릴이 그녀 옆에 앉으라고 끌어당기자 그에 응하면서 대답했다. 그는 넷 삼촌을 보고 목소리를 낮춰 말했다. "나는 여전히 사고라고 생각하네. 하지만 이것이 크로스비 부인을 만족시키고 기차가 여정을 끝낼 수 있다는 것을 의미한다면 나쁠 것이 없지 않나? 나는 모두의 휴가를 망치지 않기 위해 영리하고 체계적인 사람이 되기로 했어." 그가 잔에 커피를 따랐다.

"저는 제 나름대로 저만의 조사 방식을 추구해 왔어요." 할이 전문가처럼 들리기를 바라면서 말했다.

"그림을 더 그리는 것 말이니?" 에릭이 말했다.

할이 스케치북을 펼치면서 고개를 끄덕였다. "범죄 현장을 설계해 봤어요. 그리고 어제저녁에 몇 가지 가능한 이론을 확인하기 위해 범죄를 재구성했어요……."

"정말이니?" 에릭이 넷 삼촌을 힐끗 보면서 미소를 지었다. "있잖니, 원칙적으로 나는 이론에 대해 의견을 나누고 사건을 정리하는 것을 돕는 부수사관과 함께 조사를 했단다." 그가 잠시 멈췄다. "나는 네가 영국과 미국에서 해결했던 이전 사건들에 대해 들은 적이 있단다. 궁금한 것이 있는데…… 나의 부수사관이 되어 줄래, 해리슨?"

할은 그 질문에 놀라고 매우 기뻐서 입이 떡 벌어졌다. "저…… 저는…… 음…… 네, 부탁해요. 제 뜻은…… 감사합니다!"

"저도 할 수 있을까요?" 윈스턴이 자리에서 몸을 돌려서 듣고 있었다.

"윈스턴, 이런 우연이 있나." 에릭이 진지한 목소리로 말했다. "나는 네가 팀에 합류하기를 원하는지 막 물어보려고 했단다."

"정말요?" 윈스턴이 기뻐했다.

"네 엄마가 괜찮다면?" 에릭이 리아나를 쳐다보자 그녀가 고개를 끄덕였다.

"윈스턴이 집중할 수 있는 일이 필요해요. 윈스턴과 치포가 주방 직원들을 미치게 만들고 있어요."

"탐정 러브조이 씨가 요구하는 것은 모두 해라, 할." 넷 삼촌이 그에게 의미심장한 표정을 지었다. "무언가를 배울 거야."

"잡을 범인이 있는지 의심스럽지만, 진한 커피를 만드는 방법은 확실하게 배우게 될 거야." 에릭이 말하자 모두가 깔깔 웃었다.

할은 삼촌에게 고개를 끄덕였다. 할은 삼촌이 지난밤에 할과 윈스턴이 엿들은 에릭의 비밀 사건을 암시하는 것이라는 것을 알아챘다.

chapter 17

악어의 눈물

그들이 아침 식사를 마치고 나서 한 방의 증기 폭발이 있었고 사파리 스타는 객차를 무시나의 측선 밖으로 끌어당겼다. 할은 기차가 뱀처럼 구불구불한 림포포강 위 높은 곳에 있는 알프레드 베이트브릿지로 굴러가는 것을 식당차의 창문으로 보았다. 물의 흐름이 모래 진흙을 휘저어서 물을 갈색으로 만들었다. 그 강은 남아프리카 국경과 짐바브웨로 들어가는 입구를 나타냈다. 할은 새로운 나라로 들어간다는 생각에 기뻐서 전율을 느꼈다.

"림포포는 사람을 먹는 악어들로 유명해." 베릴이 말했다. 할은 그녀를 의심스러운 눈초리로 쳐다봤다. "사실이야! 자신의 적을 악어에게 먹였다는 밀수꾼에 관한 놀랍도록 섬뜩한 이야기를 들었어." 그녀가 눈을 깜빡거렸다. "사실, 그게 좀 더 낫다. 그렇지 않니?" 지어낸 얘기인지 아닌지 헷갈려 하는 할을 아랑곳하지 않고 그녀는 핸드백에서 일기장을 꺼내서 무언가를 휘갈겨 썼다.

아침 식사 후에, 러브조이는 할과 윈스턴을 객실로 초대했다. 그 방은 그가 일할 수 있도록 애커먼이 마련해 준 것이었다. 할의 객실과 마찬가지로 비어 있는 고급 스위트룸이었다. 하지만 안락의자는 식당차에서 가져온 테이블과 의자에 자리를 내주기 위해 옆으로 치워져 있었다.

"문 앞에 '사설탐정'이라고 써 붙이는 것이 좋겠어요." 윈스턴이 제안했다.

"그건 좀 과한 것 같구나." 에릭이 웃었다.

"우리가 무엇을 하면 되나요?" 할이 열의를 보이며 물었다.

"나는 용의자들을 한 명씩 불러서 인터뷰하고 어제저녁에 일어난 사건에 대한 진술서를 작성할 거야. 승객들에게 하이 티 이후의 행적과 크로스비 씨와의 관계에 대해 말해 달라고 요청할 거야. 너희들은 듣는 것 모두를 메모하면 좋겠구나. 나에게 하고 싶은 질문이 있으면 물어볼 수 있어. 하지만 다른 사람들이 말한 것을 누설하면 안 돼, 이해하겠니?"

할은 마른침을 삼켰다. 공식적으로 용의자를 인터뷰해 본 적이 없어서 긴장이 되었다. 할은 잘하고 싶었다. "저는 기차 내부 지도를 그리고 사건이 일어난 시점에 사람들이 어디에 있었는지 표시할 수 있어요."

에릭이 고개를 끄덕였다. "훌륭한 생각이다."

"더 큰 종이가 필요할 거예요." 할이 침대 옆 서랍을 열고 사파리 스타 로고가 찍혀 있는 A4 용지 한 장을 꺼냈다.

"자 그럼, 먼저 너희 둘을 인터뷰하는 것이 좋겠구나. 나타니엘이 말하길, 너희 둘이 크로스비 씨의 문밖에 같이 있었고 총소리를 들었다고?"

"네." 할이 고개를 끄덕이며 말하고 나서 그와 윈스턴이 총소리 전후에 무슨 일이 있었는지 돌아가며 설명했다.

"음바싸 씨의 객실 문이 살짝 열려 있었다고?" 에릭이 적으면서 물었다.

"하지만 그는 안에서 깊이 잠들어 있었고?"

"네." 윈스턴이 대답했다. "그래서 치포가 방 안으로 들어갈 수 있었어요."

할이 얼굴을 찌푸렸다. 윈스턴이 묘사하는 것을 들으면서, 패트리스의 방문이 살짝 열려 있었다는 사실이 지금은 이상하게 느껴졌다.

"자, 이것으로 모든 것이 설명되는 것 같다." 에릭이 자신의 노트를 검토하면서 말했다. "너희 둘이 나에게 하고 싶은 말이 없다면 말이야."

"총격이 있은 후에 누군가가 객실에서 돌아다니는 소리를 제가 확실히 들었어요." 할이 말했다.

"그건 벌써 적었어." 에릭이 고개를 끄덕였다. "아주 이상해."

윈스턴이 에릭의 승객 명단을 봤다. "누구랑 제일 먼저 인터뷰하나요?"

"아멜리아 크로스비 씨부터 시작하자." 에릭이 메마른 미소로 대답했다. "내가 카야한테 불러 달라고 얘기하마."

5분 후에, 멍한 표정의 아멜리아 크로스비가 객실 안으로 조용히 들어와서 빈 안락의자에 털썩 앉았다. 그녀는 테이블에 나란히 앉아 있는 할과 윈스턴을 쳐다보고 나서 그녀 맞은편에 앉은 에릭을 보았다. "이 아이들은 여기서 뭐 하는 거예요?"

"몇 달 전에 억만장자 어거스트 레자의 딸이 미국에서 납치됐던 것을 기억하세요?"

"물론 기억하죠." 그녀가 코웃음을 치며 말했다. "저는 어거스트 씨를 사교 모임에서 여러 번 만났어요."

"그러면 그 사건이 한 소년에 의해서 해결된 것을 기억하시나요?" 에릭이 얼굴이 빨개진 할을 가리켰다. "저 소년이 해리슨 벡입니다."

아멜리아는 할을 마치 처음 보는 것처럼 살펴봤다. "내 기억이 맞다면 경찰은 네 말을 들으려 하지 않았어. 하지만 어쨌든 너는 조사를 했고 혼자 힘으로 사건을 해결했지?"

"정확해요." 할이 대답하기도 전에 에릭이 말했다. "저는 이 문제에서는 특별한 관점이 중요하다고 생각했습니다."

아멜리아 쿠퍼 크로스비

"그거 좋은 생각이에요. 왜냐하면, 제가 당신에게 말했듯이 머브는 총으로 사고를 내지 않았을 거예요. 그는 자면서도 총을 분해할 수 있을 정도였어요. 누군가 그를 죽이고 사고처럼 보이게 한 거예요. 나는 그걸 알아요. 그리고 그것이 나를 두렵게 해요." 그녀가 몸을 앞으로 내밀고 속삭였다. "만약 그들이 나와 니콜도 제거하려고 한다면요?"

할은 크로스비 부인이 겁에 질려 있을 거라는 생각을 못 했다. 할은 그녀를 살펴봤다. 고대기로 곧게 편 그녀의 머리카락은 말려 있었고 손톱 하나는 부러져 있었다. 할이 일어나며 말했다. "걱정하지 마세요, 크로스비 아줌마와 니콜에게 어떤 일도 일어나지 않게 하겠습니다."

"저도 해리슨이 말한 것과 같은 말을 하고 싶네요. 루터에게 부인의 문밖에 직원 여러 명을 배치시켜 달라고 요청하겠습니다. 그것이 부인의 마음을 편하게 한다면요."

"그러면 안심이 될 거예요, 감사합니다." 아멜리아가 고개를 끄덕였다.

"어제 오후 부인의 행적에 대해 물어보겠습니다." 에릭이 펜을 눌러 클릭 소리를 냈다. "부인은 하이 티 후에 전망차를 나가서 어디로 갔습니까?"

"저는 닉을 따라서 딸의 방으로 돌아갔어요. 그 방은 나와 머브의 방 옆 객차에 있어요. 당신도 닉과 애 아빠가 말다툼을 한 것을 들었을 거라고 생각해요."

"저는 거기에 없었습니다." 에릭이 말했다. "무엇에 관한 말다툼이었나요?"

"닉은 정말 총명해요······." 아멜리아가 자랑스러워하며 미소 지었다. "그리고 그 애는 경영을 공부하러 하버드에 가고 싶어 해요. 하지만 머브는 좋아하지 않았죠. 우리가 사파리 갔을 때 포샤 그 여자가 닉이 대학에 가려고 한다는 말을 꺼냈고 그것이 그를 화나게 했어요. 하이 티에서 그가 닉에게 대학에 가지 않으면 좋겠다고 말했고 말다툼은 늘 끝나던 방식으로 끝났어요. 닉은 화가 나서 자리를 박차고 나갔고 나는 딸을 쫓아갔어요. 우리는 딸의 방으로 들어갔고 나는 닉을 대학에 갈 수 있을 거라고 안심시키며 진정시켰어요." 그녀가 머리를 뒤로 젖혔다. "원하는 것을 얻기 위해서 머브를 다루는 방법이 있어요. 나는 닉에게 목욕물을 받아 줬고 그 애가 몸을 욕조에 담그는 동안 텔레비전을 봤어요. 돌아가서 머브의 성질을 받아 주고 싶지 않았어요. 그는 끔찍한 다혈질이에요." 그녀가 잠시 말을 멈췄다. "그는 끔찍한 다혈질······." 그녀의 목소리가 점점 작아졌고 허공을 바라봤다.

"얼마 동안 텔레비전을 봤습니까?" 에릭이 조심스럽게 물었다.

"누군가 와서 당신이 나와 닉을 식당차에서 보기를 원한다고 말할 때까지요." 그녀가 눈을 깜빡거렸다. 그러나 할은 그녀의 눈이 눈물로 차 있지 않다는 것을 알아챘다.

"부인이 아는 사람들 중에서 남편에게 원한이 있는 사람이 있습니까, 크로스비 부인?" 에릭이 물었다.

할은 아멜리아의 웃음에 깜짝 놀랐다. "우리 솔직해질까요? 모두가 머브를 싫어해요. 그리고 그는 그런 방식을 좋아했어요. 그는 그것이 자신이 성공한 증거라고 생각했어요."

"부인은 남편을 싫어하나요?" 에릭이 물었다. 할은 숨을 참았다.

"더 이상은 아니에요." 아멜리아가 그에게 쓴 웃음을 지었다. "머빈 크로스비의 아내로 사는 것은 쉽지 않았어요." 그녀가 고개를 흔들었다. "물론 당신이 알아내겠지만 시간을 절약할 수 있게 미리 말하는 거예요. 그의 모든 재산은 니콜에게 가요. 나는 혼전 합의서에 서명했어요. 그가 죽으면 나는 평범한 집과 용돈에 불과한 돈만 받게끔 합의서에 쓰여 있어요." 그녀가 몸을 앞으로 기울였다. "내가 남편을 사랑하지 않았을지는 몰라요, 러브조이 씨. 하지만 나는 내 딸을 사랑해요. 그리고 머브가 돈 때문에 살해당했다면, 그러면 내 딸도 위험해요. 나는 내 딸을 지키기 위해 필요한 것은 뭐든지 다 할 거예요."

"저도 그럴 겁니다." 에릭이 그녀를 안심시켰다. "솔직하게 대답해 주셔서 감사합니다, 크로스비 부인."

그녀가 다시 앉았다. "아멜리아라고 부르세요."

"이 기차에 남편의 적이라고 할 만한 사람이 있나요?"

"아니요, 위협이 될 만한 적이나 사업 경쟁자라고 할 만한 사람은 전혀 없어요. 그 점이 이 사건을 더 무섭게 만드는 거예요."

"감사합니다. 제가 물어보려던 질문은 이것이 전부입니다. 다음 순서로 따님과 얘기를 나누어도 될까요?"

그녀가 일어났다. "닉을 들여보낼게요."

문이 닫혔을 때, 할과 윈스턴은 서로를 쳐다봤다.

"이런, 나는 그것을 전혀 예상하지 못했어!" 할이 속삭였다.

"기억해라." 에릭이 말했다. "우리는 사실을 듣고 적는다. 그녀는 우리가 그녀에게 미안한 마음을 갖게끔 행동했어. 하지만 아멜리아 씨는 영리한 사람이야. 그녀는 자신이 무엇을 하고 있는지 알지."

"그래도 저는 부인이 무서워하고 있다고 믿어요." 할이 대답했다.

"그래." 에릭이 고개를 끄덕였다. "나도 그렇단다."

작은 노크 소리가 들렸다. 니콜이 발을 끌며 느릿느릿 걸어 들어왔다. 그녀가 할과 윈스턴을 보고는 혼란스러워하는 것처럼 보였지만 안도하는 것 같았다.

니콜 크로스비

"괜찮아?" 할이 물었고 그녀가 고개를 끄덕였다.

윈스턴이 치포를 니콜에게 보냈고 치포가 코를 비벼 대자 그녀가 미소를 보였다.

"우리는 탐정 러브조이의 조수야." 할이 설명했다.

"우리는 수사를 돕고 있어." 윈스턴이 활짝 웃으며 말하자 니콜이 살짝 긴장을 풀었다.

"여기 앉으면 돼요?" 그녀가 의자를 가리켰다.

"네가 앉고 싶은 데 앉으렴." 에릭이 친절하게 말했다. "몇 가지 질문에만 대답하면 된단다."

니콜이 그녀의 금발 곱슬머리를 뒤로 넘기고 주머니에서 헤어밴드를 꺼내서 쪽진 머리를 매만지며 앉았다. "좋아요, 알고 싶으신 것이 뭔가요?"

"네가 아빠와 다툰 후에 네 엄마가 너를 따라서 네 방으로 가셨고 너에게 목욕물을 받아 줬다고 진술하셨어."

"네." 니콜이 고개를 끄덕였다.

"욕실에 들어가고 나서 엄마와 얘기했거나 어떤 이유로 나온 적이 있니?"

"아니요, 저는 엄마가 텔레비전을 켜는 것을 들었지만 얘기를 하지는 않았어요."

"얼마나 오랫동안 욕실에 있었니?"

니콜이 어깨를 으쓱했다. "45분 동안이요. 그때 엄마가 문을 노크해서 아저씨가 우리를 식당차에서 보자고 하셨다고 말했어요."

에릭이 고개를 끄덕였다. "이 기차의 어떤 사람이 네 아빠를 해치고 싶었는지도 몰라. 그렇다면 그 이유를 혹시 알고 있니? 모른다면 내 질문은 여기까지다."

니콜은 깊은 한숨을 쉬었다. "아빠는 잔인한 사람이었어요." 그녀가 잠시 말을 멈췄다. "사람들은 아빠가 나쁘다고 생각하지만 그들은 진짜를 몰라요. 저는 아빠가 사람들의 삶을 망가트리는 것을 봐 왔어요. 아빠는 재미로 동물을 죽여요." 그녀가 할과 윈스턴을 쳐다봤다. "저는 아빠처럼 클까 봐 두려웠어요. 그런데 누군가 나 외에 아무도 내가 어떤 사람이 될지 선택하지 못한다고 가르쳐 줬어요." 할은 니콜이 대담하게 보였다.

"훌륭한 조언이구나." 에릭이 말했다. "누가 그것을 말해 줬니?"

"포샤 라마보아 씨요. 그녀는 비즈니스 포럼에서 활동하는 국제 젊은 여성들의 멘토 중 한 명이에요. 그녀는 진정으로 용기를 불러일으켜 줘요."

"얼마나 오랫동안 그녀를 알고 있었니?"

"이 기차에서 처음으로 그녀를 봤어요." 니콜이 말했다. "하지만 우리는 몇 달 동안 서로 편지를 주고받았어요. 그녀는 저를 잘 이해해요." 그녀가 마른침을 삼켰다. "사람들은 내가 아빠에 대해서 슬퍼한다고 생각하지만……." 그녀의 아랫입술이 떨렸다. "저는 그렇지 않아요. 아빠는 끔찍한 사람이었어요. 그래서 저는 생각해요, 제가 아빠의 죽음을 슬퍼하지 않아서 나도 나쁜 사람이 되면 어쩌지?" 그녀가 흐느껴 울기 시작했다.

윈스턴이 급하게 앞으로 가서 반바지에서 꺼낸 티슈를 그녀에게 건넸다. "너는 좋은 사람이야, 그리고 매우 용감하고." 그가 말했다. "그리고 치포도 동의해. 그렇지, 치포?"

자기 이름을 들은 치포는 꺄악 소리를 냈고 니콜의 흐느낌은 웃음과 섞여 나왔다.

에릭이 할을 보면서 문을 향해 고개를 까딱했다.

"질문이 모두 끝났어." 할이 말했다. "이제 가도 돼."

"고마워." 그녀가 희미하게 미소 지었다.

"가서 좀 쉬어라." 니콜이 객실을 나갈 때 에릭이 말했다.

니콜이 가고 나서 긴 침묵이 흘렀다. 할은 니콜의 심정이 얼마나 복잡한지를 알고 충격에 빠졌다. 할은 평범하고 사랑하는 자신의 가족에게 고마움을 느꼈다.

"자, 탐정들, 인터뷰에서 뭔가 유용한 것을 찾았나?"

"네." 할이 테이블에 있는 자기 자리로 돌아가면서 말했다. 할은 아멜리아와 니콜이 인터뷰를 하는 모습을 그린 짧은 스케치를 내려다보면서 그들의 위치를 그림에 표시했다. "기차가 프리토리아를 떠나기 전부터 니콜과 포샤가 서로 알고 있었다는 사실을 알았어요. 그리고, 만약 니콜이 욕조에 있던 45분 동안 아무런 방해를 받지 않았다면…… 그것은 크로스비 부인이 남편의 죽음에 알리바이가 없다는 것을 뜻해요."

"빙고." 에릭 러브조이가 말했다.

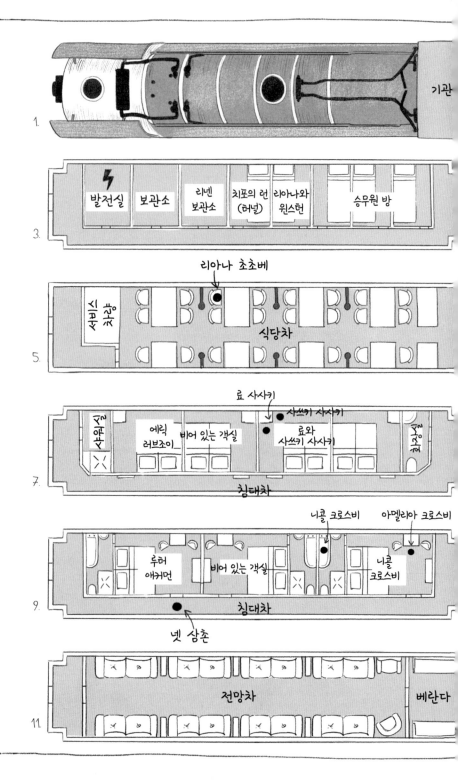

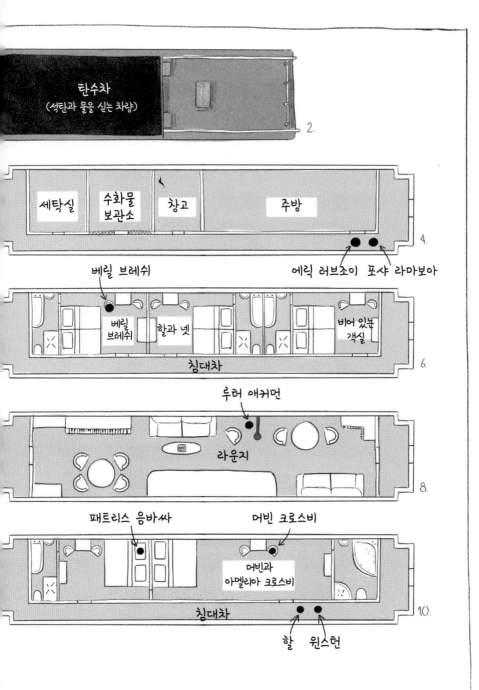

chapter 18

거대한 백상아리

패트리스 음바싸가 객실을 서성거렸다. 그리고 모서리에 앉았다가 다리를 스트레칭했다.

"신사분들." 패트리스가 그들 셋을 점잖은 미소로 감싸면서 말했다. "어떻게 도움이 돼 드릴까요?"

"음바싸 씨, 당신이 어제 오후에 전망차를 떠난 후에 무엇을 했는지 말씀해 주시면 좋겠습니다." 에릭이 말했다.

패트리스 음바싸

"나는 낮잠을 자러 객실로 돌아갔어요." 그가 두 손을 들어 보였다. "그게 다예요. 나는 총격이 있던 때에 잠들어 있었어요."

"저는 노인이나 아기만 낮잠을 자는 줄 알았어요." 윈스턴이 놀렸다.

패트리스가 깔깔 웃었다. "피부 미용을 위해 자는 거예요." 패트리스는 자신의 뺨을 쓰다듬었다. "카메라 앞에서 생기 있게 보이게 하죠."

"총소리에 깨지 않았나요?"

"귀마개와 안대를 하고 있었어요. 세트장에 있는 내 트레일러에서 낮잠을 잘 때 하는 습관이에요. 아무것도 듣지 못했어요."

"그럼 무슨 소리에 깨셨어요?" 할이 물었다. "아저씨는 객실에서 나와서 '무슨 일이죠?'라고 물었어요."

"시계에 진동 알람을 맞춰 놓았어요." 그가 손목을 들어 올렸다. "샤워를 하고 저녁 식사 하러 갈 준비를 하려고 했지요. 하지만 침대에서 일어나 앉았을 때 사람들이 복도에 모여 있는 것을 봤어요. 그래서 일어나 문 쪽으로 가면서 귀마개를 뺏어요."

"그래서 아저씨는 객실 문을 일부러 열어 놓았나요?" 할이 집요하게 물었다.

"나는……." 패트리스는 헛기침을 하면서 의자에서 자세를 바로잡았다. "아니요, 우연히 열어 놓았던 것이 틀림없어요."

"도움이 많이 됐습니다." 에릭이 메모를 하면서 말했다. "한 가지 더요, 크로스비 씨는 어떻게 아는 사이입니까?"

"나는 그를 모릅니다."

"하지만 아저씨는 그가 아저씨를 안다고 말씀 하셨어요." 할이 지적했다.

"맞아요, 그러고 보니 크로스비 씨가 기억할 만큼 내가 중요한 사람이 아니었지만 말이죠." 패트리스가 얼굴을 찡그렸다. "하지만 나는 그를 절대 잊을 수 없습니다."

"크로스비 씨가 무엇 때문에 아저씨를 화나게 했나요?" 할이 물었다.

"그는 나를 화나게 하지 않았어요." 패트리스가 몸을 앞으로 내밀었다. "그는 내 경력을 망가뜨리려고 했어요."

"무슨 일이 있었나요?" 에릭이 관심을 보였다.

"나는 크로스비 씨의 회사인 크로스골드에서 제작하는 헐리우드 영화에 캐스팅되었어요. 전설적인 권투 선수인 토네이도를 연기하는 것은 저에게 큰 기회를 의미했죠. 그 역할을 위해서 여섯 번 스크린 테스트를 했고 캐스팅되었을 때 제작자는 그 역할을 위해 몸무게를 늘리라고 요구했죠. 나는 몇 달 동안 달걀과 붉은색 고기를 먹고 단백질 셰이크를 마시며 새벽에 일어나 운동해서 19킬로그램의 단단한 근육을 만들었어요. 촬영 첫 주 후에, 머빈 크로스비 씨가 로스앤젤레스에 있는 세트장에 방문했어요. 나를 포함한 모두가 대작 영화를 뒤에서 지원하는 거물을 만날 생각에 들떠 있었죠. 그는 내가 누구를 연기하는지 물었고 토네이도라고 말했을 때 소리를 질렀어요. '아니, 안 돼! 당신은 아니야, 당신은 해고야.' 그가 감독한테 고함을 질렀어요. '이런 괴물을 캐스팅하고 당신 뭐 하는 거야? 너무 커서 영화에서 끔찍하게 나올 거야. 다시 캐스팅해!'" 패트리스가 어깨를 으쓱했다. "그러고 나서 그는 그냥 걸어 나갔어요. 하지만 그가 내 배우 생명을 쓰레기통에 버리게 하기에는 그 역할을 위해 너무 열심히 노력했어요. 나는 그를 쫓아가서 사정했지만 나를 비웃었어요. 그래서 나는 그 역할에 대해서 생각하고 있는 것을 정확하게 그에게 말했어요." 패트리스는 경멸적으로 입을 삐죽거렸다. "그는 내 생각을 맘에 들어 하지 않았어요. 보안 요원이 나를 사람들로부터 떼어놓고 크로스비 씨는 내가 성질이 나쁘다고 소문을 냈어요." 그는 주먹을 꽉 쥐었다. "내 에이전트는 나를 버렸고 나는 2년 동안 연기를 못 했어요. 나는 아직도 남아프리카 밖에서는 캐스팅이 안 돼요. 그 남자가 내 인생을 망쳤어요, 그리고 그것이 그에게는 너무 사소한 일이라서 내 이름을 기억조차 못 해요."

"그것이 당신을 화나게 만들었나요?" 에릭이 물었다.

"물론 나를 화나게 만들었죠." 패트리스가 지친 표정으로 에릭을 보았다. "하지만 나는 그를 죽이지 않았어요. 당신이 암시하는 것이 이것이라면, 나는 그렇게 멍청하지 않고 그런 사람 때문에 감옥에 들어갈 만큼 자제력이 없는 것도 아닙니다. 그의 죽음은 내 인생을 걸 정도로 가치 있지 않아요."

"당신은 머빈 크로스비 씨가 사파리 스타에 타는 것을 알고 있었나요?"

"알았다면 오지 않았을 겁니다."

패트리스가 나간 후에 윈스턴이 큰 한숨을 쉬었다. "그건 너무했어." 윈스턴이 고개를 흔들었다. "패트리스 아저씨라면 토네이도를 훌륭하게 연기했을 텐데…… 그 영화는 너무 엉망이었어."

"다음 순서로 포샤 라마보아 씨와 얘기를 나눠 보는 것이 좋겠구나." 에릭이 말했다.

포샤가 금색과 녹색의 실크 재킷을 입고 경계하는 표정으로 객실로 들어왔다. 그녀는 마치 오래 머무를 생각이 없다는 듯이 의자 끝에 걸터앉았다.

"저는 주방에서 요리사와 이야기를 하고 있었어요." 러브조이가 총격이 있던 때 어디에 있었는지 묻자 포샤가 대답

포샤 라마보아

했다. 할은 그림에 그녀를 표시했다. "나의 영양사 레온 씨가 그들에게 구체적인 요구를 했어요. 모두가 알다시피." 그녀는 창피해하는 할을 흘깃 봤다. "나는 애커먼 씨의 직원들이 정확하게 나의 저녁 식사를 준비하고 있는지 확인하고 싶었어요."

"서비스 차량에서요?" 윈스턴이 물었다. "식당차를 지나서 있는 차량이요?"

포샤가 고개를 끄덕였다. "저는 기차의 반대 끝에 있었어요. 당신이 나를 거기서 봤잖아요, 탐정님."

"네." 에릭이 고개를 끄덕였다. "나는 통로에서 당신을 지나쳤죠. 당신이 맞아요."

"총소리를 들으셨나요?" 할이 물었다.

포샤가 고개를 저었다. "냄비와 팬이 부딪치는 소리랑 칼로 다지는 소리에 너무 시끄러웠어요. 나는 얘기를 끝내고 패트리스에게 돌아갔어요. 그래야 저녁 식사를 위해 옷을 갈아입을 수 있으니까요. 객실 가까이에 가니 복도에 사람들이 있었고, 그때 총격이 있었다는 것을 처음 알았어요."

"패트리스는 주방에 당신과 함께 가기를 원하지 않았나요?"

포샤가 마치 에릭이 바보 같은 질문을 했다는 듯 그를 쳐다보며 고개를 저었다. "패트리스는 낮잠을 자고 있었어요."

"그는 자주 낮잠을 자나요?"

"패트리스는 자고 있을 때 제일 행복해해요." 그녀의 표현이 놀리는 듯했지만 자랑스럽게 말했다. "태양 아래 사자처럼요."

"당신은요?"

"내가 낮잠을 즐겼다면 유명한 기업가가 되지 않았겠죠." 그녀가 미소 지었다.

"크로스비 씨를 전에 만나 본 적이 있나요?" 할이 물었다.

"아니요." 포샤가 말했다. "하지만 그의 명성은 알고 있었어요. 사람들은 그를 거대한 백상아리라고 불렀어요. 그는 약탈적인 사업 방식으로 유명하지만 나에게는 그를 싫어할 특별한 이유는 없어요."

"패트리스 아저씨는 어떤가요?" 할이 물었다.

"패트리스는 타당한 이유로 머빈 크로스비 씨를 싫어했죠. 하지만 나는 그에게 원한을 품고 있지 않아요."

"크로스비 가족이 사파리 스타에 탄다는 것을 알았나요?" 에릭이 물었다.

포샤가 고개를 끄덕였다. "나는 니콜 크로스비의 멘토예요. 니콜이 나에게 말했죠."

"그것이 당신이 티켓을 산 이유입니까?"

"그것이 하나의 이유죠." 포샤가 미소 지었다. "니콜이 나를 만나 보고 싶다고 말했고 나는 사파리에서 만나는 것이 로맨틱하다고 생각했어요."

"그런데 패트리스 아저씨에게는 말 안하셨고요?" 할은 그녀가 조금 못됐다고 생각했다.

"물론 안 했죠. 알았으면 그는 절대 안 왔을 거예요. 하지만 나는 이 여행이 그가 오래된 마음의 짐을 내려놓는 데 도움이 되기를 바랐어요." 그녀가 그 말이 어떻게 들릴지를 생각하면서 잠시 말을 멈췄고 에릭에게 짧은 미소를 보였다.

"내 말 뜻을 아실 거예요."

"알죠." 에릭이 고개를 끄덕였다. "고맙습니다, 라마보아 씨. 질문은 여기까지입니다."

할은 우연히 들은 포샤와 패트리스 사이의 언쟁을 회상하면서 얼굴을 찡그렸다. 그녀는 말했었다. '여기에 당신 자존심보다 더 중요한 것이 걸려 있어요.' 그녀가 나가려고 일어났을 때, 그는 그녀가 한 말이 무슨 뜻인지 궁금해하면서 스케치북에 그린 그녀의 초상화 밑에 몇 개의 단어를 썼다.

"그녀의 알리바이는 완벽해." 포샤가 나간 후에 에릭이 말했다. "내가 과일을 좀 더 가지러 주방에 갔을 때 봤어." 에릭은 말을 잠시 멈추고 팔을 위로 뻗어 과일 접시에서 초록색 사과를 집어 들고 껍질을 까기 위해 주머니에서 주머니칼을 꺼냈다.

"그녀가 우리에게 말하지 않은 뭔가가 있어요." 에릭이 사과를 먹을 때 할이 골똘히 생각했다. "그것이 뭔지 궁금해요."

베릴 브레쉬가 회오리 모양의 스카프를 두르고 들어왔다. "최악으로 하세요!" 그녀는 자리에 앉으면서 손등을 이마에 대고 외쳤다. "나를 심문하세요!" 그녀가 킥킥 웃었다. "어머, 이거 신나지 않나요?"

베릴 브레쉬

할이 미소 지었다. 그는 베릴이 좋아졌다.

"사파리 스타에 탄 실제 살인자! 이대로 간다면 책이 저절로 써질 것 같아요." 그녀는 손뼉을 치고 손을 무릎 위로 내렸다. "자, 어서요. 나에게 질문하세요."

"이 조사에서 우리는 살인을 배제할 수도 있어요." 에릭이 노트를 새 페이지로 넘기면서 말했다. "어디에……."

"살인이 일어난 시각에요? 당신이 물어봐서 기뻐요. 왜냐하면 나는 정확하게 알고 있으니까요. 나는 내 객실에서 글을 쓰고 있었어요. 하이 티 때 근사한 드라마가 있었어요. 그것이 내 상상력을 마구 자극했죠." 그녀가 머리 양옆에서 손가락을 흔들었다. "모두 나가자 문득 전망차에 크로스비 씨와 단둘이 있다는 것을 깨달았죠. 그리고 그 섬뜩한 남자가 나에게 뭐라고 말했는지 알아요? 내가 과일 케이크 한 조각을 막 입에 넣으려고 했을 때, 그가 건너편에서 말했어요. '당신 같은 몸집을 가진 여성에게 그건 좋은 생각이 아닌 것 같은데…….'"

할이 충격을 받았다. "그래서 뭐라고 하셨어요?"

"나는 말했어요. '당신이 맞아요. 좋은 생각이 아니에요. 위대한 생각이죠.' 그리고는 그 케이크 조각을 입에 밀어 넣었고 물건들을 집어들고 걸어 나왔어요. 뻔뻔스럽게 그 같은 남자가 나에게 잔소리를 하다니! 어떤 나의 가장 좋은 작품은 케이크의 힘으로 쓸 수 있었다는 것을 당신들이 알게 할 거예요."

할이 싱긋 웃었다.

"어쨌든, 나는 내 객실에서 창문을 열어 놓고 글을 쓰고 있었어요. 왜냐하면 에어컨 소리가 집중을 방해했거든요. 발포 소리를 들었을 때 시계를 봤더니 정확하게 3시 57분이었어요. 물론, 그러고 나서 내가 런던 시간을 여기 시간으로 바꾸지 않았다는 것을 깨달았고 시계를 앞으로 감아야 했어요. 시간은 실제로 5시 57분이었어요."

"그러고 나서 무엇을 했나요?" 에릭이 물었다.

"그것에 대해 적었어요."

"그것에 대해 적었다고요?"

"네! 새 페이지를 펴서 그 순간을 자세히 묘사했어요. 그래서 내 책에 써 넣을 수 있게 말이죠. 확실히, 그때 나는 사람이 실제로 죽었다는 것을 깨닫지 못했어요. 나는 그것이 신의 섭리라고 생각했어요. 내가 말했듯이 책은 저절로 써지고 있어요!"

"크로스비 씨를 전에 만난 적이 있나요?" 할이 물었다.

"아니." 베릴이 머리를 흔들며 말했다. "고맙게도 그는 비열한 남자야, 아니…… 남자였어. 이런, 죽은 사람을 욕하면 안 되는데." 그녀가 눈썹을 치켜 올렸다. "그러면 죄가 있는 것처럼 보이잖아요!"

에릭이 자기도 모르게 웃었다.

"이제……." 베릴이 핸드백을 뒤지더니 일기장을 꺼냈다. "이 기차에 탄 사람들 중 의심스러운 사람이 있는지 물어볼 거죠? 내 생각엔 모두가 의심스러워요. 사사키 부부는 아무도 이해할 수 없는 일본말로 서로 얘기해요. 그들은 어떤 말도 할 수 있어요! 아니면…… 그녀가 손가락에 침을 묻혀서 페이지를 넘겼다. "니콜 크로스비는 어떤가요? 그녀가 채식주의자라는 것을 아세요? 비밀리에 극단주의 동물 보호 단체 회원이 됐을 수도 있어요. 그녀가 자기 아빠를 죽인 거죠. 왜냐하면 그는 멸종 위기 동물을 사냥하는 것을 좋아했으니까. 그리고 나타니엘 브레드쇼가 있죠……."

"쓰고 계신 소설책에 나오는 구상인가요?" 윈스턴이 물었다.

"어, 맞아! 하지만 이것들 중 어떤 것도 사실일 수 있어!"

할은 웃지 않으려고 애썼다.

"당신의 일기장을 증거로 빌려줄 수 있나요?" 에릭이 물었다.

"그건 안 될 것 같네요." 베릴이 일기장을 다시 가방 안에 넣었다. "작가의 노트는 신성한 거예요."

그때 노크 소리가 들렸다. 아멜리아 크로스비였다. 그녀는 괴로운 듯 보였다. 그녀의 마스카라는 눈을 비빈 것처럼 번져 있었다. "할 얘기가 있어요, 러브조이 씨."

"이제 가도 됩니다, 베릴 씨." 에릭이 방 밖으로 그녀를 안내하면서 말했다. "나중에 더 물어볼 질문이 있을지도 모르겠어요." 에릭이 베릴에게 윙크했고 그녀는 킥킥 웃었다. 문을 닫으면서 에릭은 아멜리아를 향해 돌아섰다. "무슨 일이죠?"

"머브의 셔츠가 사라졌어요."

"사라져요?"

"나는 니콜의 객실로 방을 옮겼고 애커먼 씨가 종업원에게 로열 스위트룸에서 짐을 가져오라고 했어요. 머브의 물건을 미국으로 배에 실어 보내기 위해 분리된 가방에 싸면서 셔츠를 찾아봤어요. 하지만 안 보여요. 내가 옷장을 정리한 종업원들과 방금 얘기했는데 셔츠가 없었다는 거예요. 그렇지만 그건 불가능해요. 내가 머브의 분홍색 셔츠를 다섯 벌 챙겼는데 그가 하나를 입고 있었고 그때 그가…… 있잖아요……." 그녀는 차마 말을 잇지 못했다. "그 매우 비싼 셔츠가 네 벌이 있어야 해요. 하지만 사라졌어요."

"정말 이상하네요." 에릭이 얼굴을 찡그리며 할과 윈스턴을 봤다. "얘들아, 잠깐 쉬자. 30분 후에 여기서 다시 만나자."

chapter 19

위태로운 코끼리

"**부**수사관은 배고픈 직업이야." 윈스턴이 치포를 들어 올리면서 말했다. "우리 주방에 가서 간식 좀 먹을까?"

그들이 도착했을 때 기차가 속도를 늦췄다. "무슨 일이지? 왜 멈추려는 거지?" 길게 뚜 하는 사파리 스타의 기적 소리를 듣고 그들은 창문을 열어서 머리를 내밀었다.

"선로에 코끼리가 있어!" 윈스턴이 가리켰다.

기차가 속도를 늦추면서 멈췄다. 3, 4미터 앞에서 코끼리가 자갈길을 따라서 터벅터벅 걷고 있었다.

쉐일라가 기차의 기적을 다시 올렸다.

다른 머리들이 창밖으로 불쑥불쑥 나왔다. 승객과 승무원 모두가 무슨 일인지 보려고 머리를 내민 것이다.

할은 플로가 기차에서 뛰어내리고 리아나가 뒤따라 내리는 것을 보았다.

리아나가 플로에게 말을 하려고 건너갔다. 플로가 무언가를 가리키자 리아나는 고개를 끄덕였다.

"가서 도와주자." 윈스턴이 말했다.

"무엇을 하려는 거지?"

"코끼리를 선로 뒤로 가게 하는 거야. 코끼리 한 마리가 있다면, 다른 코끼리들도 있을 거야. 우리는 코끼리들이 우르르 몰리는 것을 원치 않거든." 윈스턴은 벌써 문에 가 있었다. "사파리 스타는 천천히 운행해서 동물을 볼 수 있고 다치게 하지 않아. 보통은 기적 소리가 동물에게 겁을 줘서 선로에서 나가게 하는데, 그 방법이 안 먹히면 엄마가 동물을 이동시켜."

"어떻게 코끼리를 이동시켜?" 할이 궁금해했다.

윈스턴이 가리켰다. "은쟁반을 잡아, 어서."

할이 쟁반을 꽉 잡고 기차에서 뛰어내렸다. 카야와 주방 직원 두 명이 탄수차 옆에 있는 리아나, 플로와 함께 서 있었고 모두 팬과 국자로 무장하고 있었다. 할과 윈스턴은 서둘러서 그들과 합류했다.

"우리는 제니스를 가장 느린 속도로 선로 아래로 천천히 움직일 거예요." 플로가 리아나에게 말했다. "규칙적인 간격으로 기적을 울릴게요."

리아나가 고개를 끄덕였다. "우리는 코끼리를 나무 뒤로 이동시켜 볼게요."

윈스턴을 본 카야가 프라이팬과 나무 숟가락을 건네면서 미소 지었다.

"애커먼 씨는 어디 계세요?" 할이 둘러보며 말했다.

플로가 쓴웃음을 지었다. "오빠는 힘든 일을 싫어해."

그녀와 리아나가 서로 다 안다는 표정을 지었다. "나는 기차를 돌보고 리아나 씨는 동물을 돌보. 그리고 루터는 승객인 척해." 그녀가 쉐일라와 그레그에게 계획을 알려 주려고 기관실로 들어갔다.

리아나가 팔 동작으로 신호를 주면서 사람들을 코끼리 쪽으로 이끌고 갔다.

"기다려 줘요!" 할은 어깨너머로 베릴이 자갈길을 가로질러서 조심스럽게 걷고 있는 것을 보았다. "나도 돕고 싶어요!"

모두가 냄비와 팬을 땅땅 두드리기 시작했다. 쟁반을 두드릴 도구가 없는 할은 신발을 벗어서 즐겁게 소란 피우기에 동참했다. 베릴은 손뼉을 쳤고 유령처럼 곡소리를 냈다. 할도 웃으면서 곡소리를 냈다. 사파리 스타의 기적 소리가 터져 나왔다. 그리고 기관차가 걷는 속도로 앞으로 서행했다.

이런 방법으로 기차는 조심스럽게 코끼리들을 지나왔다. 창문 밖으로 몸을 기대서 나무 사이에 반쯤 가려져 있는 동물 무리를 응시하고 있는 넷 삼촌에게 할이 손을 흔들었다.

사람들이 다시 기차에 올라탔고 할과 윈스턴은 라운지로 달려갔다. 넷 삼촌은 무릎 위에 신문을 놓고 앉아 있었다.

"우리가 코끼리를 이동시키는 것을 보셨어요?" 할이 신나서 떠들어 댔다.

넷 삼촌이 고개를 끄덕였다. "나도 동참하고 싶었는데 내 발목이 나를 방해하네." 그가 코를 찡긋거렸다. "조금 부드러워지기는 했어."

"글을 쓰고 계세요?" 할이 신문을 가리켰다.

"아니, 사파리 스타에 대해 읽고 있었어." 삼촌은 책장을 가리켰다. "객차들 중 어떤 것은 100년 전 벨기에에서 국제 침대차 회사가 만들었고 제2차 세계대전이 일어나기 전 몇 년 동안 오리엔트 특급을 위해 디자인되었어. 여기 이 객차들이 서류와 밀수품을 국경을 건너 옮길 수 있도록 비밀 공간으로 가득 채워져 있다 해도 나는 놀라지 않을 거야."

"멋있다!" 할과 윈스턴이 놀라며 서로를 쳐다봤다.

"사실을 말하자면, 나는 너희들이 에릭과 함께 탐정 일을 하는 것이 약간 부러워. 비밀을 좀 밝혀냈니?"

"패트리스 아저씨는 크로스비 아저씨를 싫어했어요. 왜냐하면 그가 패트리스 씨에게 많은 양의 달걀과 스테이크를 먹게 하고 연기 경력을 망가뜨렸거든요." 윈스턴이 말했다.

"뭐라고?" 넷 삼촌이 눈을 깜빡거렸다.

"윈스턴! 우리는 인터뷰 방에서 어느 누구에게도 말해서는 안 돼, 기억해?"

"하지만 네 삼촌이잖아." 윈스턴이 항의했다.

"우리 돌아가야 해." 할이 말했다. "벌써 30분이 지났어."

"나도 같이 가자." 넷 삼촌이 일어났다. "에릭은 다음 순서로 나를 인터뷰하고 싶을 거야."

그들 셋은 윈스턴이 취조실이라고 주장하는 객실로 돌아갔다.

"여기서 뭐하고 있어, 나타니엘?" 에릭이 말했다.

"인터뷰할 준비가 됐어요." 넷 삼촌이 의자에 앉으면서 말했다. "오래된 친구라고 해서 어떤 특별 대우도 받지 않을 거예요."

에릭이 머리를 긁적였다. "나는 자네를 인터뷰하려고 하지 않았네. 정말 그럴 필요가 없어." 에릭이 할과 윈스턴을 가리켰다. "우리 셋은 자네가 그 시간 내내 어디에 있었는지 정확하게 알고 있고 자네는 크로스비 씨를 살해할 동기가 없어. 그래서……." 그가 어깨를 으쓱했다. "나는 자네를 맨 끝에 불러서 다른 사람들의 알리바이를 확인하려고 했을 뿐이야."

"아, 알겠어요. 하지만 내가 어떻게든 도움이 될 거라고 확신해요." 그는 생각하느라 잠시 말을 멈췄고 윈스턴이 할을 보고 싱긋 웃었다. "할과 윈스턴이 우리가 했던 범죄의 재구성을 당신과 함께 검토했나요?"

할이 그들의 객실에서 관찰한 입구, 출구 그리고 숨을 만한 장소를 설명하자 에릭이 테이블 위로 상체를 구부렸다. "너희들이 패트리스 씨 방 안에 있는 동안 누군가가 크로스비 씨의 객실을 빠져나갈 시간이 있었다고 생각하니?"

"아마도요." 할이 말했다. "하지만 누군가 범인을 복도 아래에서 마주쳤을 거예요."

"라운지 가기 전에 비어 있는 방이 있어요." 넷 삼촌이 할의 기차 다이어그램을 가리키며 말했다. "누군가가 거기에 숨을 수도 있었을까요?"

"거기는 잠겨 있었을 거예요." 윈스턴이 말했다.

"흥미롭네." 에릭이 노트에 적었다. "그리고 네가 사잇문에서 한 이…… 와이어 속임수." 에릭이 스케치를 가리켰다. "이 수법을 쓰는 데 얼마나 걸렸니?"

"겨우 몇 초요." 할이 말했다. "아! 우리는 탐정님께 크로스비 아저씨의 객실 열쇠에 대해 물어보고 싶었어요. 방을 수색할 때 거기에 있었나요?"

"그의 책상 위에 있었어."

할이 그림에 열쇠를 추가했다.

"우리가 검토한 범죄의 재구성은 방을 빠져나오기 위해 크로스비 씨의 열쇠를 사용한 경우를 배제하고 있어요." 넷 삼촌이 한숨을 쉬었다.

"도움이 많이 됐네, 나타니엘." 에릭이 말했다. "하지만 내가 점심 식사 전에 모두를 살펴보려면 사사키 씨 부부와 이야기해야 하네."

넷 삼촌은 풀이 죽어 보였지만 객실을 떠나면서 그들에게 행운을 빌었다.

"삼촌이 우리가 탐정 일을 돕는 것을 너무 질투하는 것 같아." 윈스턴이 킥킥거리며 할에게 속삭였다.

할은 갑자기 죄책감을 느끼면서 고개를 끄덕였다.

"우리가 같이 인터뷰하는 것을 양해해 주세요, 탐정님." 료 사사키가 사쓰키와 함께 앉으며 말했다. "사쓰키는 통역을 도와주는 저 없이 당신의 모든 질문에 대답할 수 없을까 봐 걱정해요."

"괜찮습니다, 사사키 씨." 에릭이 사쓰키에게 미소를 보이며 대답했다. "오래 걸리지 않을 겁니다. 머빈 크로스비 씨가 죽은 시간에 어디에 있었는지부터 시작합시다."

"우리는 함께 우리 스위트룸에 있었어요." 료가 말했다. "하이 티 시간에 불쾌한 일이 있은 후 우리는 거기로 갔어요." 사쓰키가 일본어로 그에게 뭔가를 말했고 창문을 가리켰다. "응." 그가 에릭에게 고개를 돌렸다. "우리는 기차 위에서 상승 온난 기류를 타면서 날고 있는 맹금을 보고 있었어요." 그가 손으로 날고 있는 새를 흉내 냈다. "장엄했습니다."

"총성이 있었을 때 당신들은 거기에 있었나요?"

"네, 들었습니다. 크로스비 씨가 새를 쏘고 있는지 보기 위해 창밖을 내다봤는데 아무것도 없었습니다. 저는 자동적으로 의료 가방을

사쓰키 사사키와 료 사사키

들었고 살펴보러 나갔습니다. 제가 도착했을 때 브레드쇼 씨가 저를 큰소리로 부르는 것을 들었습니다."

"남편분이 나간 후에 무엇을 했나요, 사사키 부인?"

"저는 라운지로 갔어요." 사쓰키가 대답했다. "책을 고르려고요."

크로스비를 알고 있었으냐는 질문에 료는 만난 적이 없다고 대답하면서 교토에 지으려고 했던 초대형 카지노에 대한 이야기를 반복했다. "하지만 저는 크로스비 씨가 교토에 발을 들인 적이 없다고 확신해요." 그가 덧붙였다.

사쓰키가 무언가를 말했고 료가 엄숙하게 대답했다.

"무슨 말이었나요?" 에릭이 물었다.

료가 목을 가다듬었다. "사쓰키가 말하길, 크로스비 씨의 죽음은…… 교토를 위해 좋은 거래요."

아무도 부인하지 못했다. 모든 질문을 한 후에 에릭은 그들에게 나가도 좋다고 했다. 잠시 후에, 노크 소리가 있었고 리아나가 출입구에 서 있었다.

"엄마!" 윈스턴이 손을 흔들었고 치포가 그의 엉덩이로 올라갔다.

"아이들이 말썽 피우지는 않나요?" 그녀가 에릭에게 물었다.

"그 반대입니다. 도움이 많이 되고 있어요."

"나를 부르지 않은 것을 알고 있지만, 당신에게 하고 싶은 말이 있어요."

리아나 초초베

"들어와서 앉으세요."

리아나가 주머니에서 편지 봉투를 꺼내서 하얀 카드를 슬며시 뺐다. "어제 오후 하이 티 시간에 쉬려고 제 객실로 갔다가 이 메모지를 발견했어요. 머 빈 크로스비 씨가 보낸 것이었어요." 리아나가 에릭에게 메모지를 건넸다.

"5시 45분에 식당차에서 봅시다. 머빈 크로스비." 에릭이 큰소리로 읽었 다. "흠." 그가 리아나를 보았다. 할은 스케치북에 단어들을 휘갈겨 썼다. "크 로스비 씨가 무슨 말을 하려고 했는지 짐작되세요?"

리아나가 어깨를 으쓱했다. "그가 나에게 사과를 하려고 했다고 생각하고 싶네요. 그럴 가능성은 없겠지만." 그녀가 한숨을 쉬었다. "제 직업은 질문에 대답해 주고 승객들에게 말을 하는 거예요. 그래서 저는 식당차로 가서 기다 렸어요. 물론 그는 나타나지 않았어요. 나중에 그가 죽었다는 것을 알았죠."

"그래서 그가 죽을 때 당신은 식당차에 있었나요? 거기서 당신을 본 사람 이 있습니까?"

"네, 기다리는 동안 카야와 이야기를 나누었어요."

"제가 이것을 보관해도 괜찮을까요?" 에릭이 메모지를 들었다. "중요할 수 도 있어서요."

리아나가 동의했고 윈스턴에게 말썽 피우지 말라고 경고하고 나갔다. 그 다음은 루터 애커먼의 차례였다.

"뭐가 필요한가요?" 그는 주위를 초조하게 휙 훑어보면서 인터뷰 의자로 서둘러 갔다. "제가 아주 바빠요."

"모든 사람들의 알리바이를 확인하기 위해 시각표를 만들고 있어요." 에릭 이 대답했다. "총격 당시에 당신은 어디에 있었습니까?"

루러 애커먼

"정확하게는 모르겠습니다, 왜냐하면 저는 그 소리를 듣지 못했거든요. 저는 무거운 의자를 라운지에서 비어 있는 객실로 옮기는 중이었습니다. 손님 한 분이 낡아서 보기가 싫다고 불평을 하셨거든요."

"손님 누구요?" 할이 물었다.

"아멜리아 크로스비 씨요." 애커먼이 에릭을 보았다. "크로스비 씨가 그의 객실에서 코뿔소를 쏘려고 한다고 나타니엘 씨가 말하면서 복도 위로 뛰어왔을 때 저는 의자를 갖고 방문을 막 통과했을 때였어요. 저는 의자를 두고 뒤따라 뛰어갔습니다."

"아저씨의 허락이 있었기 때문에 그가 그 총을 갖고 있었던 거라고요." 할이 말했다. "아저씨가 말한 대로 그것을 압수했더라면, 이런 일은 일어나지 않았을 거예요."

"그는 그것을 사용하지 않을 거라고 말했어요!" 애커먼이 큰소리로 투덜거렸다. "어쩔 수 없었어요…… 그는 머빈 크로스비라고요! 그의 신문사들은 영향력이 커요. 그가 이 여행을 즐겼다면 사람들이 우리 기차로 몰려들거예요. 하지만 그렇지 못한다면……." 그는 고개를 흔들었고 입을 열었다. "내가 총을 압수했다면 그가 내 명성을 망칠 수도 있었어요! 지난 몇 년 동안 일이 쉽지 않았어요. 예전처럼 기차를 이용하는 사람이 많지 않아요."

"크로스비 씨의 셔츠에 대해서 당신한테 물어봐야겠습니다." 에릭이 주제를 바꾸며 말했다.

"알아요!" 루터가 그의 손을 얼굴에 찰싹 댔다. "셔츠가 사라졌어요." 그가 머리를 저었다. "왜 저한테는 제대로 되는 일이 없는 거죠? 직원 중 한 명이 가져간 것이 틀림없어요. 객실을 청소한 종업원들에게 물어봤어요. 다들 옷 장에 셔츠가 하나도 없었다는 거예요. 미스터리한 일이에요."

"흠." 에릭이 그의 노트에 적었다. "크로스비 씨가 죽던 그 시각에 모든 직 원들의 행방을 얘기해 줄 수 있나요?"

"아무도 기차 끝 쪽에 있지 않았어요. 제가 확인했어요. 모두가 있어야 할 장소에 있었어요. 제 사무실에 오시면 근무 자료를 드릴게요. 직접 직원들에 게 물어보실 수 있어요."

"그러면 도움이 되겠네요." 에릭이 고개를 끄덕였다. "마지막 질문인데요, 대답하고 나서 가도 좋습니다. 크로스비 씨의 객실은 잠겨 있었어요. 누가 또 열쇠를 갖고 있나요?"

"오직 저만 갖고 있습니다." 애커먼이 말했다. "저는 모든 객실의 열쇠를 갖고 있습니다. 객실 관리부는 제 마스터키를 사용해요. 그들은 첫 번째로 열쇠를 집어 들고 아침 식사 동안 방이 정리되면 다시 반납합니다."

"감사합니다, 그것이……."

하지만 그 불안한 기차 매니저는 에릭이 가도 된다고 말하기도 전에 나갔다.

"그가 계속 이상하게 군다고 생각하는 사람 있어요?" 할이 물었다.

"맞아, 하지만 네 삼촌이 그의 알리바이야. 그것으로 그가 총격이 있던 시 각에 기차 중앙에 있었다는 것이 증명이 돼." 에릭이 지적했다. "그리고 그는 크로스비 씨의 죽음으로 얻을 게 없어. 오히려 그 반대지."

"그럼에도, 다른 모든 사람들은 더 잘 지내는 것 같아요." 할이 용의자들의 스케치를 내려다보면서 말했다. "어떤 사람들은 확실한 알리바이가 없어요. 하지만 그래도……." 그가 한숨을 쉬었다. "크로스비 아저씨가 바로 그 순간에 코뿔소를 보고 총을 가지러 객실로 달려갈 거라는 것을 미리 안 사람은 없었을 거예요."

"그리고 총 때문에 몸싸움이 있었다면, 왜 우리는 그것을 듣지 못했지?" 윈스턴이 물었다.

"네가 맞아." 에릭이 말했다. "그가 자신을 쐈다는 것은 불가능해 보여. 하지만 그러지 않았다는 것도 불가능해."

chapter 20

누군가 취조실 문을 노크했고 카야가 봉투를 들고 들어왔다. "탐정 러브조이 씨, 당신이 요청하신 것을 프린트해서 가져왔습니다."

"그게 뭐예요?" 할이 물었다.

"크로스비 씨 객실의 과학 수사 보고서야. 완성되면 내게 보내 달라고 요청했거든." 에릭이 봉투를 열고 종이 뭉치를 꺼내서 빠른 속도로 읽으면서 훑어봤다. 테이블을 가득 채운 자료는 긴 단어가 나열된 문장이 빽빽했다. 할은 진짜 경찰이 되는 것은 힘든 일이라는 것을 깨달았다.

"음……" 에릭이 마지막 페이지를 끝냈을 때 한숨을 쉬었다. "이것이 도움이 되는지는 모르겠다."

"뭐라고 쓰여 있는데요?" 윈스턴이 물었다.

"요약하면, 객실과 총에서 발견된 유일한 지문은 크로스비 씨와 크로스비 부인 것이라는구나. 크로스비 씨를 죽인 총알의 종류는 그의 소총에 있던 총알과 일치하고 총알 하나가 소총에서 발사됐어. 그리고 철저한 수색 후에 그들은 그의 죽음이 비극적인 사고라는 경찰의 판단에 이의를 제기할 증거를 못 찾았다고 해."

"아." 할은 몸에서 바람이 빠지는 느낌이 들었다. "그러면 사라진 셔츠들은요?"

"나는 애커먼 씨의 말이 맞다고 생각해. 직원 중 한 명이 갖고 싶었던 것이 틀림없어." 그가 어깨를 으쓱했다. "크로스비 씨는 더 이상 셔츠가 필요하지 않아, 그렇지 않니?"

윈스턴이 얼굴을 찡그렸다. "저라면 죽은 사람의 셔츠를 입고 싶지는 않을 것 같아요."

에릭이 손으로 얼굴을 비볐다. "맞아, 아멜리아 씨를 불러서 사실을 검토해야겠어."

아멜리아가 객실로 들어왔을 때, 할과 윈스턴은 테이블 뒤에 앉았다.

"우리는 당신과 함께 사건을 검토하려고 합니다." 에릭이 설명했다. "첫 번째로, 용의자들을 생각해 봅시다. 해리슨, 패트리스 음바싸 씨에 대해 알고 있는 것이 뭐지?"

"총격이 있고 몇 분 후에 윈스턴과 저는 패트리스 아저씨의 객실로 살금살금 들어갔고 그가 침대에서 깊이 잠든 것을 봤어요. 객실 사이의 사잇문은 양쪽 다 잠겨 있었어요. 그는 크로스비 아저씨에게 원한이 있어요. 그래서 동기가 있죠. 하지만 그가 크로스비 아저씨를 죽일 수 있었던 것은 아니에요. 왜냐하면 그는 남편분이 바로 그 시간에 객실로 돌아갈 것이라는 것을 알 방법이 없거든요."

에릭이 고개를 끄덕였다. "그리고 그의 지문은 무기에서 발견되지 않았어요."

"포샤 라마보아 씨는 알리바이가 있어요. 그녀는 주방에서 요리사와 이야기를 하고 있었어요." 할이 계속했다.

"제가 그녀를 봤습니다. 그녀 또한 제 알리바이가 됩니다." 에릭이 다시 고개를 끄덕이며 말했다. "그리고 그녀는 동기가 없어요. 크로스비 씨가 죽었을 때 루터 씨는 라운지에 있었어요. 브레드쇼 씨가 그를 향해 복도에서 달려오고 있었어요. 리아나 씨는 카야 씨와 이야기하며 식당차에 앉아 있었고요. 사사키 씨 부부는 자신들의 객실에서 함께 새를 보고 있었습니다. 우리가 부인의 스위트룸 문을 열었을 때 료 사사키 씨가 그의 객실 방향에서 복도에 나타난 것을 봤습니다. 할과 윈스턴은 문밖에 있었고 니콜은 당신이 사실을 보증하듯이 욕실에 있었습니다."

"그래서 누가 알리바이가 없는데요?" 아멜리아가 얼굴을 찡그렸다.

"알리바이가 없는 유일한 사람은 베릴 브레쉬……." 에릭이 숨을 돌렸다. "그리고 당신입니다."

"저요?"

"부인은 니콜이 욕실에 들어간 후, 제가 두 분을 식당차에서 만날 것을 부인에게 요청했을 때까지도 계속 거기에 있었다고 진술했어요. 하지만, 니콜은 욕실에 들어간 이후 45분 동안 텔레비전 소리를 들었을 뿐이에요. 당신 목소리가 아니라."

"알겠어요."

"베릴 씨는 다른 승객들과 마찬가지로 라운지로 모이라고 전달받았을 때 객실에 있었어요. 그녀가 들키지 않고 기차를 올라가서 다시 돌아가는 것은 힘들었을 겁니다. 그러나 불가능한 것은 아니죠. 하지만 그녀는 부인 객실의 열쇠를 갖고 있지 않고 지문도 발견되지 않았죠." 에릭이 두 손을 모았다. "그래서 부인도 알다시피…… 알리바이를 고려하면 유력한 용의자는 베릴 씨와 부인입니다. 그리고 비록 베릴 씨가 부인의 남편을 싫어했지만 살인을 할 만한 강한 동기가 없습니다."

"나는 머브를 죽이지 않았어요."

"부인이 죽였다면 경찰의 판단을 기뻐하고 결과를 받아들였겠죠. 그리고 나에게 조사를 의뢰하지 않았을 겁니다." 그가 할과 윈스턴을 쳐다봤다. "너희들은 어떻게 생각하니?"

아멜리아가 고개를 돌려서 기대에 찬 얼굴로 할을 바라봤다.

"모든 증거가 한 방향을 가리키고 있어요." 할이 말했다. "아무도 크로스비 아저씨가 정확하게 그 시간에 총을 가지러 달려갈 것이라는 것을 알 수 없었어요. 저는 베란다에 크로스비 아저씨와 함께 있었어요. 그는 1분간 임팔라를 쏘는 것이 얼마나 재미있을지 이야기하다가 코뿔소를 보고는 달려 나갔어요. 방은 안에서 잠겨 있었고요. 그를 죽인 총알은 그의 총에서 나왔고 방과 총에서 발견된 유일한 지문은 그의 것과 부인 것이에요."

"사고였다고 생각하니?" 에릭이 유도했다.

"네." 할이 고개를 끄덕였다. "그가 총을 떨어뜨려서 잘못 발사됐거나, 또는 창밖을 쐈는데 총알이 바위를 맞고 튕겨 나와 그를 맞혔을 거예요."

아멜리아가 갑자기 안도하는 듯 했다. "그러면 닉은 안전한 거예요?" 에릭이 고개를 끄덕였고 그녀에게서 짧은 웃음이 나왔다. "누가 생각했겠어요. 머브가 자기 총에 맞아 죽을 거라고! 고마워요, 탐정 러브조이 씨 그리고 너희들도. 여러분 덕분에 안심할 수 있겠어요." 그녀가 일어났다. "나는 이제 정말 자유예요! 오후 사파리를 준비해야겠어요."

"잘했다, 얘들아." 에밀리아가 나간 후에 에릭이 말했다. 에릭은 포렌식 보고서 종이를 한데 모아서 봉투 안에 넣었다.

"우리는 범인을 못 잡았네요." 윈스턴이 실망하며 말했다.

"내 일은 사건을 해결하는 거란다." 에릭이 문으로 걸어가며 말했다. "나는 루터 씨의 사무실에 들러서 직원들 근무 자료를 받고 모든 것이 확인됐는지 확실히 하고 나서 씻어야겠다. 사파리에서 다시 보자."

"저도 가야겠어요." 윈스턴이 말했다. "황게 보호 구역에서 엄마를 도와드릴 거예요. 부수사관도 재미있지만 사파리 레인저가 더 나아요." 윈스턴은 치포가 그의 어깨 위로 올라가는 것을 도왔다. 그리고 나서 여전히 테이블에 앉아 있는 할을 뒤돌아봤다. "왜 그래?"

"나도 모르겠어." 할이 일어나면서 말했다. "내가 전에 사건을 해결했을 때는 그냥…… 지금은 느낌이 달라."

"어떻게?"

"항상 이 순간이 있었어…… 설명하기는 어려워. 모든 그림 조각들이 하늘에서 떨어져서 일어난 사건의 완벽한 그림을 만들면서 제자리에 내려앉는 것과 같아." 할이 윈스턴을 보았다. "이번에는 그런 느낌이 안 들어."

"아마도 이번에는 범죄가 일어나지 않았기 때문일 거야."

"아마도." 할이 고개를 끄덕였지만 그게 아니라는 불안한 느낌이 들었다. 객실로 돌아왔을 때, 넷 삼촌은 테이블에서 일을 하고 있었다. 할이 의자를 빼서 스케치북을 펼쳤다.

"사건을 해결했니?"

"경찰이 말한 것처럼 그건 사고였어요." 할이 목탄 연필통을 꺼내서 연필 하나를 고르고 그림을 그리기 시작했다. 그는 침묵 속에서 사쓰키를 떠올리며 종이접기가 어떻게 그녀를 차분하게 만드는지 생각하면서 계속 그림을 그렸다. 기차가 천천히 이동하고 있었고 '불라와요역' 표지판이 달린 빨간 벽돌 건물을 굴러 지나갔다.

"여기가 잠바브웨 철도의 중심이야." 넷 삼촌이 한숨을 쉬었다. 할은 그가 나가서 탐험하고 싶었을 거라고 추측했다. 그러나 기차는 계속 이동했다. "무엇을 그리고 있니?" 넷 삼촌이 스케치북을 가리켰다.

"확실히 모르겠어요. 여행의 순간을 그리고 있어요. 뭔가를 일깨우고 연결고리를 만들기를 바라면서요."

"너는 크로스비 씨의 죽음이 사고라고 말했잖아."

"모든 증거들이 그것을 가리키고 있어요. 하지만 뭔가 맞지 않는다는 느낌이 들어요. 제가 뭔가를 놓치고 있어요."

"그러면 계속 그림을 그리는 것이 좋겠다." 넷 삼촌이 고개를 끄덕였다.

할은 목탄 연필을 내려놓았다. "제가 범죄이기를 바라기 때문에 이렇게 느끼는 거면 어쩌죠?"

"잠시 머리를 식히는 게 어떨까? 잠시 탐정인 것을 잊고 황게에서의 사파리를 위해 옷을 갈아입으렴. 발목 때문에 많이 걸어 다닐 수 있을지 확실하지가 않지만, 지프차에 앉아서 경치를 감상할 생각이야."

"삼촌과 같이 있을래요." 할이 독사인 검은 맘바를 생각하며 말했다. "남은 하루 동안 동물만 그릴 거예요."

chapter 21

일직선으로
모인 단서

할 이 카키색 옷을 입고 욕실에서 나왔을 때 넷 삼촌은 강아지처럼 의자
에서 무릎을 꿇고 창문 밖으로 머리를 내밀고 있었다. "할, 이것 봐!"
삼촌이 위로 손을 흔들며 말했다.

할도 창밖으로 머리를 내밀었고 얼굴을 뒤흔드는 바람과 석탄재 때문에
눈을 깜빡였다.

"우리는 세계에서 두 번째로 긴 직선 구간으로 되어 있는 선로 위에 있어.
데트 스트레이트라고 불리는데 그와이에서 데트까지 연결되어 있지. 이 선
로의 길이는 굽은 곳 없이 100킬로미터 이상이야." 할은 삼촌의 행복한 얼
굴을 올려보았다. "기관차의 측면을 보려면 상체를 완전히 밖으로 내밀어야
해." 넷 삼촌이 곧바로 그렇게 했고, 할이 따라 했다. 둘은 기차의 기적 소리
처럼 와! 하고 함성을 지르며 활짝 웃었다. 할은 뒤를 돌아보았다. 선로가 자
처럼 곧게 뻗어 있었고 핀처럼 멀리서 사라졌다.

얼마 지나지 않아 사파리 스타는 중심 선로에서 벗어나 측선으로 들어갔다. 할과 넷 삼촌은 기차에서 뛰어내려 엔진 쪽으로 느긋하게 걸으면서 오후의 열기 속으로 들어갔다. 기차가 초록 나무들을 관통한 모습은 칼로 벤 상처처럼 보였다. 객차 문의 찰칵 소리와 탕 하는 소리는 덤불 속에서 찍찍 울고 있는 귀뚜라미와 벌레의 조용한 코러스를 산산조각 냈다.

"제니스는 어때요?" 넷 삼촌이 플로와 그레그가 기관사실에서 사다리를 타고 기어 내려왔을 때 큰소리로 물었다.

"잘 작동하고 있어요." 플로가 대답했다. "그래도 만지지 마세요. 너무 뜨거워서 피부가 벗겨질 거예요. 식은 후에 제니스의 상태를 확인해서 우리를 빅토리아 폭포까지 안전하게 데려다줄 수 있는지 볼 거예요."

"왜 이름이 제니스인가요?" 할이 엔진 이름치고 이상하다고 생각하며 물었다.

"최초 기관사의 아내 이름이었대." 플로가 대답했다.

할은 아빠가 기차를 베버리라고 이름 짓는 상상을 하고 싱긋 웃었다. 쉐일라가 호스를 가지고 탄수차 지붕 위로 기어 올라갔다. 그녀는 입구를 열고 호스를 넣었다. 목마른 제니스에게 오랫동안 시원한 물을 주었다.

사쓰키, 료, 포샤 그리고 패트리스가 탄수차 그늘에 모였다. 리아나가 성큼성큼 다가왔고 윈스턴과 치포가 뒤따라왔다. "다 모인 건가요?" 리아나가 물었다. 에릭은 베릴이 기차에서 내리는 것을 도왔다.

"거의요." 넷 삼촌이 대답했다. 그리고 기차 승무원 두 명이 땅에 깔 나무 판자를 들고 문으로 서둘러 가자 사람들 모두 고개를 돌렸다.

"괜찮아요." 니콜이 기차에서 뛰어내리며 말했다. 그녀는 운동화를 신고 청반바지와 티셔츠를 입고 있었다. "할 수 있어요." 아멜리아 크로스비가 워킹 부츠를 신고 카고 바지와 허리에 매듭으로 묶은 짧은 소매의 위장 패턴이 그려진 셔츠를 입고 기차에서 가볍게 내렸다. 할은 그 모습을 보고 놀라서 눈을 깜빡거렸다. 아멜리아는 프리토리아에서 기차에 탔던 화려한 모습과는 현저히 달랐다. 머리카락을 모두 뒤로 넘겨서 올리브색 스카프로 묶었고 화장도 하지 않았다.

"안녕." 니콜이 수줍게 인사했다.

"안녕." 할은 그녀가 인터뷰에서 운 것을 부끄럽게 여긴다는 느낌이 들어서 지지하고 있다는 뜻을 전하기 위해 활짝 웃었다.

"괜찮아?" 니콜이 물었다.

"친근하게 보이려고 애쓰고 있어."

"너는 항상 친근해 보여."

"그래?" 할이 얼굴을 붉혔다.

"이쪽입니다." 리아나가 큰소리로 불렀다. "우리는 조금 걸을 거예요. 앞을 잘 보고 가세요." 리아나는 기차에서 사람들을 이끌고 나무 사이로 난 구불구불한 길을 걸어 내려갔다. 우거진 나뭇가지가 그늘을 만들어 파라솔 역할을 했고 할은 온도가 내려가는 것에 안도감을 느꼈다.

"아빠에게 일어난 일을 조사해 줘서 고마워." 니콜이 그와 보조를 맞추며 걸으면서 말했다. "엄마는 누군가 돈을 노리고 우리를 해치려고 한다고 말하면서 매우 흥분해 있었어. 진짜 무서웠어. 확실히 사고였다는 것을 알고 안심했어."

할은 마음이 편치 않았다. 마음속으로 사고였다는 것을 완전히 확신하지

못했다. '크로스비 아저씨의 죽음에 대해 그들이 알고 있는 것 외에 다른 것이 있다면 어쩌지?'

"정말 역설적이야, 그렇지?" 니콜이 말했다. "아빠는 그 총으로 너무 많은 큰 동물을 쓰러뜨렸고 마지막으로 쓰러뜨린 것은 자기 자신이었어!"

"응…… 그래." 할이 고개를 끄덕였다.

"아마 그것이 인과응보인지도 모르지." 니콜이 계속했다. "매년 추수 감사절마다 아빠는 우리에게 저녁 식사 테이블에서 자신이 내 나이였을 때 요하네스버그에서 어떻게 살았는지에 대한 이야기를 하시곤 했어. 그는 차를 훔쳐서 가장 친한 친구를 태우고 밤새도록 시내를 돌아다녔대. 경찰이 그들을 잡았을 때 아빠는 도망쳤고 친구가 죄를 다 뒤집어썼지. 친구는 감옥까지 갔어." 니콜은 혐오감에 고개를 저었다. "하지만 아빠는 말하곤 했어. '잘 들어, 닉. 법을 어기는 것은 괜찮아, 네가 잡히지만 않는다면 그것이 성공하는 비법이야. 절대 잡히지 마'라고 말이야."

할은 걸음을 멈추고 니콜을 빤히 바라봤다. "놀랍네!"

"알아, 아빠는 너무 많은 사람들이 잘 속는 것에 축배를 들고 감사를 표했어." 그녀가 얼굴을 찡그렸다. "아빠는 끔찍한 사람이었어. 나는 누군가가 그를 죽이려고 하지 않았다는 것이 놀라워."

"음." 할이 고개를 끄덕였으나 공포의 물결이 가슴속에서 쌓였다.

"내 말은……." 니콜이 골똘히 생각했다. "그렇게 많은 사람들이 미워하는 사람이 세상에 호의를 베풀고 실수로 자신을 죽일 가능성이 얼마나 될까? 어쨌든, 이건 엄마가 한 말이야. 네가 사고가 아닌 다른 가능성은 없다고 설명했을 때 엄마는 진정으로 안도했어. 아빠는 총을 정말 잘 다뤘어. 하지만 나는 훈련된 사냥꾼조차도 실수를 한다고 생각해."

"넷 삼촌이 어디 있지?" 할이 불쑥 화제를 바꾸며 말했다. "나는 삼촌을 도와줘야 해."

니콜이 고개를 끄덕였고 할은 삼촌 쪽으로 서둘러 갔다. '만약 우리가 틀렸다면? 만약 크로스비 씨가 살해당했고 범인이 아직도 기차에 있다면? 만약 니콜이 위험에 처해 있다면 어쩌지?'

할이 삼촌의 팔을 잡아서 그의 어깨에 둘렀을 때 넷 삼촌은 고마워하며 미소 지었다. 삼촌은 할에게 기대어 나무 사이를 절뚝거리며 걸었다. 그들은 낮은 목재 건물이 덤불 사이에 은밀하게 자리 잡고 있는 넓은 빈터에 다다랐다. 사람들은 리아나를 따라서 나무와 돌로 된 가구가 비치된 라운지로 들어갔다. 넓은 유리로 되어 있는 접이식 문이 발코니를 향해 열려 있었고, 발코니는 키 큰 나무와 무성한 초목으로 둘러싸여 있는 폭포가 떨어지는 물웅덩이를 바라보고 있었다.

"오두막에 오신 것을 환영합니다." 리아나가 말했다. "여기가 오늘 오후 동안 우리들의 본거지가 될 것입니다. 원하신다면 이곳에서 쉬면서 늪지대를 방문하는 동물을 감상하셔도 좋습니다." 리아나가 물웅덩이를 가리켰다. "아니면 저와 함께 동물 보호 구역 안으로 더 깊이 들어가서 여행하셔도 됩니다. 베란다에서 저녁 식사를 하기 위해 이곳에서 다시 만날 것입니다."

윈스턴이 치포를 스카프처럼 어깨에 두르고 건너왔다. "너도 사파리 갈 거지, 그렇지?"

"물론이지, 엄마는 여기에 머물 것 같지만." 니콜이 말했다. "가서 확인해 볼게."

"윈스턴." 니콜이 자리를 뜨자 할이 불렀다. "우리가 틀린 거면 어쩌지?"

"뭐가 틀려?"

"크로스비 아저씨가 살해당한 거면 어쩌지?"

"하지만⋯⋯."

"우리가 사고라고 결론 내렸다는 것을 알지만 이론이 맞는 것 같지 않아. 너무 쉽게 풀렸어. 니콜이 방금 그렇게 말했어! 누군가가 완벽한 살인을 저지르고 잡히지 않았다면? 그들이 그를 죽이고 사고로 위장한 거라면?"

"누가?"

"나도 몰라!" 할이 절망적으로 속삭였다. "하지만 니콜이 여전히 위험한 상태에 있을 수 있어." 할은 불안해하며 주위를 둘러봤다.

"할, 너는 공포에 질려 있어."

"물론 공포에 질려 있지!"

"치포를 쓰다듬어 봐, 차분해질 거야." 윈스턴이 몸을 구부려서 할이 몽구스를 안을 수 있게 했다. "우리가 뭘 해야 한다고 생각해?"

"니콜 가까이에서 그녀를 안전하게 지켜야지." 할이 말했다. "우리가 잡히지 않은 살인자가 있을지 모른다고 생각한다는 것을 그녀는 아직 몰라. 니콜이 겁먹는 것을 원하지 않아."

"좋아." 윈스턴이 확신 없는 표정을 지었다. "그런데 너는 이 살인자에 대해 무엇을 하려고 하는데?"

"계속 그림을 그리고 차분하게 있어야지."

"그래." 윈스턴이 미심쩍은 눈길을 보냈다. "그림 그리기라……."

"윈스턴!" 리아나가 큰소리로 불렀다. "손님들을 지프차로 안내해 줄래? 게임 드라이브 갈 시간이야."

chapter 22

게임 드라이브

패트리스와 포샤는 넷 삼촌과 함께 지프차에 남기로 했다. 할과 니콜은 게임 드라이브(game drive, 사파리의 일종으로 야생 동물을 찾아다니며 구경하는 투어. 역자 주)에 참여하기로 했다. 할은 니콜 옆에 붙어서 지붕이 없는 지프차까지 윈스턴과 리아나를 따라갔다. 포샤와 패트리스는 뒤쪽 자리에 앉았고 니콜은 가운데 자리로 들어갔다. 넷 삼촌은 할이 자신을 앞자리에 혼자 남겨 둔 채 니콜 옆에 앉자 눈썹을 치켜올렸다. 윈스턴은 엄마 옆에 앉았다. 그는 배낭을 거꾸로 메서 아기 띠처럼 가슴에 끈으로 묶었고 치포는 머리를 살짝 내밀고 배낭 밖을 엿봤다.

할은 살인에 대한 적절한 알리바이가 없이 지프차를 타고 있는 유일한 사람이 패트리스라는 것을 깨닫고 긴장을 풀었다. 그를 계속 지켜보는 것은 어렵지 않을 것이다.

"황게 국립 공원은 짐바브웨에서 가장 큰 자연 보호 구역이에요." 리아나가 말했다. 그들은 나무 사이에 난 흙길을 따라 천천히 이동했다. "100여 종이 넘는 포유류와 400여 종이 넘는 새들의 고향입니다."

"할, 네 스케치북 어디 있니?" 넷 삼촌이 쌍안경을 눈에 갖다 대고 우거진 나뭇가지를 유심히 올려보았다. "동물을 그리고 싶다고 말했잖아."

"네, 맞아요." 할은 여유 있는 모습을 보이려고 애쓰면서 스케치북과 목탄 연필통을 꺼내며 니콜에게 미소를 보였다. "저는 동물을 그리는 것을 아주 좋아해요."

"오, 저것은……?" 넷 삼촌이 고개를 들었다. "그거야! 봐, 저기 위를. 채꼬리파랑새야! 보이니, 할? 가슴이 청록색이고 꼬리 깃털의 끝이 둥근 새야."

할은 페이지에 많은 선을 그리느라 너무 늦게 그 새를 봤다. 크로스비 사건의 세세한 부분들이 그의 집중력을 흩트리면서 머릿속에서 차오르고 있었다.

지프차가 나무 사이에서 모습을 드러냈을 때, 그들은 성긴 풀이 넓은 덤불 속에서 자라는 먼지 많은 평지 위에 있었다. 넷 삼촌은 햇볕을 가리기 위해 파나마모자를 썼지만 코끝은 이미 벗겨져 있었다.

"우리는 팬을 향해 가고 있어요." 리아나가 큰소리로 말했다. "거기에는 물웅덩이가 있는데 어떤 동물을 볼 수 있을 거예요".

"팬이 뭐예요?" 할이 물었다. 그날 오후 리아나는 그 단어를 두 번 말했다.

"땅이 움푹 꺼져서 물이 고여 있는 곳이야, 대형 프라이팬처럼." 넷 삼촌이 쌍안경을 뒤로 전달하면서 대답했다. "오른쪽 아카시아 나무 옆을 봐."

할은 렌즈의 초점을 맞추는 데 잠시 시간이 걸렸지만 금색 점이 있는 긴 목과 나무 꼭대기에서 한입 가득 나뭇잎을 따서 우적우적 씹고 있는 기린의 머리를 봤다.

"기린은 정말 큰 이빨을 가지고 있어요." 할이 경이로워했다. "그리고 혀가 얼마나 긴지 보세요!"

"기린의 혀는 사람 팔만큼 길대." 윈스턴이 말했다. "기린은 혀를 뒤로 말 수 있어서 그것을 이용해서 귀를 청소해. 봐, 나무에 가려진 기린들이 더 있어."

리아나가 안전하게 가장 가까이 갈 수 있는 데까지 가서 차를 세우고 엔진을 껐다.

할은 느린 속도로 떼 지어 돌아다니는 위엄 있는 기린의 얼굴 선을 그리며 작업에 착수했다. 기린은 검고 감정이 풍부한 눈을 갖고 있었고 털로 덮인 이상한 뿔은 기린을 친근한 외계인으로 보이게 했다.

느리고 우아한 걸음걸이로 기린 한 마리가 물웅덩이 가장자리로 다가와서 보잘것없이 앞다리를 벌리고 머리를 담가서 물을 마셨다. "왜 저렇게 하는 거야?" 할이 윈스턴에게 물었다.

"기린의 목은 땅에 닿을 만큼 길지 않아서 필요한 대부분의 물을 나뭇잎에서 얻어. 물을 마시려면 다리로 저렇게 이상한 자세를 만들어야 해."

"저기 봐요!" 패트리스가 반대쪽을 가리키며 말했다.

"얼룩말이야!" 포샤가 몸을 앞으로 내밀면서 속삭였다. 그녀의 얼굴은 잠깐 동안 여자 아이 같았다.

"영어로 얼룩말의 집합 명사가 뭔지 아니?" 넷 삼촌이 할에게 물었다.

"dazzle(현란함)이죠." 포샤가 대답했다. "A dazzle of zebra."

"정답이에요." 니콜이 미소 지으며 말했다. 그 표정에서 할은 그녀가 포샤를 얼마나 존경하는지 알 수 있었다. 포샤는 좋은 멘토임에 틀림없다고 생각하면서 할은 넷 삼촌이 자신의 멘토인지 궁금했다.

"맞아요, 그리고 기린은 a tower(탑) of giraffes예요." 윈스턴이 말했다.

"dazzle이 더 낫네." 니콜이 놀렸다.

물웅덩이를 응시하고 있던 할은 얼룩말 한 마리를 골라서 우아한 등 곡선을 그렸다. 기차에 탄 사람들의 관계를 생각하는 데 오래 걸리지 않았다. 할은 잠긴 방의 수수께끼와 가능한 것과 불가능한 것에 너무 집착하느라 사람들이 어떻게 연결되어 있는지에 대해 무시했다. 할은 종이에 얼룩말의 많은 선을 그리면서 마음이 혼란스러웠다. 만약 두 사람이 살인을 저질렀다면? 자신이 범인이 한 명뿐일 거라고 가정해 왔다는 것을 깨닫고 깜짝 놀랐다. 좋은 탐정은 가정을 하거나 성급하게 결론 내리지 않는다. 그런데 자신은 둘 다 저질러 버렸다.

"세 종류의 얼룩말이 있어." 윈스턴이 말했다. "저 말들은 평원 얼룩말이야. 각각의 얼룩말의 줄무늬는 특별해. 그것이 서로를 알아보는 방법이야."

"바코드처럼." 넷 삼촌이 할에게 말했다. 삼촌이 할의 표정을 읽고는 미소

가 호기심으로 바뀌었다.

해가 지기 시작하자 리아나가 차를 돌렸다. 그들은 오두막을 향해 울퉁불퉁한 길을 따라 덜컹거리며 돌아갔다. 그들이 도착했을 무렵에 땅거미가 깔렸다. 하늘은 만화경처럼 분홍색과 보라색으로 변화무쌍했다.

"하늘이 심상치 않아요." 넷 삼촌이 멀리 있는 짙은 잿빛 구름을 가리키며 말했다.

"폭풍이 오고 있어요." 리아나가 주차를 하고 엔진을 끄며 말했다. "바람으로 느낄 수 있을 겁니다."

오두막 안에는 뷔페가 차려진 긴 테이블이 놓여 있었고 그 위에는 피넛 버터 라이스, 정어리 요리, 사자(짭짤한 죽 요리), 여러 가지 푸른 채소와 엄선된 돼지갈비, 스테이크와

로드러너 치킨(뻐꾸기과 새로 땅 위를 달리며 뱀, 도마뱀 등을 잡아먹음. 역자 주) 바비큐가 있었다.

"이게 뭐야?" 할이 윈스턴에게 물었다.

"아프리카 모빠네가(남아프리카의 따뜻한 지역이 원산지인 황제나방의 일종. 역자 주)가 들어간 고기 스튜야." 윈스턴이 자기 몫을 접시에 담으면서 말했다. "정말 맛있어."

할은 밥 위에 스튜 한 국자를 붓고 닭다리 하나를 집었다. 다른 사람들을 따라서 깜빡거리는 횃불과 투광 조명등으로 밝혀져 있는 발코니로 나갔다.

"아마도 비가 뜨거운 열기를 식혀 줄 거예요." 베릴이 냅킨으로 부채질하면서 한숨을 쉬었다.

"날씨가 어떻든 간에 나는 남은 여행을 즐길 거예요." 에릭이 대답했다. "이제 크로스비 씨 사건은 끝났습니다."

"섬뜩한 살인으로 판명 나지 않아서 실망이에요." 베릴이 낮은 목소리로 말했다. "그랬으면 훨씬 더 흥미진진했을 텐데."

에릭이 웃었다.

할은 베릴을 유심히 살펴보았다. 할은 그녀에게 알리바이가 없음에도 용의자로 심각하게 생각하지 않았다. 미스터리 살인 사건에 대한 소설을 쓰는 게 그녀의 직업이다. 그녀가 크로스비를 죽일 천재적인 방법을 생각해 냈을까?

사쓰키 사사키가 접시를 발코니 난간 위에 놓았을 때 반짝이는 녹색 딱정벌레가 그녀의 팔에 내려와 앉았다. 그녀는 그것이 가운데손가락까지 기어가는 것을 지켜봤다. 딱정벌레는 거기서 커다란 에메랄드빛 반지처럼 어슴푸레 빛을 내면서 잠시 멈췄다가 갑자기 겉날개를 펼치고 공중으로 날아올랐다. 자연을 존중하는 태도를 보인 그녀가 살인자처럼 보이지는 않았다. 하지만 자연을 보호하기 위해 살인을 할까? 또는 그녀의 남편이 살인하는 것을 도울까? 료 사사키는 총격 후에 크로스비의 몸을 검시한 첫 번째 사람이었다. 할은 그가 수술용 장갑을 손에 꼈던 것을 기억했다. 그가 장갑과 의료용 가방을 준비된 상태로 갖고 있었던 것은 매우 편리했다. 범죄 현장에서 지문을 남기지 않으려고 장갑을 꼈을까?

윈스턴은 음식이 쌓여 있는 접시를 들고 할 옆에 앉았다. "배 안 고파?" 치포가 그의 무릎 위로 뛰어가서 파파야 한 덩어리를 실컷 먹었다. "아직도 범인이 누군지 알아내려고 하고 있어?" 윈스턴이 속삭였다.

할이 고개를 끄덕였다. "크로스비 아저씨가 총에 맞은 후에 그 객실에 들어가 볼 수 있었다면 좋았을 텐데. 보지 않은 살인 사건은 해결하기 어려워."

"할 수 있어."

"살인을 보는 것 말이야?"

"아니!" 윈스턴이 어이없다는 듯이 눈동자를 굴렸다. "범죄 현장을 조사하는 것 말이야. 그거라면 지금 할 수 있어." 윈스턴은 주위를 둘러봤다. "모두가 여기서 먹고 있는 동안에 말야."

"애커먼 아저씨를 조심해야 할 거야."

"내 생각엔 우리가 나이 많은 애커먼 아저씨보다 더 똑똑해." 윈스턴이 싱긋 웃었다.

"나도 같이 얘기해도 될까?" 넷 삼촌의 말에 둘은 위를 올려다봤다. "어! 이 얼굴 전에 본 적 있어." 삼촌은 할 옆에 앉았다. "무슨 일이야?"

"삼촌은 그림 그리는 것이 제가 생각하는 데 도움이 많이 되는 것을 알죠?"

넷 삼촌이 고개를 끄덕였다.

"음, 저는 크로스비 아저씨의 죽음이 사고였다고 결론 낸 제 판단이 잘못됐다고 생각하고 있어요. 이유를 설명할 수는 없지만 강하게 느끼고 있어요." 할이 손을 가슴에 댔다. "그리고 그것은 좋은 것이 아니에요."

"알겠다."

"저는 크로스비 아저씨의 객실을 살펴봐야 해요. 모두가 기차에 없는 지금이 가장 좋은 기회예요."

할이 그들의 계획을 삼촌에게 말하고 있는 것을 믿을 수 없다는 듯 윈스턴의 눈이 커졌다.

"나도 같이 갈게." 넷 삼촌이 즉시 말했다.

"안 돼요." 할이 심각한 표정으로 삼촌을 봤다. "삼촌은 발목 때문에 빨리 갈 수 없어요. 우리는 빨리 기차에 올라가야 해요. 그리고 만약 살인자가 여기에 있다면 니콜이 위험에 처할 수 있어요."

"니콜을 혼자 두지 않을게." 넷 삼촌이 고개를 끄덕였다. "그렇지만 너도 조심하겠다고 약속해."

"약속해요." 할이 삼촌에게 음식이 담긴 접시를 건네면서 말했다.

두 소년은 오두막에서 슬쩍 빠져나와 사파리 스타로 가는 먼지 많은 길을 뛰어 내려갔다. 멀리서 천둥이 그늘진 나무 사이로 우르릉거렸다. 할은 갑자기 윈스턴이 같이 있어서 기쁘다는 생각이 들었다.

chapter 23

지붕에서 낙하

그들이 길을 따라 서둘러 돌아갔을 때 사파리 스타의 윤곽이 어스름 속에서 어렴풋이 나타났다. 폭풍이 다가오는 것이 느껴졌다. 나무 속에 안 보이는 생명체의 코러스 소리가 갑자기 뚝 끊겼고 치포가 배낭 안에서 겁을 먹고 몸을 웅크렸다.

"어떻게 안으로 들어가지?" 기차에 다다르자 할이 물었다. "경찰이 그 객실을 잠갔어." 서비스 차량과 애커먼의 방에서 빛이 나오고 있었지만 기차의 나머지 부분은 어두웠다.

"크로스비 아저씨 객실 창문." 윈스턴이 제안했다. "아직 열려 있을지도 몰라."

둘은 기차 끝 쪽으로 서둘러 갔다.

"열려 있어." 그쪽으로 달려가면서 할이 신나서 말했다. "아무도 닫지 않았어." 손이 닿는지 보기 위해 껑충 뛰어올랐지만 손이 닿을 만큼 키가 크지 않았다.

"여기." 윈스턴이 손으로 받침대를 만들었다. "받쳐 줄 테니 올라가 봐."

할은 여러 번 시도했지만 창틀에 손가락이 닿기에는 창문이 너무 높았다.

"소용없어." 할은 어쩔 수 없이 땅으로 내려왔다. "다른 방법을 찾아야 해."

"지붕은 어때?" 윈스턴이 올려봤다. "우리가 몸을 내려서 안으로 들어갈

수 있어."

"좋은 생각이야." 할이 활짝 웃었다.

그들은 전망차 베란다로 기어 올라갔다. 윈스턴은 배낭 입구를 닫아 치포를 안으로 넣고 가방을 가슴에서 등 뒤로 위치를 바꿔서 멨다. 윈스턴이 발코니 난간 위로 올라가서 다리를 차면서 지붕 위로 몸을 들어 올리는 것을 할은 지켜봤다. 할이 뒤를 따라 올라갔을 때 바람에 셔츠가 나부꼈고 지붕 위에서 굴렀다. 지붕은 저녁 햇살에 아직 따뜻했다.

"빨리 와." 윈스턴이 객차 지붕 위를 천천히 그리고 가볍게 달리면서 말했다. 객차 사이 틈새를 건너뛰어 첫 번째 침대차로 갔을 때 밝은 빛이 보였다. 할은 위를 봤다. 멀리서 빨갛고 거무칙칙한 구름이 번개에 의해 갈라졌고 잠시 후에 천둥이 나무 꼭대기 위에서 으르렁거렸다.

"비가 오고 있어." 윈스턴이 외쳤다. "빨리." 그가 몸을 웅크렸다. "버섯 모양의 통풍구를 손으로 잡고 지붕 가장자리에서 다리를 내려. 내가 떨어지지 않게 네 팔을 잡을게."

할이 통풍구를 잡고 객차 가장자리에서 다리를 내렸다. 두려움이 느껴졌지만 윈스턴이 그의 팔목을 단단하게 잡고 있었다. 매달린 다리로 열린 창문을 찾았다. 통풍구를 놓은 한 손으로 창틀을 잡고 크로스비의 객실로 몸을 넣은 후 바닥에 엉덩이를 대고 떨어졌다.

윈스턴이 뒤를 따라 창문을 통과해서 두 발로 불안정하게 바닥에 착지했다. "우리가 해냈어!" 윈스턴이 할을 보고 활짝 웃었다.

번개의 불빛이 객실을 환하게 비추자 카펫 위에 어두운 핏자국이 선명하게 드러나 둘은 웃음을 멈췄다.

"블라인드를 내려, 램프를 켜게." 할이 속삭였다. "아무에게도 우리가 여기에 있다는 것을 알리지 않는 것이 좋을 거야." 할은 책상 위에 있는 크로스비의 열쇠를 발견하고 스케치북을 꺼냈다.

윈스턴이 배낭을 열자 치포가 머리를 내밀고 코를 갖다 댔다.

"우리는 객실 한쪽 끝에서 시작해서 반대쪽으로 가면서 무슨 일이 일어났는지를 알 수 있는 단서가 될 만한 것을 찾아야 해." 할이 욕실로 들어갔다. "우아! 네가 자쿠지에 대해서 거짓말한 게 아니구나."

욕실에서 아무것도 찾지 못한 할과 윈스턴은 반대쪽으로 가면서 침대 밑, 침대 옆 탁자 뒤, 책상 서랍 안과 쓰레기통 안을 살폈지만 아무것도 찾지 못했다. 할이 옷장을 열 때까지는……. "여기, 이게 뭐야?" 할은 손톱으로 문 경첩에 끼어 있는 분홍색 옷 조각을 빼내려고 애썼다.

"단서야?" 윈스턴이 신나서 물었다.

"모르겠어." 할이 대답했다. "그럴지도."

"범인이 크로스비 아저씨를 공격하려고 옷장에서 뛰쳐나오다가 문에 셔츠가 끼었을까?"

"크로스비 아저씨는 앞쪽에서 자신의 총에 맞았어. 넷 삼촌이 우리 객실 옷장에 들어갔던 거 기억해?" 삼촌은 간신히 들어갔어. 또, 이것은 분홍색이야. 크로스비 아저씨의 셔츠에서 떨어진 것이 틀림없어."

"우리는 여전히 왜 셔츠가 없어졌는지 몰라."

"또한 누가 지금 갖고 있는지도 모르고." 할은 천 조각을 스케치북 사이에 넣었다. 사쓰키가 종이접기로 만들어 준 부엉이가 미끄러져 옷장 바닥에 떨어졌다. 할은 그것을 줍기 위해 안으로 손을 뻗었고 나무 옷장 안에서 나뭇

결과 맞지 않는 홈을 알아챘다. 할은 손가락으로 그것을 따라 가다가 우연히 아래로 눌렀다. 그러자 덜컹 소리가 났다. "윈스턴!" 작은 나무 판이 옷장 뒤에서 열리자 숨이 턱 막혔다.

"비밀 공간이야!" 윈스턴이 속삭였다.

"비어 있어." 할이 한숨을 쉬었고 안으로 손을 넣어 주변을 더듬었다. "아니, 잠깐만. 이게 뭐지?" "램프를 들어서 여기를 비출 수 있어?" 윈스턴이 코드선이 팽팽해질 때까지 램프를 당겼다. "먼지가 좀 있고 회색 덩어리가 있어. 오래된 이빨이나 바위 조각 같은." 할이 조심스럽게 그것을 들어 손바닥 위에 놓았다. "봐." 할은 윈스턴에게 보여 주려고 몸을 돌렸다.

램프로 할의 손을 비추고 이상하게 생긴 조각을 들여다봤다. 윈스턴이 주머니에서 돋보기를 꺼내서 특이한 덩어리를 찬찬히 보더니 고개를 떨궜다.

"뭐야?" 할이 물었다. "뭐가 잘못됐어?"

"엄마를 불러야 해." 윈스턴이 조용히 말했다. "할, 이건 코뿔소 뿔 같아."

chapter 24

허리케인 작전

윈스턴이 책상에서 봉투를 집어 들었고 할은 그 조각을 봉투 안에 넣었다.

"엄마한테 보여 주기 전에 아무한테도 말하지 않는 것이 좋겠어."

할이 고개를 끄덕이며 크로스비의 열쇠로 객실 문을 열고 나와 문을 잠그고 열쇠를 문 밑으로 밀어 넣었다. 윈스턴이 말없이 서비스 차량으로 앞장서서 갈 때 할은 빠르게 머리를 굴리며 생각했다. 왜 크로스비의 객실에 코뿔소 뿔이 있었던 거지? 그가 밀수꾼이었나? 그래서 그가 살해당한 것일까?

둘이 어두운 라운지를 통과해 지나갈 때, 할은 사람들이 길을 안내하기 위해 손전등을 이리저리 비추면서 오두막에서 돌아오는 것을 봤다. "사람들이 돌아오고 있어."

할과 윈스턴이 리아나의 객실에서 그녀를 기다리면서 아래 침상 위에 나란히 앉아 있었다.

문이 열렸고 리아나가 들어와서 대형 여행 가방을 바닥에 내려놓았다. "무슨 일 있었니?" 리아나가 물었다. "왜 옷이 그렇게 더러워졌니?"

"우리는 어떤 조사를 하고 있었어요." 윈스턴이 그녀에게 봉투를 건넸다. "그리고 이것을 찾았어요."

리아나가 봉투를 열고 조각을 빼서 면밀히 살펴봤다. 빛을 비추니 분명하게 볼 수 있었다. "이거 어디서 났니?" 그녀가 속삭이며 물었다.

"크로스비 씨 옷장 뒤쪽 비밀 공간에 있었어요." 할이 말했다.

리아나가 깜짝 놀란 표정을 지었다. "다른 사람에게 말했니?"

"곧장 엄마한테 왔어요." 윈스턴이 말했다. "엄마…… 이거 코뿔소 뿔이에요?"

찢어지는 듯한 천둥소리가 나고 비가 쏟아졌다. 폭포수처럼 내리는 비는 기차 지붕 위에서 우르르 소리를 냈다.

"특별한 것처럼 보이지는 않아요." 할이 말했다.

"상아는 아니야." 리아나가 대답했다. "코뿔소 뿔은 전부 케라틴으로 되어 있고 뼈에 핵이 없어. 무게와 질감이 거의 맞아."

"케라틴?" 할이 윈스턴을 봤다.

"네 손톱과 머리카락을 만드는 물질이야." 윈스턴이 설명했다.

"러브조이 씨에게 가져가야 해." 리아나가 분명하게 말했다. "이건 심각한 일이야. 코뿔소 뿔 밀수는 심각한 범죄야."

세 사람은 에릭의 객실로 갔다. 그가 면 셔츠의 단추를 잠그면서 문을 열었다. "안녕, 부수사관들." 그가 미소를 지었다. "저 빗소리를 들어 봐!" 그는 리아나의 심각한 표정을 봤다. "무슨 일이에요?"

그들이 들어가고 문이 닫히자 리아나가 에릭에게 봉투를 건넸다. "아이들이 코뿔소 뿔 조각을 크로스비 씨 방에서 찾았어요."

에릭이 놀라서 할과 윈스턴을 쳐다봤다. "경찰 과학 수사팀이 철저하게 조사했지만 아무것도 발견하지 못했어요."

"옷장 안 가짜 벽 뒤에 있는 비밀 공간에 있었어요." 할이 말했다.

"저는 이 기차에 탄 누군가가 밀수꾼과 거래를 하고 있을지도 모른다고 생각해요." 리아나가 심각하게 말했다. "탐정님도 그들이 얼마나 위험한지 알잖아요. 그래서 이것을 내일 아침까지 기다렸다가 경찰서에 갖고 가는 대신에 탐정님께 가져온 거예요."

에릭이 한숨을 쉬었다. "앉으세요, 세 분께 할 말이 있어요."

할과 윈스턴은 안락의자에 걸터앉았고 리아나는 다른 의자에 앉았다.

"이 기차의 누구에게도 말하지 않으려 했던 사실을 여러분께 말하려고 해요. 여러분은 저와 약속해야 합니다. 여행이 끝날 때까지 아무에게도 얘기하지 않겠다고요. 안 그러면 모든 것을 위태롭게 할 수 있어요."

윈스턴과 리아나가 동의한다고 중얼거리면서 고개를 끄덕였다.

"할?"

"저는 삼촌한테 숨기기 싫어요."

에릭이 미소를 지었다. "나타니엘에게는 말해도 된단다." 그가 손가락을 들며 강조했다. "하지만 삼촌에게만이다."

"약속할게요." 할이 안도하며 고개를 끄덕였다.

"저는 은퇴한 경찰이 아닙니다." 에릭이 뒤로 기대어 앉았다. "저는 남아프리카 국경 순찰대와 진행 중인 작전을 위해 잠복근무 중인 현역 경찰입니다.

일명 허리케인 작전입니다. 우리와 짐바브웨 경찰은 몇 년 동안 밀수꾼 조직을 추적해 오고 있어요. 그들은 상아, 희귀 새 깃털, 코뿔소의 뿔 같은 동물 상품을 불법으로 수출하고 있어요. 밀수품은 남아프리카와 짐바브웨에서 규제가 약한 다른 나라로 밀반출되고, 거기서 다시 비행기나 배를 타고 동아시아 시장으로 갑니다."

"이것이 형사님이 사파리 스타에 탄 이유인가요?" 리아나가 물었다.

"네, 우리는 밀수꾼 중 한 명이 승객으로 가장해 수송품을 잠비아로 가져갈 것이라는 첩보를 입수했어요. 기차는 비행기나 배보다 검색이 허술하죠. 특히 고급 노선인 경우예요. 내일 빅토리아 폭포에서 그 밀수꾼이 중개상에게 밀수품을 전달할 때 잠비아 경찰들이 함정 수사를 수행할 준비가 되어 있어요. 저는 남아프리카 경찰을 대표해서 그 무엇도 작전을 방해하지 않도록 하기 위해 이 기차에 타고 있습니다."

"왜 은퇴한 경찰로 위장하셨어요?" 윈스턴이 물었다. "그건 그렇게 좋은 위장이 아니잖아요."

"하! 네 말이 맞아!" 에릭 러브조이가 고개를 끄덕였다. "나는 케이프타운에서 온 기차 마니아 벤자민 버켄보시로 위장할 계획이었어. 하지만, 내가 역에 도착했을 때 네 삼촌을 우연히 만났지. 나타니엘은 내가 기차에 타기도 전에 내 정체를 드러냈어." 에릭은 웃었다. "내가 그 순간에 생각해 낼 수 있었던 최선의 위장은 은퇴한 형사였지. 나는 매표소 직원에게 벤자민 버켄보시는 내 사촌이고 내 은퇴 선물로 티켓을 예약했다고 말해야 했지."

"루터 씨가 알고 있나요?" 리아나가 물었다.

"직원들은 아무도 몰라요. 기차에 탄 모두가 용의선상에 있어요."

"그래서 크로스비 아저씨가 죽었을 때⋯⋯." 할이 말했다.

"작전 전체를 거의 망칠 뻔했지." 에릭이 고개를 끄덕였다.

"그래서 아저씨가 크로스비 아저씨 사건 조사를 자원하신 건가요?" 할이 물었다.

"아멜리아 크로스비 씨가 살인이라고 주장했을 때 기차가 압수당할 위험에 처했었지." 에릭이 말했다. "그랬다면 몇 년에 걸쳐 해 온 경찰 수사를 망쳤을 거야. 나는 우리가 사고라는 것을 증명할 수 있어서 안도했다."

에릭이 비밀 임무 때문에 살인 가능성이 없기를 간절히 바랐다는 것을 할은 깨달았다. 그들이 쉬운 해결책을 받아들였다는 것에 대한 두려움이 커졌다. 만약 경찰이 틀렸다면 어떻게 될까?

에릭이 코뿔소 뿔을 들어 올렸다. "이것을 발견한 정확한 장소를 보여 줄 수 있니?"

할이 고개를 끄덕였다. "넷 삼촌은 이 객차들이 한때 오리엔트 특급 열차에 사용됐었다고 말했어요. 스파이들이 기밀을 숨기는 것을 돕기 위해 만든 비밀 공간이 있을지 모른다고도 말했고요."

"다른 것도 찾았니?" 에릭이 물었다.

할이 고개를 저었다.

"코뿔소 뿔이 크로스비 아저씨의 죽음과 관련이 있다고 생각하세요?" 윈스턴이 물었다.

"그건 아닐 거라고 생각해." 에릭이 대답했다.

"크로스비 아저씨가 엄마에게 보낸 카드는 어떻게 생각하세요?" 윈스턴이 물었다. "그가 코뿔소 뿔을 발견하고 엄마에게 말하고 싶었는지도 몰라요."

"크로스비 씨는 동물 보호에 신경 쓰는 그런 사람이 아니었어." 에릭이 회의적인 표정을 보였다. "그리고 나는 여전히 그의 죽음이 사고가 아닌 다른 것일 수 있다고 생각하지 않는다."

"누구인지 아세요?" 리아나가 물었다. "그러니까, 그 밀수꾼이요?"

"유감스럽게도 모릅니다." 에릭이 대답했다. "저는 여행 중에 그들 중 한 명이 배신하기를 바랐지만 크로스비 씨의 죽음이 수사를 어렵게 만들었어요."

누군가가 문에 부딪힌 것처럼 문에서 쿵 소리가 났고 다들 놀라서 고개를 돌렸다. 에릭이 위로 눈길을 던지며 문을 홱 잡아당겨 열고 복도로 뛰어나갔다. 할은 뛰어가는 발소리와 객차 문을 쾅 닫는 소리를 들었다. 그때, 누군가가 기차에서 뛰어내려 폭풍의 어둠 속으로 사라졌다.

"누군가가 우리를 엿듣고 있었어."

chapter 25

기차에 뱀이!

"**나**는 폭풍우를 너무 좋아해, 그리고 이번 것은 장관이야." 할이 갑자기 피곤함을 느끼고 넷 삼촌의 맞은편에 있는 안락의자에 푹 쓰러졌을 때 삼촌이 말했다. "나는 니콜이 안전하게 객실로 돌아가는 것을 봤어. 네 임무는 어땠니?"

"삼촌에게 할 말이 많은데 어디서부터 시작해야 할지 모르겠어요." 할이 신발을 벗어 던지고 책상 다리를 하고 앉았다.

"자기 전에 뜨거운 코코아를 마실 건데 너도 마실래?"

할이 고개를 끄덕였다. 넷 삼촌이 책상 위에 있는 전화기의 수화기를 들고 주문을 했다. 할은 윈스턴과 머빈 크로스비의 객실로 내려간 것, 코뿔소 뿔을 발견한 것 그리고 에릭이 허리케인 작전을 수행하기 위해 잠복수사 중임을 시인한 것을 자세히 이야기하기 시작했다. "그런데 누군가가 문에서 우리 얘기를 엿듣고 있었어요. 에릭 아저씨가 그를 쫓아갔지만 복도로 나갔을 때는 이미 사라지고 없었어요."

카야가 은쟁반에 뜨거운 코코아가 가득 담긴 커다란 머그 컵 두 잔을 들고 왔다. 각각 생크림이 콘 모양으로 얹혀 있었고 코코아 가루가 뿌려져 있었다.

"내가 궁금한 것은……." 넷 삼촌이 쟁반을 가지고 오면서 말했다. "머빈 크로스비 씨의 죽음이 허리케인 작전과 연관이 있었을까 하는 점이야."

"에릭 아저씨는 그렇게 생각하지 않아요." 할이 말했다. "단순히 불행한 사고였다고 생각해요. 하지만 모르겠어요. 크로스비 아저씨가 윈스턴의 엄마에게 보낸 카드에 대해 계속 생각하고 있어요. 코뿔소 뿔과 연관이 있었을까요? 어쩌면 그는 우연히 뿔을 발견했을지도 몰라요. 그래서 리아나 아줌마에게 말하고 싶었을까요?"

"크로스비 씨가 밀수된 코뿔소 뿔을 신경 썼다는 것을 상상할 수가 없구나. 밀수꾼이라면 모를까, 그의 재력을 볼 때 가능성은 없지만. 코뿔소 뿔이 얼마나 가치 있는지 알아내고 싶었는지도 모르지."

"뿔의 작은 조각만 발견했을 뿐이에요. 그래서 뿔이 통째로 하나 있었고 누군가가 그것을 옮겼다고 생각해요."

"그 밀수꾼은 무지나에서 경찰이 타기 전에 그것을 빼내기 위해 필사적이겠지."

"그 말은 그것이 아직 기차에 있고 밀수꾼도 여기 있을 거라는 뜻이죠." 할이 코코아를 한 모금 마셨다. 달콤해서 위안이 되었다.

"그러면 밀수꾼이 살인자인 건가?"

"머빈 크로스비 아저씨가 코뿔소 뿔을 발견했다면, 그가 범인일지도 모르죠."

천둥이 으르렁거리는 소리가 들렸고 넷 삼촌이 잘 시간임을 알렸다.

"내일은 사파리 스타에서의 마지막 날이야. 인상적인 하루가 될 것 같구나. 아침 식사 후에 빅토리아 폭포를 향해서 출발할 거야."

"문 잠그셨어요?" 넷 삼촌이 침대로 올라갈 때 할이 물었다.

"잠갔어." 넷 삼촌이 안심시키는 목소리로 말했다. "밤에 필요한 것이 있다면 나를 불러. 내가 바로 여기에 있으니까." 그가 램프를 껐다. "잘 자라."

"도와줘요!"

할이 헉 소리를 내면서 일어나 앉았다. 객실은 어두웠다.

"도와줘요!"

여자의 비명소리가 들렸다. 베릴이었다.

"넷 삼촌!"

"나도 들었어." 넷 삼촌이 손으로 더듬거리며 안경을 찾았다. 할이 불을 켰고 두 사람은 비틀거리며 객실에서 복도로 나왔다. 넷 삼촌이 베릴의 문손잡이를 잡고 달가닥거렸다. "잠겨 있어." 삼촌이 낮은 목소리로 말했다. "베릴!" 그가 문을 쾅쾅 두드리며 소리쳤다. "베릴, 나타니엘이에요. 괜찮아요? 문을 열어요!"

베릴이 겁에 질린 비명소리를 냈다.

할은 그의 객실로 돌아가 사잇문으로 달려갔고 고리를 위로 튕겼다. 반대쪽이 잠겨 있을 거라고 예상하면서 문을 당겼지만 열려 있었다. 그들이 낚싯줄로 실험을 한 후에 베릴이 문을 잠그지 않은 것이었다. 어두운 객실 안으로 막 들어가려고 할 때, 넷 삼촌이 할의 어깨를 잡았다.

"안 돼, 여기서 기다려." 삼촌이 속삭였다.

할은 한 줄기의 달빛 속에서 바닥에 있는 베릴을 봤다. 그녀는 긴 잠옷 가운을 입고 침대 다리 옆에 웅크리고 있었다.

"베릴?" 넷 삼촌이 부드러운 목소리로 불렀다. "괜찮아요? 내가 그쪽으로 갈게요."

"오지 말아요!" 그녀가 소리 질렀다. "저, 저, 저기!" 그녀가 떨리는 손을 뻗어 바닥 위에 놓여 있는 서로 엉켜진 침대 시트를 가리켰다. 주름진 곳을 통과해 움직이는 매우 깊은 그림자의 어두운 형체가 보였다. "뱀이에요!"

넷 삼촌이 얼어붙었다.

"도와줘요!" 베릴이 꺅 소리쳤다. "제발!"

"리아나 아줌마를 부를게요." 할이 누가 대답도 하기 전에 달리면서 말했다. 그는 서비스 차량으로 순식간에 달려갔고 윈스턴의 객실 문을 쾅쾅 두드렸다. 리아나가 게슴츠레한 눈을 하고 나타났다.

"도와주세요!" 할이 헐떡거리며 말했다. "기차에 뱀이 있어요. 빨리요!"

리아나가 재빨리 침상에서 베개와 한쪽 끝이 집게로 되어 있는 금속 막대를 잡아챘다. "빨리, 빨리!" 리아나가 말했다. 할은 뒤에서 바짝 쫓아오는 리아나와 함께 전력 질주해서 되돌아갔다.

"어디 있어요?" 리아나가 사잇문을 통과해서 베릴의 방으로 들어가면서 물었다. 넷 삼촌은 베릴 맞은편에서 무릎을 꿇고 있었고 그들 사이에 뱀이 들어 있는 침대 시트가 놓여 있었다. 그는 그녀를 진정시키려고 애쓰고 있었다.

"할, 전등 스위치를 찾을 수 있겠니?"

할은 벽을 더듬어 스위치를 켰다. 리아나가 바닥에 베개 쿠션을 떨어뜨려서 커버를 비웠다.

"모두 차분하게 가만히 있어야 해요." 그녀가 말했다. "뱀이 매우 겁에 질려 있어요."

"뱀이 겁에 질려 있다고요?" 베릴이 횡설수설했다. "그럼 나는요?"

"뱀이 어디서 온 거예요?" 윈스턴이 문 입구에서 졸린 눈을 하고 물었다. 치포는 그의 팔에 안겨 있었다.

아무도 대답하지 않았다. 리아나가 뱀 쪽으로 다가갈 때 모두 숨을 죽였다. "여기 누가 있는 거야? 아, 퍼프 애더구나. 너 참 잘생겼다. 가만히 있어라." 그녀가 집게를 이용해서 침대 시트를 걷어 올리고 뱀의 머리에 가까운 부위를 집게로 잡았다. 뱀이 몸부림치면서 목을 뒤로 휙 돌렸지만 물 수 있는 것이 없었다. 리아나가 베개 커버를 열고 조심스럽게 뱀을 꼬리부터 넣었다. 집게를 푼 다음 커버를 끈으로 묶는 동안 입구를 꽉 잡아 막았다. 팔을 뻗어 베개 커버를 몸에서 멀찍이 잡고 욕실로 들고 가서 욕조 안에 넣었다.

"으악!" 베릴이 발버둥치며 일어나서 문 쪽으로 허둥지둥 갔다.

"조심해요!" 윈스턴이 외쳤다. 갑자기 돌진하는 검은 물체가 베릴의 발 쪽

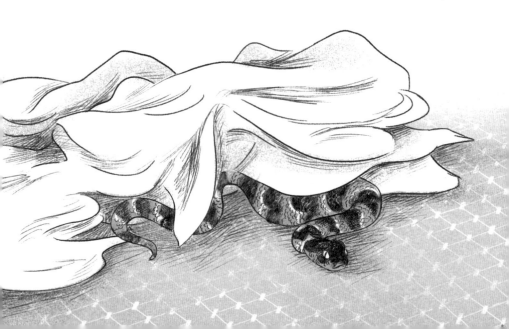

으로 휙 움직였다. 또 다른 뱀이 그녀의 발목을 노리고 있었다. 뱀이 머리를 뒤로 뺐지만 물기도 전에 치포가 윈스턴의 팔에서 뛰어내려서 뱀을 측면에서 치고 발톱으로 잡아 카펫 위에서 굴렸다. 뱀이 쉬익 소리를 내며 치포에게 독을 뿜으려는 순간에 치포가 뱀의 목을 물었다. 뱀은 발버둥치다가 축 늘어졌다. 치포가 죽은 뱀을 안락의자 다리 옆에 떨어뜨렸다.

베릴은 금방이라도 기절할 것처럼 보였지만 너무 겁에 질려서 바닥으로 쓰러지지 못했다. 그녀가 불안정하게 흔들렸고 넷 삼촌이 뛰어가서 그녀를 붙잡고 그에게 기대게 했다. 삼촌은 베릴을 객실 밖으로 데리고 나와 삼촌의 객실로 들어갔다. "죽을 뻔했어." 그녀가 낮은 목소리로 말했다. "뱀한테 물려 죽을 뻔했어." 그녀가 넷 삼촌을 올려다봤다.

리아나가 죽은 뱀을 집게로 집어서 욕조 안에 넣고 베릴의 객실을 꼼꼼하게 점검했다.

"잘했어, 치포." 윈스턴이 몽구스를 들어 올리며 말했다. "너는 영웅이야."

"굉장했어." 할이 맞장구쳤다. 할의 심장은 아직도 뛰고 있었고 평생 볼 수 있는 뱀을 이 여행에서 다 본 것 같았다.

"무슨 일이에요? 베릴?" 에릭 러브조이가 목욕 가운을 입고 걱정스러운 얼굴로 문 입구에 서 있었다. 알록달록한 줄무늬 파자마를 입고 끈으로 묶는 신발을 신은 루터 애커먼이 복도에서 서둘러 왔다. "누가 비명을 질렀나요? 모두 괜찮으세요? 저는 자고 있었어요."

"뱀이 나를 공격했어요!" 베릴이 사잇문을 통해 크게 소리쳤다. "뱀 두 마리가요! 그것들이 내 침대에 있었어요. 나는 죽을 수도 있었어요!"

"퍼프 애더와 붐슬랑이었어요." 리아나가 고개를 가볍게 끄덕이며 말했다.

"둘 다 독사였지만 다행히 아무도 물리지 않았어요."

"오, 치포." 베릴이 팔을 뻗어서 몽구스를 쓰다듬자 치포는 윈스턴의 겨드랑이 밑에 숨었다. "당신이 내 생명을 구했어요." 그녀가 넷 삼촌을 향해 돌아섰다. "당신은 굉장했어요, 나의 영웅." 그녀가 그의 팔을 잡고 안았다. 반면에 에릭에게는 그가 그녀를 구했어야 했다는 듯 날카로운 눈길을 보냈다. "해리슨, 위기 상황에서 정말 멋졌어. 너는 무엇을 해야 하는지 알고 있더구나. 리아나, 나를 구하러 와 줘서 고마워요. 나의 다음 책은 당신과 치포에게 바칠 거예요."

에릭은 멋쩍어하는 것 같아 보였고 뱀을 보러 갔다가 리아나가 다시 방을 수색하는 것을 도왔다.

베릴은 그녀의 객실에서 잘 수 없다고 선언했고 루터가 비어 있는 객실 중에 침대가 마련되어 있는 객실이 없다고 말하자 넷 삼촌이 할의 침대에서 잘 것을 제안했다. 베릴은 에릭에게 떫은 표정을 보이고 즉시 침대로 올라가서 캐모마일차를 주문했다. 그리고 침대에서 뱀을 발견했을 때 얼마나 공포에 떨었는지를 루터 애커먼에게 이야기했다.

에릭은 넷 삼촌을 그의 객실에서 자도록 했고 리아나가 할에게 윈스턴의 침상에서 둘이 발을 마주 대고 누워서 잘 수 있다고 말하자 할이 기꺼이 응했다. 소년들은 서로 뒤를 쫓으며 기차 아래 침상까지 달려갔다.

"너는 뱀이 베릴 아줌마 방에 어떻게 들어갔다고 생각하니?" 할이 침상에 앉으며 속삭였다.

"뱀은 땅 아래 굴에서 살아." 윈스턴이 대답했다. "비가 오면 땅 위로 올라오지."

"뱀이 말라 있는 곳을 찾다가 베릴 아줌마 침대로 스르르 올라갔나?" 할이 물었다.

"종류가 다른 두 마리의 독사가 우연히 베릴 아줌마 침대로 피신하기를 원했다고?" 윈스턴이 콧방귀를 뀌었다. "나는 그렇게 생각하지 않아. 우리는 땅에서 1미터나 떨어져 있다고."

"네 말이 맞아." 할이 말했다. "내 생각엔 그 뱀은 의도적으로 거기에 놓인 거야. 누군가가 베릴 아줌마를 죽이려고."

"하지만 누가?" 윈스턴이 물었다. "그리고 왜?"

chapter 26

더러운 세탁물

"**할**, 일어나." 윈스턴이 속삭였다. "사람들이 뭔가를 찾았어!"

할은 윈스턴이 흔들어 깨우는 바람에 눈을 떴다. 객실은 이른 아침의 푸른빛으로 환했다. "무슨 일이야?"

"지난밤, 애커먼 아저씨가 엄마한테 뱀이 더 있을 경우를 대비해 기차를 수색할 것을 요구했어."

"네 엄마가 뭐라도 발견하신 거야?" 할이 무릎을 가슴 쪽으로 끌어당기며 자기도 모르게 몸을 떨었다.

"방금 엄마가 러브조이 형사님과 복도에서 얘기하는 것을 들었어. 엄마가 수화물 차량에서 뭔가를 발견했대서 너를 깨우는 게 좋겠다고 생각했어."

"그것이 뱀이라고 생각해?" 할은 파충류를 더 보게 될까 봐 두려웠다.

"아닌 것 같아." 윈스턴이 고개를 저었다. "가서 보자."

"치포는 어쩌고?" 할이 윈스턴의 베개에서 웅크리고 자고 있는 몽구스를 쳐다봤다.

"자게 놔둬."

할은 베개 밑에 있는 스케치북을 움켜잡았다. 복도가 비어 있는 것을 확인한 후에 소년들은 맨발로 살금살금 서비스 차량을 통과하여 은밀한 목소리가 나는 쪽으로 갔다. 수화물 보관소 문은 열려 있었다. 널찍한 공간에는 모든 여행 가방이 쌓여 있었다. 할이 안을 자세히 들여다보기 위해 목을 길게 뺐고 그물망을 통하여 리아나를 잠깐 봤다. 그녀는 손을 엉덩이에 얹고 에릭 옆에 서 있었다. 두 사람은 바닥에 있는 뭔가를 내려다보고 있었다.

"지퍼가 열려 있었어요." 리아나가 말했다. "나는 뱀이 안으로 들어갔을 수 있다고 생각했어요. 다른 가방들은 보지 않았어요."

"음, 밀수꾼이 누구인지 알 것 같아요." 에릭이 그녀를 봤다. "내가 가서 루터를 깨우는 동안 경비를 서 주겠어요? 그는 내가 그의 승객 중 한 명을 억류할 것이라는 것을 알아야 합니다."

"그에게 설명할 기회를 안 주는 건가요?"

"설명할 것이 뭐가 있나요?" 에릭이 다시 내려다보고 고개를 흔들면서 한숨을 쉬었다. "하지만, 당신 말이 맞아요. 내가 그를 여기로 데리고 와서 증거를 보여 줄게요."

"빨리! 그가 오고 있어!" 윈스턴이 할을 뒤로 당기면서 낮은 목소리로 말했다. 윈스턴은 할을 문 입구 안쪽으로 밀어 넣고 문을 닫았다. 그 방은 따뜻했고 비누 냄새가 났다. 그들은 러브조이가 다가오는 소리를 들었다. 발소리는 그냥 지나쳐 점점 멀어졌다.

"우리가 어디에 있는 거야?" 할이 속삭였다.

"세탁실이야." 윈스턴이 블라인드를 열자 어둑한 새벽빛이 들어왔다.

"오래된 기차에 세탁실이 있는 줄은 몰랐어." 할은 창문 밑, 벽에 붙어 있는 두 개의 금속 싱크대를 봤다. 그들의 머리 위에 도르래가 있었고 그 위에 빨래 건조대가 있었다. 바지 한 벌, 표범 무늬 블라우스와 양말이 얇고 긴 나무 널빤지에 걸려 있었다.

"손님들은 방에 있는 바구니에 세탁할 빨래를 넣을 수 있어. 비록 세탁기는 없지만, 직원들이 모든 빨래를 손으로 빨아." 윈스턴이 싱크대 가장자리에 걸터앉았다. 높은 톤의 끼익 소리를 내며 기차가 앞으로 나아갔다. 객차가 속 터지게 느린 피스톤에 의해 약하게 당겨졌다.

"기차가 움직이고 있어." 할이 말했다.

"저 수화물 보관소에 뭐가 있는 걸까?"

"기다렸다가 알아내자." 할이 뒤로 물러서다가 부츠에 걸려 넘어졌다. 부츠는 마른 진흙이 두껍게 묻어 있었고, 할이 다리미를 치는 바람에 뒤에 있는 선반에서 다리미가 떨어질 뻔했다.

"쉬이." 윈스턴이 킥킥 웃었다. "우리가 여기 있는 것을 알리고 싶은 거야?"

하지만 할은 듣고 있지 않았다. 방금 뒤로 넘어졌을 때 분홍색이 언뜻 보였다. 할은 줄을 풀어 건조대를 내렸다. "윈스턴, 봐. 저 바지 주머니 안에⋯⋯ 보여?"

윈스턴이 헉 소리를 냈다. "분홍색 옷감 조각이야."

"크로스비 아저씨 옷장에서 우리가 찾았던 것과 같아."

윈스턴이 찢겨진 천 조각을 주머니에서 잡아당겨서 할에게 건넸다. "이 바지는 누구 꺼지?" 그가 남색 치노 바지를 내밀었다. "키가 큰 남자 꺼야."

"저 블라우스는 라마보아 씨 꺼야." 할이 말했다. "그녀가 그제 하이 티 때 입었어."

"이 바지는 패트리스 아저씨의 것이 틀림없어." 윈스턴이 눈이 동그랗게 뜨고 말했다. "왜 크로스비 아저씨의 찢어진 셔츠 조각이 그의 바지 주머니에 있었던 거지? 싸움이 있었다고 생각해?"

할이 대답하기도 전에 발소리가 들렸다. 윈스턴이 문을 살짝 열었고 둘은 코를 문틈에 댔다. 에릭, 루터 애커먼 그리고 료 사사키가 수화물 보관소로 들어갔다.

"사사키 씨가 왜 그들과 함께 있는 거지?" 윈스턴이 문을 더 열었을 때 할이 속삭였다. 그들은 복도로 살금살금 나갔다.

"나를 깨워서 여기로 데려올 만큼 중요한 것이 뭡니까?" 료가 에릭에게 물었다.

"이것이 당신 가방입니까?" 리아나가 아래를 가리켰다.

"네." 료가 혼란스러운 표정으로 대답했다.

할은 까치발로 서 있어서 가방을 볼 수 있었다. 그것은 빨간색이었다.

"지난밤에 손님 객실에서 뱀이 발견돼서 리아나 씨가 기차를 수색하고 있었어요." 에릭이 설명했다. "다행히 아무도 다치지 않았습니다." 에릭은 료의 걱정을 미리 차단하려고 손을 들면서 덧붙였다. "그런데 리아나 씨가 이 수화물 보관소를 수색하다가 뭔가 우려할 만한 것을 발견했습니다." 그가 리아나를 봤다. "가방을 여세요."

리아나가 쪼그리고 앉아서 가방을 열어젖혔다. 할은 손을 윈스턴의 어깨 위에 올리고 균형을 잡으면서 뭔지 보기 위해 까치발로 몸을 더 올렸다. "오, 안 돼!" 할은 숨이 턱 막혔다.

"뭐야? 뭘 봤어?" 윈스턴이 속삭였다

"코뿔소 뿔이야!"

"이해할 수가 없어요." 료가 말했다. "이게 뭐예요?"

"코뿔소 뿔입니다." 에릭이 말했다. "나는 당신이 모든 것을 알고 있다고 생각합니다."

"료 사사키 씨가 밀수꾼이야!" 윈스턴은 충격에 빠졌다.

"코뿔소 뿔이 오래전에 한의학에서 사용되었다고 알고는 있어요." 료가 말했다. "하지만 구식 믿음이에요. 그것을 갈아서 물에 타 마시면 병을 치료한다고요. 하지만 난 아닙니다. 난 외과 의사이고 병원에서 일합니다. 난 그것과 관련된 어떤 것도 하지 않습니다."

"비록 당신이 그것을 믿지는 않지만." 에릭이 가방을 내려다보면서 말했다. "당신은 코뿔소 뿔이 금괴 하나만큼의 가치가 있다는 것을 알죠."

"하지만 저건 내 것이 아니에요." 료가 말했다. "본 적도 없어요!" 그는 말을 잇지 못하고 에릭을 쳐다봤다. "저한테 왜 이러는 겁니까?"

"왜냐하면 당신은 밀수꾼이니까요, 사사키 씨." 에릭이 대답했다. "우리가 아직 남아프리카에 있다면 당신을 체포할 겁니다."

"잠비아 경찰서에 전화를 했습니다." 애커먼이 말했다. "우리가 몇 시간 후에 도착하면 그들이 기다리고 있을 겁니다." 그가 머리를 흔들었다. "정말 충격입니다, 사사키 씨."

"뭐라고요? 안 돼요! 실수하는 겁니다!"

"나의 유일한 실수는 사사키 씨 당신을 믿은 겁니다." 에릭이 말했다. "잠
비아에 도착하면 당신은 체포될 것입니다. 코뿔소 뿔을 밀수한 혐의뿐 아니
라 살인 혐의로도요." 그가 료에게 물러서지 않겠다는 표정을 보였다. "내가
아멜리아 씨에게 빚을 진 것 같네요. 그녀 남편의 죽음은 사고가 아니었어요,
안 그런가요?"

chapter 27

사사키 구하기

"**이**건 잘못됐어." 세 남자가 지나갔을 때 할이 속삭이며 윈스턴을 봤다. "우리가 막아야 해."

"어떻게?" 윈스턴이 놀란 표정을 지었다.

"넷 삼촌한테 말해야겠어." 할이 문을 조심스럽게 열었다. "삼촌은 무엇을 해야 할지 알 거야."

둘은 그들을 살금살금 따라가면서 맨발로 카펫 위를 소리 안 나게 조용히 걸었다. 에릭이 료를 어제 인터뷰할 때 사용했던 그 객실로 데려갔다. 할이 에릭의 객실로 들어가서 삼촌을 깨우는 동안에 윈스턴은 뒤에 남았다.

"할? 몇 시니? 괜찮은 거야?"

"거의 7시예요. 빨리요, 삼촌이 와 봐야 해요. 료 사사키 아저씨가 코뿔소 뿔 밀수꾼으로 몰리고 있어요." 할이 급하게 속삭였다. "그리고 에릭 형사님이 그를 살인자로 의심하고 있어요!"

"뭐라고?" 넷 삼촌이 안경을 집으려고 손을 뻗었다. "그건 말도 안 돼." 삼촌이 침대에서 벌떡 일어났다. "어제 그는 두 가지 사건이 연결되어 있다고 생각하지 않았어. 사고라고 확신하고 있었다고." 삼촌이 가운을 걸쳤다. "무엇이 그의 생각을 바꾸게 한 거지?"

"모르겠어요." 할이 말했다.

그들이 취조실로 갔을 때, 사쓰키가 문 입구에서 혼란스럽고 화난 표정으로 남편과 일본어로 이야기하고 있었다. 료는 차분한 목소리로 사쓰키를 안심시키고 있었다.

"루터 씨, 사사키 부인을 객실로 데려가서 차 한 잔 주세요." 에릭이 지시했다. 애커먼이 정신없이 고개를 끄덕이면서 사쓰키의 팔을 잡고 안내했다.

"에릭." 넷 삼촌이 말했다. "무슨 일이에요? 사사키 씨가 어떤 혐의를 받고 있나요?"

"경찰 일이네, 넷. 자네가 신경 쓸 일이 아니야."

"그는 변호사를 선임할 자격이 있지 않나요?"

"잠비아에 도착하면 변호사를 부를 수 있어." 에릭이 말했다. "부탁하네, 내가 다 통제할 수 있어."

"지금 그를 인터뷰할 거라면 내가 들어가 서 있어도 되겠죠? 사사키 씨가 동의한다면요?"

료가 고마워하며 인사했다. "고맙습니다." 그가 에릭을 쳐다봤다. "저는 나타니엘 씨가 참석하면 좋겠습니다."

"하지만 그는 변호사가 아니에요." 에릭이 반대했다.

"그리고 당신은 관할 지역 밖에 있어요." 넷 삼촌이 에릭에게 상기시켰다.

"제 생각에는 이 대화에 증인이 있다면 모두가 유리할 것 같은데요. 그 방법이 잠비아 경찰에게 명확한 해명이 될 수 있을 겁니다."

"좋아요." 에릭이 짜증 나는 말투로 말했다.

"할, 윈스턴! 들어와서 소파에 앉아라. 할, 스케치북 갖고 있지? 메모를 해도 된다." 그가 에릭에게 미소를 보였다. "우리 시작할까요?"

에릭이 항의할 것처럼 보였으나 이내 한숨을 쉬고는 문을 닫았다.

"왜 사사키 씨를 체포하려는지 설명해 줄 수 있습니까?" 넷 삼촌이 안락의자 가장자리에 걸터앉아서 말했다.

"사사키 씨가 불법으로 코뿔소 뿔을 잠비아에 있는 연락책에 넘기려고 하다가 잡혔습니다. 그는 내가 1년 넘게 추적해 온 밀수 조직의 일원이라고 믿습니다. 가방에 있던 뿔은 그를 기소할 만큼 확실한 증거입니다."

"그것은 제 것이 아닙니다." 료가 단호하게 말했다.

"그러면 왜 그것이 당신 가방에 있습니까?"

"누군가 계획한 것일 수도 있어요." 할이 주장했다.

"할, 네가 목격자를 하려면 끼어들지 말아 다오." 에릭이 톡 쏘며 말했다. "사사키 씨가 코뿔소 뿔을 밀수하려고 했고 나는 크로스비 씨가 그의 계획을 알아챘다고 믿습니다."

"그렇게 말하는 증거가 있습니까?" 료가 물었다.

"그 쪽지." 할이 숨을 죽이며 말했다.

"그래, 할. 리아나의 쪽지." 에릭이 말했다. "크로스비 씨는 사사키 씨가 밀수꾼이라는 것을 알아챈 것이 틀림없습니다. 그는 뿔을 찾아냈고 그것을 증거로 가져가서 옷장 안에 숨겼던 것입니다. 나는 그가 당신을 협박하거나 이용하려고 계획했던 것으로 추측합니다. 그는 크루거 공원에서 당신과 정면으로 부딪쳤어요, 안 그랬나요? 그것이 사쓰키 씨가 그날 오후에 기차로 돌아가길 원했던 이유인가요? 그녀가 화가 났었나요?"

"아내는 피곤해했습니다." 료가 반박했다.

"당신은 뿔을 다시 가져오고 크로스비 씨가 당신의 정체를 폭로하려는 것을 막아야 했습니다. 어제 하이 티 후에, 당신은 수술용 장갑을 끼고 로열 스위트룸에 몰래 들어가서 코뿔소 뿔을 없애려고 했습니다. 누군가 오는 소리를 듣고 당신은 숨었습니다. 크로스비 씨가 들어와서 문을 잠그고 사냥총을 내려놨습니다. 그때 당신은 그를 죽일 생각을 했던 것입니다, 그렇지 않나요? 당신은 튀어나와서 총을 움켜잡고 그를 쐈습니다. 당신은 장갑을 끼고 있었으니까 지문은 발견되지 않았습니다. 당신은 사고로 보이게 하려고 시체의 자세와 총의 위치를 조작했습니다. 크로스비 씨가 당신한테서 빼앗아 간 뿔을 다시 가져갔고 그것을 의료용 가방에 넣었던 것이죠. 할과 윈스턴이 지난밤에 찾은 작은 뿔 조각을 남겼다는 것을 모른 채."

"하지만 어떻게 도망쳤을까요?" 윈스턴이 물었다. "우리가 그를 봤을 거예요. 그 문은 잠겨 있었어요."

"너와 할이 전망차로 갔을 때, 사사키 씨는 크로스비 씨의 열쇠를 갖고 문을 열었어." 에릭이 대답했다. "그는 그의 객실로 가기를 바랐지만 나타니엘이 루터 씨를 현장에 데리고 오는 소리를 들었고 너희가 했던 것과 똑같이 열려 있는 패트리스 씨의 객실 안으로 숨었지. 그는 넷이 그를 부를 때까지 기다렸고 마치 우연인 척 소동을 듣고 나서 의료용 가방을 들고 달려온 것처럼 현장에 나타난 거야."

"나는 당신이 말한 것 중에 어떤 것도 하지 않았어요!" 료가 화가 나서 말했다.

"사사키 씨는 외과 의사이기 때문에 내가 범죄 현장에 참석하라고 요청할 것이라는 것을 알았습니다." 에릭이 계속했다. "당신은 같은 수술용 장갑을 꺼냈고 그 객실에서 우리와 합류했습니다. 안으로 들어간 후에 당신은 우리가 모르게 크로스비 씨의 열쇠를 책상 위에 올려놓고 더 이상의 조사를 막기 위해 가장 가능성 높은 이유는 사고라고 나를 설득하기 시작했던 것입니다."

할의 입이 딱 벌어졌다. 형사 러브조이의 설명이 딱 들어맞았다.

"사사키 씨 당신이 몰랐던 것은 크로스비 씨가 리아나에게 만날 것을 요청하는 쪽지를 썼다는 것입니다. 아마도 코뿔소 뿔의 가치에 대해서 물어보려고 했는지도 모릅니다. 아니면 당신에 대해서 말하려고 했는지도 모르죠. 우리는 알 수 없습니다."

료가 망연자실했다.

"하지만 사사키 씨는 알리바이가 있어요." 넷 삼촌이 지적했다.

"그의 아내죠." 에릭이 빈정거리는 목소리로 말하며 고개를 흔들었다. "나는 당신 아내가 선서 후에 위증을 하면 기소당할 수 있다는 것을 당신이 깨닫기를 바랍니다."

할은 속이 끔찍하게 뒤틀리는 것을 느꼈다. 정말 료 사사키가 밀수꾼이고 살인자일 수 있을까? 할은 료가 자신의 입장을 얘기하는 것을 집중해서 들었다. 사쓰키는 살인이 있던 그 시간에 그와 함께 있었고 코뿔소 뿔을 전에 본 적이 없으며 어떻게 그것이 그의 가방에 들어갔는지에 대한 설명은 없었다. 하지만 에릭의 이론을 반박하기 위해 그가 말할 수 있는 것은 없었다.

"어제 당신은 크로스비 씨의 죽음이 사고였다고 확신했어요." 넷 삼촌이 말했다.

"그것은 할과 윈스턴이 크로스비 씨의 방에서 코뿔소 뿔을 찾기 전이었네."

"당신의 증거는 정황적인 것이에요." 넷 삼촌이 침착하게 지적했다. "증거가 없어요."

"찾을 거야." 에릭이 말했다. "잠비아에 도착하면 기차를 철저히 수색하게 할 거네. 나는 사사키 씨가 범인이라는 것을 확신해."

"에릭?" 료가 고개를 흔들었다. "당신이 어떻게 내가 이런 일을 했다고 생각할 수가 있어요?"

"나는 형사입니다, 사사키 씨. 싫어도 나는 증거를 따라야 해요. 그리고 모든 것이 당신을 향하고 있어요." 그가 한숨을 쉬었다. "나는 밀수 적발 작전에서 맡은 역할 때문에 크로스비 씨의 죽음이 사고였다고 성급하게 결론을 내렸어요. 이제는 알겠어요."

"음, 그러면……." 넷 삼촌이 일어났다. "사건을 상세히 설명해 줘서 고마워요. 사사키 씨, 객실로 돌아갑시다. 사쓰키 씨가 걱정하겠어요."

"하지만……." 에릭이 벌떡 일어났다.

넷 삼촌은 에릭이 차가운 눈으로 노려보는 것을 느끼며 손을 들었다. "나는 사사키 씨와 그의 임신한 아내를 만나게 해 줘야 해요. 그래야 아내에게 무슨 일이 일어나고 있는지 설명할 수가 있죠. 당신이 사사키 부인에게 고통을 주는 것을 원치 않을 거라고 믿어요. 잠비아 당국에 의해 만날 때까지 사사키 부부는 나머지 여행을 그들의 객실에서 보낼 겁니다."

에릭이 고개를 끄덕였다.

"할, 윈스턴." 두 소년은 넷 삼촌과 함께 에릭에게 인사를 하고 방을 나왔다.

chapter 28

종이의 반전

료에 대한 에릭의 설득력 있는 이론에 충격을 받아 말이 없어진 할과 윈스턴은 료 사사키와 넷 삼촌을 따라 복도 아래로 내려갔다. 윈스턴이 외과 의사의 등을 의심스러운 눈으로 보고 있었다.

그들이 사사키의 객실에 도착했을 때 사쓰키는 혼자 있었다. 그녀는 료가 들어오자 일어났다. 그리고 잠시 머뭇거리다가 달려가 그를 안고 빠르게 일본어로 말을 했다. 료가 부드러운 톤으로 대답했지만 할은 그가 고통스러워하는 것을 알 수 있었다.

"무엇을 할 수 있을까요?" 료가 문을 닫고 안락의자에 앉으면서 물었다.

"에릭의 이론은 설득력 있지만, 그가 갖고 있는 유일한 증거는 그 코뿔소의 뿔뿐이에요." 넷 삼촌이 말했다. "이 사건은 법정으로 갈 수 없을 겁니다."

"나를 도와줄 수 없니?" 료가 할을 쳐다봤다. "너는 그 수사팀의 일원이잖아."

"노력해 볼게요." 할이 고개를 끄덕였다. "러브조이 형사님이 성급하게 결론을 내렸어요. 그가 말한 것의 절반은 증거가 없어요."

"하지만 시간이 너무 없어요." 넷 삼촌이 비탄스럽게 말했다. "우리는 아침식사 후 바로 잠비아에 도착할 거예요. 좋은 변호사를 찾는 데 집중해야겠어요. 제가 도와줄 수 있는 사람을 많이 알고 있어요."

할이 객실을 가로질러서 사쓰키에게 갔다. "저……." 할은 스케치북을 더듬거려서 종이 몇 장을 뜯었다. "종이접기 하실래요? 종이접기를 하면 기분이 좋아진다고 하셨잖아요."

사쓰키는 그에게 슬픈 미소를 보이고 종이를 받아서 테이블에 앉았다. "친절하구나, 할."

할은 윈스턴이 같이 하고 싶은지 물어보려고 고개를 돌렸지만 그는 창문 너머로 레몬색 지평선을 바라보고 있었다. 지난밤에 있었던 폭풍우의 모든 흔적이 사라졌다.

사쓰키가 종이를 접고 돌리는 방식을 보면서, 할은 그만의 종이접기를 하려고 애썼지만 헷갈려서 포기하고 결국 종이비행기를 접어서 윈스턴의 머리를 향해 날렸다.

"할? 윈스턴?" 넷 삼촌이 말했다. "아침 식사 시간인 것 같다. 사사키 씨와 부인에게 그들만의 시간을 주자."

할은 발이 얼어붙고 위가 텅 비어 있는 것을 깨달으면서 고개를 끄덕였다.

"여기." 사쓰키가 할에게 정교하고 정확하게 접은 백조를 건넸다. 할은 조심스럽게 그것을 스케치북 사이에 넣고 고맙다는 인사를 한 다음 넷 삼촌과 윈스턴을 따라 나왔다.

"내가 옷을 갈아입고 나서 너를 찾으러 올까?" 할이 윈스턴에게 물었다.

"나는 치포에게 먹이를 주고 운동을 시켜야 해."

"식사를 마치고 증거를 조사하자. 어쩌면 우리가 놓친 것 중에 사사키 아저씨의 결백을 입증할 수 있는 것이 있을지도 몰라."

"나는 그가 유죄일 수도 있다고 생각해." 윈스턴이 조용히 말하고 입술을 물었다.

"뭐라고?" 할은 충격을 받았다.

"사사키 아저씨는 좋은 사람 같아 보이지만 우리가 정말 그에 대해 아는 것이 뭐야?" 윈스턴은 마음이 불편해 보였다. "만약 러브조이 형사님이 맞는다면 어떡해?"

"하지만 증거가 없잖아 ……." 할이 반박했다.

"형사 놀이하는 것은 재미있었어." 윈스턴이 말했다. "하지만 에릭 러브조이는 과학 수사 보고서를 갖고 잠복수사를 하는 진짜 형사야. 코뿔소 뿔은

료의 가방에 있었어……."

"괜찮아." 할이 말하면서 마른침을 삼켰다. "나중에 너를 찾으러 갈게." 할은 가슴속에 이상한 감정을 느끼며 넷 삼촌과 함께 객실로 돌아갔다.

"베릴 씨가 일어났으면 좋겠구나." 그들이 객실 문에 도착해서 노크를 하기 전에 넷 삼촌이 말했다.

"누구쎄용?" 베릴이 도발적으로 외쳤다.

"우리예요, 베릴 씨." 넷 삼촌이 말했다. "아침 식사 하러 가기 전에 옷을 갈아입으러 왔어요."

"아……." 그녀의 목소리에는 실망감이 묻어 났다. "들어와요. 걱정 말아요, 나는 준비를 다 했어요." 베릴은 침대에 앉아 있었다. "당신이 어떤 사람이길 바랐는데…… 나는 뱀한테 공격을 받았잖아요. 그것도 두 마리나! 당신도 내가 누군가의 아침 방문을 받을 만하다고 생각할 거예요."

"누가요?"

"나는 네가 누구인지 안다고 생각해. 지난밤에 오두막에서 에릭이 내 손등을 쓰다듬으면서 내가 예쁜 눈을 갖고 있다고 말했어." 그녀가 속눈썹을 떨었다.

"에릭은 오늘 아침에 좀 바빠요." 넷 삼촌이 옷장으로 가면서 말했다.

"나를 보러 오기에는 바쁘다는 뜻인가요?" 베릴이 입술을 뿌루퉁하게 내밀었다.

"에릭 아저씨가 사사키 아저씨에게 코뿔소 뿔을 밀수한 혐의를 제기했어요." 할이 말했다. "그리고 크로스비 아저씨를 죽인 혐의도요!"

"예술이 인생을 반영하는가, 아니면 인생이 예술을 반영하는가? 그것은 내가 구상하고 있던 내 책의 엔딩 중 하나였어. 친절한 의사와 조용한 여행작가 중 한 명이 살인자가 되는 거였지."

넷 삼촌이 놀라서 경직됐고 할은 웃음을 참으려고 애썼다.

"내가 너에게 발췌문을 읽어 줄게." 베릴이 핸드백을 뒤지며 가방 안의 물건을 침대 위에 다 쏟았다. "오 맙소사! 어디 있지?"

"제가 아줌마 책에 나오나요?" 할이 서랍에서 깨끗한 옷 한 벌을 꺼내면서 물었다.

"물론이지!" 베릴이 일어나서 주변을 둘러보며 말했다. "너는 끔찍하게 죽어. 식인 악어에게 습격을 받는 바로 그 순간 살인자가 누구인지 깨닫게 돼."

"굉장해요!" 할이 깔깔 웃었다.

베릴이 어리둥절해하더니 그녀의 객실로 들어갔다. 워낙 큰소리로 떠들어서 그녀가 하는 말을 들을 수 있었다. "이 기차에 탄 모든 사람들이 내 책의 등장인물이야." 그때 부딪치는 소리가 들렸다. "물론 이름은 바꿨어, 합법적인 이유로 말이지." 할이 옷을 입을 때 옆방에서 쿵 소리가 연속해서 들렸지만, 베릴은 계속해서 얘기했다. "사실은 허구보다 더 재미있어. 예를 들면, 플로 애커먼 씨가 오빠를 싫어한다는 것을 알고 있었니? 루터 씨는 부모가 총애하는 자식이었어. 그는 가족 사업 중 가장 좋은 몫을 물려받았지. 그가 기차에 대해서 하나도 모르는데도 불구하고 말야. 물론 에릭은 나의 멋진 형사지, 잘생기고 생각에 잠겨 있는…… 에릭의 형이 감옥에서 죽은 것을 알고 있니?" 할은 그녀가 서랍을 열고 닫는 소리를 들었다. "그는 형을 감옥에 가게 한 사건을 해결하기 위해 형사가 되었어. 너무 비극적이지. 그리고 아멜리아 크로스비 씨, 그녀는 머빈과 결혼하기 위해 어린 시절부터 사권 애인과

약혼을 깼어! 그녀는 항상 그것을 후회했지."

할은 사파리 피크닉에서 치포를 위해 남겨 둔 땅콩 한 봉지를 주머니에 넣었다. 화해의 선물로 윈스턴에게 주고 싶었다. 할은 유리가 깨지는 쨍그랑 소리를 듣고는 넷 삼촌을 쳐다봤다. 그들 둘은 바로 사잇문으로 달려갔다.

"베릴? 괜찮아요?" 넷 삼촌이 말했다.

"아니오, 모든 것이 안 괜찮아요!" 베릴이 울부짖었다. "나는 지금 공황 발작 직전이에요!" 그녀는 객실 한가운데에 서 있었다. 옷과 종이, 침구와 비어 있는 서랍이 바닥에 흩어져 있었다.

"무슨 일이에요?" 할이 물었다.

"내 일기장이 사라졌어!" 베릴이 외쳤다. "항상 그것을 내 옆에 두었는데, 어젯밤에 그 망할 뱀 때문에 그걸 밑에 놓아 둔 것이 틀림없어. 그런데 아무리 애를 써도 어디에 두었는지 기억이 나지 않아!"

"우리가 찾는 것을 도와줄게요. 그렇지, 할?"

"나의 모든 소설이 거기에 있어요!" 베릴의 목소리가 떨렸다. "아니, 그것 이상이에요." 그녀가 감정을 추스르듯 고개를 흔들었다. "그것은…… 그것은……."

할은 스케치북을 크루거 국립 공원에 놓고 왔다는 것을 알았을 때 어땠는지를 떠올렸다. "그건…… 그것 없이 어떻게 생각을 해야 할지 모르는 것과 같아요." 그가 말했다.

"정확해." 베릴이 고개를 끄덕였다. "그 일기는 내 마음, 내 모든 생각 그리고 내가 관찰한 모든 것을 포함하고 있어요."

"그러면 그냥 단순한 책이 아니네요?" 넷 삼촌이 말했다.

"맞아요! 그것은 모든 것이에요. 나는 거기에 내가 보고, 듣고, 냄새 맡고, 맛보고, 생각한 것을 적어요. 그리고 내가 한 가지 말해 줄게요. 아무도 괴상한 여자가 구석에서 글을 휘갈겨 쓰는 것에 많은 관심을 갖지 않아요. 사람들은 온갖 종류의 좋은 것들을 드러내고 싶어 하죠." 그녀가 얼굴을 손으로 감쌌다. "이제 세상 사람들은 누가 사파리 스타에서 살인을 저질렀는지 절대 알지 못할 거예요."

"뭐라고 하셨어요?" 할이 물었다.

"그것이 내 책의 제목이었지." 베릴이 눈에서 눈물을 닦으며 말했다. "뭐가 문제야? 너는 그 제목이 마음에 안 드니?"

"할?" 넷 삼촌이 얼굴을 찡그렸다.

할은 대답하지 않았다. 그의 그림들이 머릿속에서 플립 북에 정리되어 나타나는 것처럼 하나의 이야기가 전개되고 있었다. 그것은 추악한 이야기였고 무서운 생각이 들었다. 할은 삼촌을 향해 억지로 미소를 보이며 말했다. "완벽한 제목이네요, 베릴 아줌마."

chapter 29

찢겨진 스케치북

스크램블드에그가 얹어진 토스트가 담긴 접시가 할 앞에 놓였지만 한 입도 먹을 수 없었다. 두려움이 그의 배를 꽉 잡고 있었고 온갖 질문이 뇌에 공격을 퍼부었다. 그의 그림 중앙에는 여전히 커다란 빈 공간이 있었다. 그는 증거가 필요했지만 시간이 부족했다.

"무슨 문제 있니?" 삼촌이 포크로 찍은 훈제 청어를 먹으면서 물었다. "배 안 고프니?"

"혹시…… 베릴 아줌마의 일기장이 도난당한 것일 수도 있다고 생각하세요?"

"누가 왜 그런 짓을 해?"

"뭔가 중요한 것을 보고 기록했다면 그럴 수도 있죠."

팅! 팅! 루터 애커먼이 크리스털 유리잔을 스푼으로 가볍게 치면서 식당차 맨 앞에 서 있었다.

"신사 숙녀 여러분, 사파리 스타에서의 마지막 아침입니다. 우리 여행이 그런…… 어…… 좋지 못한 일에 휘말린 점을 사과드립니다. 하지만, 20분 후면 지구상에서 가장 멋진 장관 중에 한 곳인 빅토리아 폭포에 도착하게 될 것이라는 것을 여러분께 알려 드리게 되어 매우 기쁩니다. 여러분이 최고의 자리에서 좋은 시간을 보내기 위해 전망차로 이동해 주실 것을 제안합니다. 우리 승무원들도 이 장대한 여행의 끝을 축하하며 잔을 들어 올리기 위해 우리와 함께할 것입니다. 폭포 위 다리에서는 시속 8킬로미터로 속도가 제한되어 있어 샴페인뿐만 아니라 경치를 보며 음료를 마실 충분한 시간이 될 것입니다."

할은 애커먼의 말을 듣지 않고 정신없이 스케치북을 휙휙 넘기고 있었다.

"뭘 찾고 있니?" 넷 삼촌이 물었다.

"크로스비 씨가 총에 맞은 시각에 모두 어디에 있었는지 표시하며 기차 지도를 그렸잖아요. 그런데 못 찾겠어요. 느슨하게 달린 종이였는데, 밖으로 떨어진 것이 틀림없어요." 크로스비의 셔츠에서 떨어진 두 개의 분홍색 옷감 조각이 끼어 있는 페이지를 열었을 때 할은 하나를 손가락으로 쓰다듬으며 통로 건너편에서 패트리스와 포샤가 아침 식사를 하고 있는 것을 흘깃 보았다. "삼촌이 저와 함께 가 주셔야 해요." 할이 일어나면서 넷 삼촌에게 말하고 그들 테이블 쪽으로 넘어갔다. "실례합니다, 음바싸 아저씨?" 드라마 배우가 할을 올려다봤다. "여쭤볼 게 있는데요."

"그러렴." 패트리스가 할에게 함박 미소를 날렸다. "텔레비전에 나오는 것에 대한 것이니?"

"아니요." 할이 테이블에 앉아서 목소리를 낮추며 말했다. "크로스비 아저씨의 셔츠에 관한 것이에요."

포샤가 달그락 소리를 내며 포크와 나이프를 떨어뜨렸고 패트리스의 미소는 얼어붙었다.

"그것에 대해 뭘 알고 있는 거니?" 패트리스가 상체를 앞으로 내밀었다.

"모든 것이요." 넷 삼촌이 와서 할 옆에 섰고 할은 테이블 위에 분홍색 옷감 조각을 올려놓으며 말했다.

포샤가 손을 이마에 갖다 댔다. "당신이 다 없앴다고 생각했는데."

"그랬어요." 패트리스가 낮은 목소리로 말했다.

"설명을 해 주시겠어요?" 할이 일어나자 넷 삼촌이 앉으며 말했다.

"나는 크로스비 씨의 죽음과 아무 관련 없습니다." 패트리스가 말했다. "맹세해요."

"하지만 음바싸 아저씨는 크로스비 아저씨가 죽을 때 그의 객실 안에 있었어요. 그렇죠?" 할이 조용히 말했다.

패트리스는 잠시 말이 없더니 고개를 끄덕였다.

"크로스비 아저씨가 하이 티에서 음바싸 아저씨를 모욕하자 욱하고 화가 났던 거죠." 할이 유도했다.

"나는 격분했어." 패트리스가 말했다. 그의 눈에서 불길이 일었다. "그가 나에게 그렇게 말하게 둘 수 없었어. 내 명예를 지켜야 했으니까."

"반격하고 싶었나요?"

"그래." 패트리스는 쉰 목소리로 말했다. "너무 화가 나서 그를 갈기갈기 찢고 싶었어. 하지만 나는 폭력적인 사람이 아니야. 그래서 그의 분홍색 셔츠를 찢기로 결심했지. 그를 겁줘서 겸손하게 만들기 위해서 말야. 객실 사이에 있는 사잇문을 신용 카드를 이용해 고리를 올려서 열고 그의 옷장에서 셔츠를 꺼내 찢었어.

"그런데 그때 크로스비 아저씨가 돌아왔죠." 할이 말했다.

"나는 어떻게 해야 할지 몰랐어. 그가 문 앞에 있어서 도망갈 시간이 없었어." 패트리스가 할을 쳐다봤다. "나는 셔츠를 움켜잡고 욕실 안으로 숨었어."

"우리가 크로스비 아저씨에게 총을 쏘지 말라고 애원하면서 문을 두드리는 동안 욕실 안에 있었네요?" 할이 물었다.

"나는 네가 소리치는 소리와 그가 총을 장전하는 소리를 들었어. 나는 무서웠어. 그는 뭔가 부드러운 것을 문에 던지고 나서 창문을 열었어. 그러고……." 그의 목소리가 점점 작아졌다.

"내가 탐정 러브조이에게 말하지 말라고 했어요." 포샤가 말했다.

"다른 소리는 못 들었나요?" 할이 패트리스에게 집중했다.

"총격 후에 크로스비 씨가 바닥에 쓰러지는 소리를 들었어. 문을 조금 열어서 보니 그가 바닥에 누워 있었어." 그가 몸을 떨었다. "피나 총은 정말 싫어."

"무엇을 했나요?" 넷 삼촌이 부드럽게 물었다.

"나는 빨리 거기서 나가야 했어요. 셔츠 조각을 모두 움켜잡고 내 방으로 뛰어 돌아가서 빨래 바구니에 넣었어요. 그리고 나서 문으로 가서 무슨 일이 일어나고 있는지 봤어요. 할과 할의 친구가 돌아가는 것을 봤는데 몽구스가 나를 발견하곤 달려왔어요. 나는 곧바로 침대에 몸을 던졌고 베개 밑에서 수면 안대와 귀마개를 꺼내서 착용하고 자고 있는 척했죠."

"연기력이 좋으시네요." 할이 말했다. "저는 음바싸 아저씨가 잠들었다고 믿었거든요. 그런데 방으로 돌아가서 옆방 사잇문은 어떻게 잠그신 거예요?"

"치실로 고리를 당겨서 내렸어. 내가 어렸을 때 배운 속임수지. 그 방에 들어가기 전에 장치를 해 놓았어. 안쪽에서 방문이 잠겨 있어야 크로스비 씨가 셔츠를 발견했을 때 나를 의심하지 못할 테니까." 그가 머리를 흔들었다. "너희들이 내 방에서 나간 후에 나는 공포에 질렸고 모든 셔츠 조각을 창밖으로 던졌어."

"모두는 아니에요." 할이 말했다. "음바싸 아저씨가 셔츠를 꺼냈을 때 조각하나가 옷장 경첩에 걸렸어요. 그리고 이건 세탁실에서 발견됐어요."

"나는 크로스비 씨를 죽이지 않았어. 너는 나를 믿어야 해."

"저는 믿어요." 할이 말했다.

"믿는다고?" 넷 삼촌이 놀라워했다.

할이 고개를 끄덕였다. "그리고 지금 우리는 료 사사키 아저씨가 살인이 있던 그 시간에 그 객실에 없었다는 증언을 할 수 있는 증인을 찾은 거예요."

"료 사사키?" 포샤가 얼굴을 찡그렸다.

"그가 탐정 러브조이에게 조사를 받고 있어요." 할이 말했다. "하지만 우리는 그가 결백하다고 생각해요."

"나는 스캔들에 연루되는 것을 원하지 않아." 패트리스가 시인했다. "하지만 결백한 사람이 감옥에 가게 놔두지는 않을 거야."

"오세요, 모두!" 루터 애커먼이 손을 비비며 테이블로 성큼성큼 다가왔다. "전망차로 갈 시간입니다!"

패트리스가 불안한 눈으로 할을 봤다. "뭘 어떻게 할 거니?"

"꼭 말해야 하는 상황이 아니면 그 셔츠에 대해 아무에게도 말하지 않을 거예요." 할이 대답했다. "그런데 마지막으로 질문이 있어요." 할이 포샤를 봤다. "우리가 기차를 탄 첫날에 저는 두 분이 말다툼을 하는 것을 들었어요.

패트리스 아저씨의 자존심보다 더 중요한 것이 걸려 있기 때문에 정중하게 행동하라고 말했었죠. 그 말이 무슨 뜻이었나요?"

"나는 크로스비 씨를 향한 이 사람의 분노가 나와 니콜의 관계에 영향을 주는 것을 원치 않았어." 포샤가 말했다. "니콜은 자기 방식대로 자기 삶을 성공시키기를 열정적으로 원하고 있고 나는 그녀를 돕고 싶어. 그 아이는 총명해. 그녀가 개인적으로 나에게 연락을 했고……."

"…… 그녀는 투자할 돈이 많아." 패트리스가 그녀의 말을 대신했다.

"이해가 안 돼." 전망차로 향하면서 넷 삼촌이 말했다. "패트리스 씨가 크로스비 씨 방에 있었는데 그는 살인자가 아니야. 그런데 살인자가 있다고?"

할이 한숨을 쉬었다. "저는 누가 그랬는지 알 것 같아요. 그런데 어떻게 가능했는지는 모르겠어요." 할은 스케치북을 이마에 톡톡 쳤다. "여기에 아직 그리지 못한 빈 공간이 있어요." 사쓰키가 종이접기로 만든 백조가 페이지에서 미끄러져 바닥에 펄럭이며 떨어졌다. 할은 그것을 줍기 위해 몸을 구부렸다. "그게 여기에 있었어!"

"뭐가?" 넷 삼촌이 물었다.

"사사키 부인이 내 지도로 백조를 만들었어요. 총격이 있던 시간에 모두 어디에 있었는지 표시한 기차 그림 말이에요. 그래서 찾을 수 없었던 거예요." 할은 종이를 펼쳐 보고는 잠시 얼어붙었다. 그러곤 다시 접어서 백조를 가만히 들여다봤다. 그런 다음 다시 펼쳤더니 선들이 종이 위에서 합쳐졌다가 떨어졌다. 할은 입이 벌어졌다. "무슨 일이 일어났는지 알겠어요!" 할이 눈을 동그랗게 뜨고 삼촌을 쳐다봤다. "크로스비 아저씨가 어떻게 살해당했는지 알겠어요. 폭포를 건너기 전에 증명하지 못하면 너무 늦을 거예요!"

chapter 30

빅토리아 폭포

할이 몸을 휙 돌려서 비어 있는 식당차를 통과하여 급하게 되돌아갔다.
"기다려, 할!" 넷 삼촌이 절뚝거리며 서둘러 쫓아갔다. "어디 가는
거니?"

"세탁실에요." 할이 어깨너머로 외치며 식당차에서 나와 서비스 차량을 지
나 통로로 달려갔다.

"조심해!" 윈스턴이 소리쳤다. 할이 그와 맞닥뜨렸고 두 소년은 서로 얽혀
서 바닥으로 굴렀다. 치포가 윈스턴의 어깨에서 뛰어내려 할을 노려봤다.

"너희들 괜찮니? 치포도 괜찮아?" 넷 삼촌이 둘이 일어나는 것을 도왔다.

"뭐하고 있는 거야?" 윈스턴이 이마를 문지르며 말했다. "모두 경치를 보
러 전망차로 가기로 되어 있어."

"세탁실로 가야 해." 할이 말했다. "사사키 아저씨가 크로스비 아저씨를 죽
이지 않았다는 것을 입증할 증인이 있어."

"그가 범인이 아니야?" 윈스턴이 혼란스러워하며 물었다.

"아니야, 그리고 그는 코뿔소 뿔 밀수꾼도 아니야. 빨리!" 할이 서둘러 달렸다.

세탁실 안으로 불쑥 들어가서 정신없이 주위를 둘러봤다. "사라졌어!"

"뭘 찾고 있는 거야?" 넷 삼촌이 물었다.

"오늘 아침, 여기에 진흙 묻은 부츠가 한 켤레 있었어요." 할이 빨래 바구니를 잡아당겨 빼서 침대 시트 한 무더기를 내던지며 찾아봤다. "윈스턴, 기억하니?"

"응, 아침 식사 시간에 세탁을 해서 주인에게 돌려줬지."

"아, 안 돼!" 할이 넷 삼촌을 돌아봤다. "그것이 증거였어요!"

"무슨 증거?" 넷 삼촌이 물었다. "무슨 얘기야, 할? 뭘 알아낸 거야?"

할이 그들에게 말했다.

"아니야!" 윈스턴이 믿을 수 없다는 듯 말했다. "그건…… 절대 아니야!"

"맙소사, 네가 맞아." 넷 삼촌이 말했다. 그의 얼굴에서 핏기가 가셨다. "모든 것이 들어맞아."

"그리고 잠비아로 건너가면……."

"…… 너무 늦어버릴 거야." 넷 삼촌이 말하며 시계를 자세히 들여다봤다. "우리는 5분 이내로 국경에 도착할 거야."

"기차를 멈춰야 해요." 할이 말했다. "증거를 확보하기 위해 시간이 더 필요해요."

"기차를 멈춘다고?" 넷 삼촌이 놀란 표정을 지었다.

"우리한테 한 번의 마지막 기회가 있어요." 할이 말했다. "윈스턴, 넷 삼촌과 내가 기차를 멈출 방법을 찾을 테니 네가 필요한 증거를 확보해 줄 수 있어? 어디서 찾을 수 있는지 나는 알아."

윈스턴이 적극적으로 고개를 끄덕였고 할이 그에게 설명을 했다.

"알았어." 윈스턴이 고개를 끄덕였고 세탁실에서 쏜살같이 나와 통로로 질주해 갔다.

"비상 제동 장치를 찾아야 해." 넷 삼촌이 방을 훑어보면서 말했다. "어딘가에 버튼이나 코드가 있을 거야."

"어쩌면 통로에 있지 않을까요?" 할이 말했다.

"나는 보지 못했어." 넷 삼촌이 따라 나오면서 말했다. "주방에서 찾아보자!"

그러나 주방은 비어 있었다. 기차와 함께 흔들리는 주방용품들의 쨍그랑거리는 소리를 제외하곤 조용했다.

"기차를 세워야 해요." 할이 말했다. "빨리요!" 그들은 수화물 보관소와 승무원 방을 지나서 기관차를 향해 서둘러 갔다. 넷 삼촌이 마지막 문을 당겨서 열자 단단한 금속 재질의 탄수차 벽과 선로로 향하는 낭떠러지가 나왔다. 그곳은 막다른 길이었다.

"통과할 수 없어!" 넷 삼촌이 엔진 소음 때문에 크게 소리쳤다. "이 기차는 Class 25NC이야, 복도식 탄수차가 없어!"

"위로 올라갈 수 있을까요?"

"너무 높아! 그리고 너무 위험해!"

나무 사이를 통해 빅토리아 폭포에서 하얀 안개가 올라왔다. 굽은 선로가 나오기 시작했고 기차는 다리에 접근하면서 속도를 줄였다.

"애커먼 아저씨가 다리에서의 제한 속도가 시속 8킬로미터라고 말했어요." 할의 심장이 바퀴와 박자를 맞춰서 두근거렸다. "제가 뛰어내려서 기관사실로 뛰어갈 수 있을 것 같아요."

"너는 이 기차에서 뛰어내리지 않아." 넷 삼촌이 문에서 할을 잡아당겼다. "너는 여기에 있어, 내가 갈게."

기차가 기적 소리를 냈고 사파리 스타가 나무 사이에서 모습을 드러냈다. 기차가 다리 쪽으로 계속 덜컹거리며 나아가면서 양쪽 도로가 줄어들었다. 거품이 이는 물은 그들 아래에 깊은 협곡 속으로 뛰어 들었다. 하얀 안개가 물의 장막에서 올라와 하늘에서 구름이 되었다.

넷 삼촌이 서비스 차량에 고정되어 있는 사다리를 움켜잡고 문밖으로 발을 내디뎠다. 그는 잠시 머뭇거리다가 뛰어내렸다. 할은 삼촌이 아픈 발목으로 어설프게 착지하고 넘어질 때 움찔하고 놀랐다.

"넷 삼촌!"

생각할 겨를도 없이 할은 사다리 위에 발을 내디뎠다. 그러곤 기차를 미끄러져 지나가는 띠 같은 아스팔트 포장도로를 뚫어지게 보더니 이를 악물고 뛰어내렸다. 쿵 소리와 함께 다리에 세게 부딪혀서 무릎이 긁혔다. 할은 벌떡 일어나서 가능한 한 빨리 앞으로 나아가며 기차 옆에서 나란히 달렸다. 거대한 기관차는 하늘에 검은 연기를 내뿜으며 앞으로 밀고 나아갔다. 할은 있는 힘을 다해 전력 질주를 했다. 쉬익 하는 피스톤 소리와 우렁찬 폭포 소리가 그의 귀를 먹먹하게 했다. 우뚝 솟은 탄수차를 향해 달려가는 동안 근육은 타는 것 같았고 폐는 연기와 증기로 가득 찬 것 같았다.

"아자!" 할은 투지를 불태우며 자신에게 소리쳤다. 위쪽으로 기관사실이 점점 더 가까워졌다. "기차를 멈춰요!" 할이 소리쳤다. "기차를 멈춰요!"

할의 눈에 기관사실에 있는 플로의 뒤통수가 보였다.

"멈춰요!" 할은 뛰면서 머리 위로 손을 흔들었다. "멈춰요!" 하지만 아무도 그를 보거나 들을 수 없었다. 할은 기관사실에 있는 사다리를 향해 손을 뻗으면서 얼굴을 찡그렸다. 그의 죽 뻗은 손가락이 사다리에서 불과 몇 밀리미

터 떨어져 있었다. 마지막 젖 먹던 힘을 다해 앞으로 달려들어 사다리를 움켜잡고 가로대 위에 올라탔다. 그러곤 사다리를 꽉 잡고 몸을 밀착시켜 기관사실까지 기어 올라갔다. "기차를 멈춰요!"

"해리슨!" 그가 기름투성이 바닥 위로 올라왔을 때 플로가 화들짝 놀랐다. 할이 일어나려고 안간힘을 쓸 때 그레그와 쉐일라가 몸을 돌렸다.

"기차를 멈춰요!" 할이 소리를 질렀다. "위급 상황이에요!"

그들은 충격받은 표정으로 할을 쳐다봤다. 아무도 움직이지 않았다. 기차가 다리 끝 쪽에 점점 가까워졌다. 할은 쉐일라의 손이 조절 장치의 빨간 손잡이를 꽉 잡고 있는 것을 봤고 앞으로 달려들어서 제동 장치의 레버를 아래로 세게 내렸다. 바퀴가 잠기고 끼익 소리가 나며 엔진이 마구 흔들렸다. 플로는 비틀거리면서 기적을 울리는 쇠줄을 잡았다. 기차가 서서히 멈추면서 우르릉거리는 협곡 위로 높고 밝은 소리가 퍼졌다.

chapter 31

기차에서 쓴
한 편의 시

"**죽**으려고 작정했어?"

플로의 얼굴이 분노로 빨개졌다. "도대체 뭐 하고 있는 거야?"

"설명할 시간이 없어요." 할이 사다리로 황급히 달려가며 말했다. "경찰이 곧 올 거예요. 그들이 가도 된다고 말할 때까지는 기차를 움직이지 마세요."

"뭐라고?" 플로가 할의 행동에 어리둥절해했다.

햇빛이 사다리를 내리비추자 할은 그제서야 자신의 다리가 흐물거리고 있는 것을 알았다. 한동안 빅토리아 폭포가 세차게 떨어지는 소리밖에 들리지 않았다. 할의 티셔츠는 옅은 안개에 흠뻑 젖어서 물기가 스며 나왔다. 기차 반대편 끝에서 사람들이 전망차 베란다로 몰려나왔고 승무원들도 왜 기차가 멈췄는지 궁금한 표정을 지으며 쏟아져 나왔다.

넷 삼촌이 절뚝거리며 할에게로 갔다. 그리고 아픈 발목을 쉬게 하려고 난간에 기댔다. "할! 괜찮은 거야?"

"저는 괜찮아요." 할이 그에게 달려갔다. "삼촌은 괜찮아요?"

"무슨 일이죠?" 루터 애커먼이 기관차 쪽으로 걸어와서 소리쳤다. "플로! 왜 기차를 멈춘 거야?"

"그 아이에게 물어봐." 플로가 할을 가리켰다.

할은 애커먼을 스쳐 지나 승객들과 승무원들을 쳐다봤다. 모두들 그에게로 걸어오고 있었다. 그들이 들을 수 있을 정도로 가까이 왔을 때, 할이 소리쳤다. "제 말을 들어 보세요! 료 사사키 아저씨가 밀수와 살인 혐의를 받고 있습니다!"

에릭 러브조이가 료 옆에 서서 이 말이 사실이라는 것을 보여 주기라도 하듯 그의 어깨에 손을 얹었다. 사람들이 탄식하는 소리로 모두가 무슨 일이 있었는지 알고 있는 것은 아니라는 것을 알 수 있었다. 모두가 할을 주목했고 그는 사람들의 주목을 계속 끌어야 했다. "사사키 아저씨는 결백해요!" 원

스턴이 서비스 차량에서 재빨리 내려오면서 소리쳤다. 그는 배낭을 꽉 움켜잡고 할에게 달려왔다.

"찾았어?" 할이 속삭였다.

"응." 윈스턴이 대답했다. 그의 얼굴이 흥분으로 빛이 났다. "정확히 네가 말한 곳에 있었어."

"탐정 러브조이 씨가 확고한 증거를 토대로 사건을 조사하고 있습니다." 애커먼이 크고 분명하게 말해서 모두가 들을 수 있었다. "코뿔소 뿔이 오늘 아침 료 사사키 씨의 여행 가방에서 발견되었습니다." 그는 할에게 동정하는

미소를 보냈고 그 소식을 들은 사람들은 걱정하며 웅성거렸다. "저는 우리가 어린애보다는 진짜 형사를 믿는 편이 더 낫다고 생각합니다."

할이 애커먼을 노려봤다. "코뿔소 뿔이 료 아저씨의 가방에 있었던 건 애커먼 아저씨가 넣었기 때문이죠. 당신이 밀수꾼이에요!"

"말도 안 돼!" 루터가 깔깔 웃었고 몇몇 승객들도 킥킥거렸다.

"사파리 스타는 객실을 채울 만큼 승객이 많지 않아요. 애커먼 아저씨? 회사를 계속 운영할 수 있는 많은 돈을 어떻게 만들었나요?"

루터 애커먼의 몸이 경직됐다. "우리는 힘든 시간을 겪었지만 위로 또 위로 올라왔다고!" 그가 허공을 향해 주먹을 날렸다.

플로가 기관사실에서 내려와 그녀의 오빠를 빤히 쳐다봤다. "그건 거짓말이야." 그녀가 팔짱을 꼈다. "오빠는 사업을 바닥으로 끌어내렸어."

"그래서 기차 도처에 숨겨진 비밀 공간에 있는 코뿔소 뿔과 다른 불법 상품들을 남아프리카 밖으로 밀수출하는 건가요?" 할이 압박을 가했다.

플로가 그녀의 오빠를 혐오스럽게 쳐다봤다. "그랬어? 루터?"

"아니야! 그건 사사키 씨야." 루터가 그를 가리켰다.

"이 그림……." 할이 스케치북을 펼쳐서 프리토리아 정원에서 그린 그림을 보였다. "아저씨가 기차로 운송하는 대가로 돈을 받고 있는 거죠, 그렇죠? 어떻게 작업이 이루어지나요? 선불로 반을 받고 배달 시에 반을 받나요?"

"또 이거야?" 애커먼이 그림을 치우면서 불안하게 웃었다. "내가 너에게 말했잖니, 스팀 엔진 부품을 사고 있는 거라고."

"플로 씨, 이 사람이 엔조인가요?"

그녀가 고개를 저었다. "루터는 엔진과 전혀 관계가 없어."

"아저씨는 크로스비 아저씨가 죽었을 때 큰 충격을 받았던 것이 틀림없어요. 왜냐하면 그의 객실 안에 코뿔소 뿔을 숨겨 놨으니까요."

"나는 그를 죽이지 않았어!" 루터가 주장했다. 땀방울이 그의 이마에 맺혔다.

"루터 아저씨는 경찰이 크로스비 아저씨의 객실을 수색하고 조사를 할 거라는 것을 알고 있었어요. 크로스비 아저씨가 발견된 후에 루터 아저씨는 료 사사키 아저씨와 러브조이 형사님이 뿔을 못 찾았다는 것을 확인하기 위해 거기에 머물렀어요. 나중에 루터 아저씨는 자신의 열쇠로 다시 들어가서 뿔을 기차 안 다른 곳에 숨기기 위해 옮겼죠. 하지만 작은 조각을 남겼고 나와 윈스턴이 그것을 발견했죠."

윈스턴이 자랑스럽게 고개를 끄덕였다.

"러브조이 형사님이 허리케인 작전에 대해 우리에게 말했을 때 문에서 엿들은 사람도 루터 아저씨였어요." 할이 계속했다. "루터 아저씨는 경찰이 국경에서 밀수꾼을 잡으려고 기다리고 있을 거라는 것을 알게 됐어요. 그래서 모두가 자고 있을 때 사사키 아저씨의 여행 가방에 뿔을 넣었어요. 그에게 누명을 씌우려고 계획한 거죠. 베릴 아줌마가 뱀으로부터 공격당했을 때 기회를 포착했고 리아나 아줌마에게 기차를 수색하라고 요구했어요. 루터 아저씨는 리아나 아줌마가 뿔을 찾아서 러브조이 형사님에게 말할 거라는 알고 있었어요."

루터 애커먼이 뛰듯이 걷기 시작했다. 하지만 플로가 그의 길을 막았고 에릭이 번개처럼 빠르게 그의 옆으로 와서 그의 팔을 비틀고 밑으로 밀어서 무릎을 꿇게 했다. 그러곤 주머니에서 수갑을 꺼내 루터의 팔목에 재빠르게 채웠다.

"그래서 크로스비 씨의 죽음은 정말 사고였니?" 베릴이 물었다.

"아니요, 그건 타살이었어요." 할이 대답했다. 그는 마음을 단단히 먹고 다시 말을 이어갔다. "하지만 사고인 것처럼 보이게 만들었죠. 제가 조사를 시작했을 때, 저는 '범인이 어떻게 방에 들어가고 나올 수 있었을까'라는 의문에서 막혔어요. 하지만 진짜 범인은 그럴 필요가 없었어요. 크로스비 아저씨는 객실 밖에서 날아온 총알에 살해당했어요."

"덤불 속에서 기차가 지나가기를 기다리는 훈련된 암살범에 의해?" 베릴이 추측했다.

"하지만 그는 자신의 총에 맞았어요." 료가 말했다. "그가 죽을 때 들고 있던 그 총에."

"우리는 그가 자신의 총에 죽었다고 생각했어요." 할이 말했다. "왜냐하면 그는 사냥총에 맞았기 때문이에요. 그리고 사냥총은 그가 죽은 그 방에서 발견됐고요. 하지만 우리는 잊고 있었어요. 이 기차에는 두 개의 사냥총이 있다는 것을요."

사람들이 불안해하며 소곤거렸다.

"사파리 스타가 데트 스트레이트를 지나갈 때, 굽은 곳이나 곡선을 이루는 곳이 없는 선로는 보기 드물다고 넷 삼촌이 말했어요. 그런데 코뿔소 바위 주변에 선로가 뻗어 있는 구간은 후크라고 불려요. 왜냐하면 거대한 곡선이기 때문이에요." 할은 사람들이 혼란스러워하는 얼굴을 보고 미소를 지었다. "사냥총은 먼거리에서 쏠 수 있도록 설계되어 있어요. 사파리 스타는 아홉 개의 객차로 이루어져 있어서 그만큼 길어요. 기차가 코너를 돌 때, 기차 한쪽 끝에서 창문 밖으로 총을 겨냥하고 기차의 정 반대쪽 끝에서 똑같이 총을 쏘는 사람을 쏴서 맞추는 것은 완벽하게 가능해요."

"나는 절대……." 에릭이 고개를 저으며 말했다.

"크로스비 아저씨는 코뿔소 바위를 쏘려고 창밖으로 몸을 내밀고 있었어요. 범인은 기차의 다른 쪽 끝, 리아나 아줌마의 객실에 있었어요. 그러고는 크로스비 아저씨를 리아나 아줌마의 총을 이용해 쐈어요."

"내가 받은 그 쪽지!" 리아나가 외쳤다.

"정확해요." 할이 말했다. "그것은 아줌마에게 비밀을 털어놓으려는 크로스비 아저씨가 보낸 것이 아니었어요. 그것은 범인이 보낸 거예요. 리아나 아줌마를 객실에서 나오게 하기 위해서요. 그래서 범인은 리아나 아줌마의 객실로 들어가서 크로스비 아저씨를 쏠 수 있었어요."

"하지만 범인은 언제 머브가 코뿔소를 쏠지 어떻게 알 수 있었을까?" 아멜리아가 물었다.

"크로스비 아저씨가 쌍안경으로 코뿔소를 봤다고 생각했을 때 저는 그와 전망차에 함께 있었어요." 할이 계속 말했다. "누군가 '이럴 수가, 바로 그 장소야.'라고 말했어요. 크로스비 아저씨가 코뿔소 바위를 발견한 바로 그 지점에서 코뿔소를 찾아보라고 말한 거예요. 범인은 크로스비 아저씨가 언제 총을 쏠지를 정확하게 알고 있었어요."

"그런데, 잠깐만." 니콜이 머리카락을 이마 뒤로 넘기면서 말했다. "아빠는…… 너는 아빠의 객실 안에서 총소리를 들었다고 말했어."

"당연하지!" 베릴이 말하기 시작했다. "그는 그의 사냥총 방아쇠 위에 놓은 손가락을 살짝 떨었어. 그가 멀리서 날아온 총알에 맞았을 때…… 빵! 그는 그 충격으로 움찔했고 허공에 대고 총을 쏜 거지, 창문에서 바닥으로 굴러떨어지면서."

"그래서 두 번의 총격이 있었다고요?" 니콜이 물었다.

"물론이고말고!" 베릴이 목청을 높여 말했다. "내가 들었거든!"

"맞아요." 할이 고개를 끄덕였다. "베릴 아줌마가 기차에서 두 발의 총성을 들은 유일한 사람이었어요. 아줌마의 객실은 기차의 중앙에 있고 창문도 열려 있었어요." 그가 베릴을 쳐다봤다. "베릴 아줌마가 발포(gunfire) 소리를 들었고 일기장에 정확한 시간을 적었다고 우리에게 말했어요. 저는 한 번의 총격을 말하는 줄 알았어요. 하지만 아줌마는 항상 단어를 정확하게 사용하죠. 발포는 한 번 이상의 총격을 의미해요. 저는 알아채지 못했지만 범인은 눈치챘어요."

"그래서 범인이 나를 뱀으로 없애려고 했어!" 그녀는 숨이 턱 막혔다.

"비가 와서 뱀들이 땅 위로 올라왔어요. 베릴 아줌마는 에어컨을 싫어했기 때문에 창문을 계속 열어 놓았죠. 범인은 그 폭풍우 속으로 나가서 뱀 두 마리를 잡아 베릴 아줌마의 객실로 던졌어요. 그때 부츠가 진흙투성이가 되었죠."

"악마 같으니라고!" 베릴이 소리쳤다.

"뱀들이 일으킨 소동 속에서 범인은 아줌마의 일기장을 가져갔어요."

"맞아!" 베릴이 헉 하고 숨을 들이마셨다. "그것이 사라졌어!"

"쉐일라 누나가 우리에게 코뿔소 바위에 대해 얘기했을 때 그 기관사실에 있었고." 할이 계속해서 말했다. "또한 베릴 아줌마가 인터뷰에서 발포를 언급했을 때 함께 있었던 단 한 사람이 있어요. 사격에 능하고 뱀을 다룰 줄 아는 사람." 그가 돌아섰다. "크로스비 아저씨는 에릭 러브조이 형사에 의해 살해당했어요."

chapter 32

기초적인 사실

"**왜** 내가 크로스비 씨를 죽이겠어?" 에릭이 희미한 미소를 띠며 말했다. "나는 그를 알지도 못했어."

"형사님은 그를 몰랐죠." 할이 대답했다. "하지만 형사님의 형은 그를 알았어요, 그렇죠?"

"네가 내 형에 대해 뭘 알아?" 에릭은 경직됐다.

"형사님은 우리에게 크로스비 아저씨가 요하네스버그에서 자랐다고 했어요, 형사님처럼. 그러고 나서 니콜이 나에게 이야기를 들려줬어요. 니콜의 아빠가 젊었을 때 차를 훔쳐서 그의 친구에게 책임을 뒤집어씌웠다고요. 그는 친구를 자신이 저지르지도 않은 죄 때문에 감옥에 가게 만들었어요. 저는 그 친구가 형사님의 형이라고 생각해요. 형사님은 베릴 아줌마에게 형사가 된 이유가 형 때문이라고 말했어요."

"형은 감옥에서 죽었어요. 그렇죠, 에릭?" 넷 삼촌이 물었다. "당신이 나에게 그렇게 말했어요."

"잠깐만, 뭐라고요?" 니콜이 충격받은 얼굴로 물었다. "아빠의 추수 감사절 이야기가 에릭 아저씨 형 이야기라고요?"

"데이비드가 절도했다고 누명 쓴 그 차가 무장 강도들이 사용했던 차였어." 에릭이 말했다. "그는 갱단의 일원으로 기소됐어."

"아…… 그 불쌍한 소년." 아멜리아가 충격으로 입을 막았다.

"나는 형의 무죄를 입증하기 위해 크로스비 씨가 그 강도들과 연루되어 있다는 증거를 찾으며 15년을 보냈어." 에릭이 고개를 흔들었다. "나는 실패했어. 크로스비 씨는 부자가 되었고 형은 병들었어. 그가 훔친 것은 단순히 차가 아니라 형의 인생이었어."

"형사님은 그가 사파리 스타에 탈 것이라는 것을 몰랐어요, 그렇죠?" 할이 물었다.

"역에 도착했을 때 그는 나를 알아보지 못했어. 나에게 가방을 들라고 하더군." 에릭이 씁쓸하게 웃었다. "운명이 나에게 복수할 기회를 준다는 느낌이 들었어. 그는 코뿔소를 쏘고 싶어 했고 리아나는 사냥총을 갖고 있었어. 나는 후크에 대해 알고 있었지." 그가 할을 쳐다봤다. "그리고 내가 원하는 대로 추론하도록 코치할 수 있는 유명한 꼬마 탐정이 기차에 타고 있었지." 그는 넷 삼촌에게 몸을 돌렸다. "그가 자네를 걷어차기 전까지는 그를 죽일 생각은 없었어. 나는 그에게 그가 폭력을 행사했다고 말했어. 머빈 씨는 내 앞에서 비웃었고 법은 그에게 적용되지 않으며 자신이 법 위에 있다고 나에게 말했어. 나는 기차를 타기 전에 막 형을 묻고 와서 너무 힘들더군."

"아, 에릭!" 베릴의 뺨에 눈물이 흘렀다. "당신은 나도 죽기를 원했어요?"

"아니에요, 베릴." 그의 표정이 부드러워졌다. "나는 당신을 겁주려고 뱀을 풀었던 거예요. 그래서 당신의 일기장을 가져갈 수 있었죠. 당신은 죽지 않았을 거예요. 오두막에 해독제가 있었을 테니까."

"아, 그러면 괜찮은 거군요!" 베릴이 비꼬는 투로 톡 쏘며 말했다. "여자를 유혹하고 그 여자의 침대에 독사를 풀다니." 그녀가 상체를 앞으로 내밀었다. "당신은 무정한 야수예요!"

윈스턴이 요란스럽게 그의 배낭에서 일기장을 꺼냈다. "이것이 러브조이 아저씨 객실에 있었어요, 정확히 할이 말한 대로요."

베릴이 기뻐서 손뼉을 쳤다. 아무도 말이 없었다.

"여러분은 크로스비 씨가 죽어서 슬픈가요?" 에릭이 물었다. "당신들 중 누구라도?" 그는 침묵하는 승객들을 쳐다봤다.

아멜리아는 입을 열려다가 니콜을 쳐다보고 나서 입을 다물었다.

"당신은 나에게 크로스비 씨의 살인과 코뿔소 뿔 밀수로 죄를 뒤집어씌우려고 했어요." 료가 화를 내며 말했다. "당신은 그가 당신 형을 취급한 것과 마찬가지로 나를 취급했어요."

"당신은 크로스비 씨와 똑같아요." 사쓰키가 분노하며 말했다.

"아니요." 에릭이 단호하게 대답했다. "살인으로 기소할 증거가 충분하지 않았어요. 당신은 감옥에 가지 않았을 겁니다. 허리케인 작전은 코뿔소 뿔 하나 이상의 것에 대한 거예요. 저 기차 어딘가에 숨겨져 있는 밀수품이 몇 다발입니다." 그가 한숨을 쉬었다. "해리슨은 조사를 그만두려고 하지 않았어요. 내가 사고라고 설득했는데도 계속 조사했어요. 나는 뭔가를 해야 했습니다. 그럴 듯한 살인자가 있어야 했어요. 그리고 코뿔소 뿔이 발견되었을 때,

나는 당신이 밀수꾼들과 함께 일한다고 생각했고 당신에게 살인 혐의를 씌울 기회를 봤어요."

"내가 범인이 에릭 아저씨라는 것을 알아낼까 봐 두려웠나요?" 할이 놀라워했다.

"타당한 두려움이지, 결국 그렇게 판명 났지만." 에릭이 씁쓸하게 웃었다.

"아저씨는 잠비아 경찰한테 자수할 거예요, 그렇죠?" 할이 말했다.

"아니, 나는 그렇게 생각 안 해." 에릭이 주머니칼을 꺼냈다. 칼날이 햇볕에 반짝였다. "나는 감옥에 안 가."

"칼을 내려놔요, 에릭." 넷 삼촌이 말했다.

"나는 경찰이 형사 러브조이를 기다리고 있는 잠비아로 걸어서 넘어갈 겁니다. 그리고 그들에게 사건에 대해 내 각본대로 얘기할 거예요." 에릭이 뒷걸음질쳤다. "그리고 그들이 당신들을 인터뷰할 동안 나는 사라질 겁니다." 그는 절망하는 표정을 지으며 칼을 들어 올렸다. "나를 따라 오지 말아요. 나는 총 쏘는 것보다 칼 던지는 것을 더 잘해요. 당신들 모두가 그 점을 알고 있을 거라 생각합니다. 나는 명사수예요."

모두가 얼어서 그가 뒷걸음질치는 것을 보면서 서 있었다.

"그를 막을 사람 없어요?" 할이 소리쳤다. 어른들이 모두 서로를 쳐다봤다. "누가 뭐라도 좀 해 봐요!" 그렇게 말하고 할은 에릭 러브조이 뒤에서 맹렬히 덤볐다.

"할!" 넷 삼촌이 소리쳤다. "안 돼!"

"누누!" 윈스턴이 할의 뒤를 따라 달려들자 리아나가 앞으로 휘청거렸다.

러브조이가 그들이 따라오는 소리를 듣고 칼을 던지려고 움직였을 때, 할이 그의 다리로 뛰어들어 쨍그랑 소리와 함께 그를 쓰러뜨렸다. 칼이 그의 손에서 떨어졌다. 에릭이 할을 걷어차고 머리를 발뒤꿈치로 쳤다. 할이 고통스러워하며 얼굴을 움켜잡고 굴렀다.

"윈스턴!" 할이 리아나의 비명 소리를 듣고 고개를 들었다. 러브조이가 팔로 윈스턴의 목을 감고 뒤로 끌면서 선로를 따라 내려갔다.

"더 이상 가까이 오지 마!" 에릭이 소리쳤다.

달려가던 리아나, 넷 삼촌 그리고 패트리스가 즉시 멈췄다.

"그를 풀어 줘요!" 리아나가 고함을 질렀다.

"윈스턴과 나는 국경까지 걸어서 갈 거야." 에릭이 거칠게 숨을 쉬고 있었다. "나는 이 아이를 다치게 하고 싶지 않아. 하지만 당신들이 나를 따라오면, 이 아이는 다리 밖으로 굴러떨어질 거야."

윈스턴이 두려움에 떠는 모습과 협곡 안을 힐긋 들여다보던 할은 순간 윈스턴의 등에 메고 있는 배낭 안에서 밖을 살짝 내다보고 있는 작은 코를 발견했다. 그는 좋은 생각이 떠올랐다. 할은 아픈 머리를 무시한 채 일어서서 가장 어린애 같고 무서워하는 목소리로 말했다. "제발 제 친구를 다치게 하지 마세요." 그는 앞으로 조금씩 움직이면서 손을 뒷주머니로 가져갔다.

"내가 하라는 대로 하면 이 아이는 다치지 않을 거야." 에릭이 소리치며 말했다.

윈스턴이 할을 집중해서 보고 있었다.

"저기 누구예요?" 할이 주먹으로 가리켰다. "국경 경비대인가요?"

에릭이 고개를 돌린 순간 할이 머리 위로 한 주먹의 땅콩을 던졌다. 윈스턴

이 휘파람을 불고 손가락으로 딱 소리를 냈다. 치포가 배낭에서 나와 에릭 러브조이의 얼굴로 뛰어올랐다.

"이게 뭐……!?"

러브조이가 몽구스를 떼 내려고 손을 올리다가 윈스턴을 놓쳤다. 겁을 먹은 치포가 날카로운 발톱으로 에릭의 뺨과 목을 할퀴면서 긁었다. 윈스턴은 형사한테서 벗어나 전력 질주하여 엄마의 팔에 안겼다. 러브조이가 치포를 거칠게 후려쳤고 몽구스 때문에 순간적으로 앞이 안 보여서 휘청거리는 바람에 난간이 크게 흔들렸다.

"에릭!" 넷 삼촌이 소리쳤다. 그는 절뚝거리면서 앞으로 갔고 얼굴이 고통으로 일그러졌다. "조심해요!"

치포가 뛰어내리면서 뒷발로 에릭의 눈꺼풀을 할퀴어서 피가 났다. 에릭이 비명을 지르며 뒤로 넘어져 난간 위로 떨어졌다.

넷 삼촌이 몸을 앞으로 던져 러브조이의 다리가 위로 올라왔을 때 팔을 뻗어서 그의 종아리를 잡았다. 삼촌은 러브조이를 놓치지 않기 위해 고통스러워하면서도 고함을 지르며 힘을 냈다. 몸서리쳐지는 짧은 순간 에릭은 다리에 매달려 있었다. 거품으로 일렁이는 협곡이 그의 밑에서 거대한 입을 벌리고 있었다.

리아나와 패트리스가 즉시 넷 삼촌 쪽으로 와서 러브조이의 다른 발을 움켜잡고 셋이 함께 두 손을 번갈아가며 다리 위로 끌어당겼다.

"아, 에릭." 넷 삼촌이 눈에 눈물을 글썽이며 말했다. "왜 그랬어요?"

"그는 우리 형을 죽였어, 넷." 에릭이 떨었다. "나는 해야만 했어."

chapter 33

밤 무지개

협곡 가장자리에 자리한 브릿지 카페는 나무 바닥과 초가지붕으로 되어 있었다. 할은 빅토리아 폭포 너머에 있는 다리를 보면서 소고기와 함께 엔쉬마(옥수수나 수수 가루로 죽처럼 만든 음식. 역자 주)를 한 냄비째 먹고 있었다. 살인 사건을 해결하는 일은 생각했던 것만큼 재밌지 않았다. 에릭 러브조이에 대해 혼란스러운 마음이 들었다. 그 남자는 할을 뱀으로부터 구해 줬고 그는 에릭을 좋아했다. 하지만 다른 사람의 생명을 빼앗는 것은 절대 옳지 않았다.

사파리 스타의 승객들과 승무원들은 잠비아 경찰에 의해 그 카페로 가게 됐고 경찰이 그들을 한 명씩 인터뷰하고 있었다. 쉐일라와 그레그가 기차를 측선으로 옮겨서 경찰이 내부를 수색할 수 있었다. 오후가 저녁으로 바뀌었다.

넷 삼촌, 윈스턴 그리고 리아나가 베릴 맞은편에 있는 긴 가죽 소파에 앉았다. 할은 냄비를 들고 살펴봤다.

"나는 경찰이 우리를 호텔로 빨리 가게 해 주면 좋겠어." 할이 베릴 옆에 앉자 그녀가 말했다. "나는 모든 드라마에 지쳤어. 그리고 솔직히 나에게서 고약한 냄새가 나." 그녀는 겨드랑이 냄새를 킁킁거리며 맡더니 움찔 놀랐다.

"남은 여행 기간에 뭘 하실 거예요?" 할이 물었다.

"강 아래에 코끼리 보호 구역이 있어. 거기를 방문할 것 같아." 베릴이 대답했다. "그런 다음 내 책을 쓰기 위해 영국으로 돌아갈 거야." 그녀의 눈이 흥분으로 커졌다. "대성공할 것 같다는 느낌이 들어. 너는 언제 한번 나를 만나러 와야 해. 우리는 가장 좋아하는 사건에 대해 논할 수 있을 거야."

사쓰키는 니콜과 함께 책상다리를 하고 바닥에 앉아서 종이 냅킨으로 종이접기 새를 어떻게 만드는지 보여 주면서 시간을 보내고 있었다. "할, 네가 일본에 오면 영광일 거야." 그녀가 말했다. "나는 네가 이 사건을 해결해 줘서 너무 고마워."

"부인의 종이접기가 사건을 해결하는 데 도움이 많이 됐어요." 할이 그녀에게 미소를 지으며 말했다. "부인이 제 객차 지도를 접었을 때, 저는 기차의 양 끝이 굽혀진 선로에서 서로 마주 볼 수 있다는 것을 깨달았어요."

"해리슨, 내가 너에게 빚을 졌구나." 료가 다가와서 말했다. "또 다른 스케치북을 채우기 위해 일본에 오면 우리를 꼭 방문해야 해."

"꼭 그럴게요." 할이 넷 삼촌을 보고 활짝 웃으며 말했다.

"신토 사원을 보여 줄게." 사쓰키가 말했다.

"그리고 초고속 총알 기차도요?" 할이 물었다.

"신칸센." 료가 웃었다. "그건 기본이고 더 많은 것을 보여 줄게."

패트리스가 손에 캔 음료 하나를 들고 돌아왔다. 그는 할의 옆 소파에 걸터앉았다. "너에게 고맙다고 인사하고 싶구나." 그가 낮은 목소리로 말했다. "셔츠를 언급하지 않은 것에 대해."

"제가 고마워해야 하는걸요." 할이 대답했다. "저는 에릭 아저씨가 어떻게 했는지 알아낼 수 없었어요. 패트리스 아저씨가 그 객실에서 무슨 일이 일어났는지 설명했을 때, 저는 크로스비 아저씨가 밖에서 날아온 총알에 맞았다는 것을 깨달았어요."

"정말 고마워." 패트리스가 미소 지었다. "헤이, 윈스턴!" 그가 반대편 소파를 향해 불렀다. "네가 원한다면 지금 사인을 해 줄 수 있어!"

"아, 어…… 고맙습니다." 윈스턴이 부끄러워했다.

"윈스턴이 귀찮게 했다면 죄송합니다, 음바싸 씨." 리아나가 심각하게 말했다. "제가 손님들을 방해하지 말라고 얘기했어요."

"농담하세요? 저는 사인해 주는 것을 좋아해요. 헤이, 윈스턴! 너의 미어캣과 함께 드라마 '유산' 세트장을 방문하는 것이 어때?"

윈스턴이 와! 하고 함성을 질렀고 리아나가 웃었다. "우리 애가 아주 좋아하겠어요." 그녀가 말했다. "그런데 치포는 미어캣이 아니라 노란 몽구스예요."

"치포는 영웅이에요." 윈스턴이 치포를 쓰다듬으며 말했다. "제 생명을 구해 줬어요."

"내가 조금 도왔지." 할이 주장했다.

"아마 조금은." 윈스턴이 윙크를 했다.

"너는 언제 루터가 밀수업자인 것을 알았니, 할?" 넷 삼촌이 물었다.

"저는 그가 돈을 받는 것을 봤을 때부터 의심하고 있었어요." 할이 모두가 듣고 있다는 것을 의식하고 뒤로 앉았다. "베릴 아줌마가 뱀한테 공격을 받은 그날 밤, 애커먼 아저씨는 파자마를 입고 끈으로 묶는 신발을 신고 왔어요. 그 점이 이상해 보였어요. 코뿔소 뿔이 사사키 아저씨 가방에서 발견됐을 때, 그가 그날 밤 그것을 거기에 넣었다는 것을 깨달았어요. 베릴 아줌마가 도와달라고 소리 질렀을 때, 애커먼 아저씨는 파자마를 걸치고 다른 사람들보다 늦게 도착해서 자고 있었던 것처럼 보이려고 했어요. 하지만 그 신발이 거짓말이라는 것을 보여 줬죠. 그런 다음 리아나 아줌마가 코뿔소 뿔을 찾을 것을 알고, 아줌마에게 뱀이 더 있을지 모른다며 기차를 수색하게 했어요."

"뛰어난 추론이야, 해리슨." 베릴이 감탄하며 말했다.

"이제 애커먼 철도 회사가 어떻게 될지 궁금해요." 넷 삼촌이 고개를 흔들었다. "저 모든 아름다운 기차들."

"루터가 물러났으니까 회사는 문을 닫을 거라고 생각해요." 리아나가 한숨을 쉬었다. "저는 일자리를 잃겠죠."

"플로 누나는 어떤가요?" 할이 말했다. "플로 누나가 회사를 운영할 수는 없나요?"

"그녀의 오빠가 저지른 범죄가 회사에 악영향을 줄 거야." 리아나가 말했다. "승객들이 그런 손상된 평판을 가진 기차를 타고 여행하고 싶어 할지 확신할 수 없어요."

"말도 안 돼요!" 베릴이 반박했다. "모두가 명분 있는 살인을 좋아해요. 오리엔트 특급도 그것으로 인해 어떠한 손해도 안 봤어요."

"제가 회사를 사면 어떨까요?" 니콜이 말했다. 모두가 놀라서 그녀를 쳐다봤다. "사파리 스타는 약간 멋질 거예요. 베릴 아줌마가 맞아요. 사건이 이득이 돼요!"

베릴이 활짝 웃었다.

"리아나 아줌마가 사파리를 맡아 주시고 역에 있
는 동물들을 돌봐 주세요." 니콜이 신이 나서 계속했다. "플
로 언니가 기차를 맡아 주면 되고 엄마와 제가 브랜드 이미지 홍보를 맡아서
할 수 있을 거예요. 우리 미디어 회사들과 연계하면 큰 사업이 될 거예요."

"전에 사업을 운영해 본 적 있어요?" 리아나가 이맛살을 찌푸리며 물었다.

"저를 도와주실 거죠, 라마보아 언니?" 그녀가 안락의자에서 부채질하고
있는 포샤를 큰소리로 불렀다.

"여성이 운영하는 사업을 돕게 된다면 매우 기쁠 거예요." 포샤가 대답
했다. "네가 크게 성공시킬 거라고 나는 확신해, 니콜."

"확신이 있는 거니, 닉?" 아멜리아가 물었다.

"저는 자연 보호에 초점을 맞춘 여행 사

업을 시작하고 싶었어요." 니콜이 어깨를 으쓱했다. "안 될 것 없잖아요?"

"훌륭한 생각이야." 할이 말했다.

"어머나, 모두들 보세요!" 베릴이 일어섰다. "여행 안내 책자에서 저것에 대해 읽은 적이 있지만 내가 보게 될 거라고는 생각 안 했어요."

"뭔데요?" 모두가 베란다로 나갔을 때, 할이 물었다.

"유명한 광경." 베릴이 말했다. "봐, 보이니?" 그녀가 밤하늘을 가리켰다. 할은 어둠 속에서 피어오르는 하얀 안개구름과 협곡 위에서 곡선을 이루는 알록달록한 빛줄기를 봤다.

"밤 무지개야." 넷 삼촌이 숨죽여 말했다.

"밤하늘이 맑고 달이 높을 때, 달빛이

빅토리아 폭포의 소용돌이치

는 물보라에 굴절돼서

달 무지개를 만들지." 베릴이 그녀의 일기장을 찾으며 더듬거렸다. "이것을 적어 놔야겠어, 꽤 괜찮아!" 다른 사람들이 밤하늘에서 어른거리는 선명한 빛깔을 보고 있는 동안 그녀는 격정적으로 휘갈겨 썼다.

할이 슬그머니 나와 스케치북을 펼치고 목탄 연필통을 꺼냈다.

"정말 좋은 생각이야." 넷 삼촌이 옆에 앉아서 그림 그리는 것을 보며 말했다. "네가 오늘 한 행동은 매우 용감했고 어른스러웠어. 네 자신을 자랑스러워하렴."

"그렇지 않아요, 사실 무서웠어요. 에릭 아저씨가 우리 모두를 속였잖아요."

"하지만 너는 그보다 더 뛰어났어." 넷 삼촌이 그림을 보며 고개를 끄덕였다. "어두운 시기는 멋진 일들을 만들어 낼 수 있어." 그가 한숨을 쉬었다. "나는 정말 네가 자랑스럽다, 할."

할은 빛깔이 안개 속에서 춤추는 것을 보면서 빅토리아 폭포 저 너머를 향해 미소를 지었다.

어드벤처
온 트레인 3

독자 여러분께

이 책에 나오는 철도 여행은 실제로 있는 것입니다. 우리는 아쉽게도 직접 여행을 체험하지는 못했습니다. 우리는 이야기를 생생하게 만들기 위해 많은 조사를 했고 현지 관계자의 조언에 기초했습니다. 우리의 모든 책과 마찬가지로 이야기에 도움이 되는 사실을 자유롭게 사용했습니다.

실제 사파리 스타

사파리 스타는 허구이지만 남아프리카를 가로지르는 몇몇 유명한 고급 철도 여행에서 영감을 받았습니다. 하룻밤 동안 프리토리아에서 케이프타운까지 여행하는 더 블루 트레인(The Blue Train)이 가장 유명합니다. 하지만 우리의 여행 경로는 로보스 레일(Rovos Rail)이라고 불리는 회사가 운영하는 것을 모델로 했습니다.

실제 제니스

많은 Class 25 기관차들은 글래스고에서 만들어져서 아프리카로 운송되었습니다. Class 25는 응축형 보일러(condensing boiler)를 갖고 있었습니다. 응축형 보일러는 피스톤이 점화될 때 증기를 탄수차에서 물로 바꿔서 증기를 재활용하는 보일러를 의미합니다. 이 현명한 방법은 증기 기관차가 메마른 긴 선로를 이동할 때 매우 중요한 물을 그렇게 많이 채우지 않아도 된다는 것을 의미합니다. 하지만 응축형 보일러는 유지가 어려워 시간이 지나면서 대부분 일반 보일러로 전환되었습니다. 제니스는 Class 25NC입니다 'NC'는 '응축형이 아닌(Non-condensing), 즉 보일러가 전환되었다는 것을 의미합니다. 이 책을 위한 조사의 일부분으로, 우리는 영국에서 유일한 Class 25NC 기관차의 본고장인 버킹엄셔 철도 센터를 방문했습니다. 그 기관차는 1970년대까지 그 유명한 블루 트레인을 끌었고 아프리카에서 배를 타고 돌아왔습니다. 그 기관차의 이름은 제니스이고, 우리는 거기서 이 이름을 따왔습니다.

아프리카 남부의 철도

19세기 후반, 대영 제국은 모든 대륙에 있는 땅과 함께 세계 인구의 약 5분의 1을 통치했습니다. '대영 제국은 해가 지지 않는다.'라는 말이 있었습니다. 그 당시 전적으로 영국이 통치하는 땅을 통과하여 아프리카 대륙의 북쪽에서 남쪽을 가로지르는, 즉 카이로에서 케이프타운까지 철도를 건설하려는 계획이 고안되었습니다. 아프리카에 놓인 많은 철로는 이 계획의 일부분이었습니다. 하지만 그 경로는 결코 완성되지 못했습니다.

많은 사람들이 대영 제국이 통치하는 영토에 일종의 선물로 철로를 건설했다고 주장합니다. 이것은 정확한 사실이 아닙니다. 아프리카 남부의 철도는 대영 제국이 다이아몬드, 구리 그리고 석탄 같은 대륙의 자원을 더 쉽게 개발하기 위해 건설되었습니다. 이 계획은 지역 사람들의 반대에도 불구하고 진행되었고 반대하는 사람을 폭력적으로 진압했습니다. 오늘날, 빅토리아 폭포에 있는 잠베지강 위의 다리 같은 철도의 공학 기술적 위업이 남아 있습니다. 그러나 좋은 의도로 건설된 것이 아니며 많은 사람들의 희생을 치르며 건설되었다는 것을 이해하는 것이 중요합니다.

객차

오리엔트 특급 열차의 어떤 객차도 남아프리카에서 새로 꾸며지거나 기차에 사용되지 않았습니다. 아프리카 철도는 유럽과 다른 선로를 사용하기 때문에 유럽 기차의 바퀴가 너무 커서 선로에 맞출 수 없었을 것입니다. 하지만, 오리엔트 특급 열차는 실제로 외교관들이 중요한 문서를 국경을 지나서 가져가는 데 사용되었고 스파이나 비밀 요원들에 의해 사용된 것으로 악명이 높습니다.

마지막으로

이 책에 나오는 인물 중에 실제 인물에 기초한 사람은 없습니다. 코뿔소 바위는 허구이며 선로에는 많은 커브가 있지만 후크라는 이름으로 불리는 선로는 없습니다.

기회가 된다면 영국의 버킹엄셔 철도 센터를 방문해 볼 것을 추천합니다. 또한 세계 여러 나라의 기관차와 객차가 전시되어 있는 뉴욕 소재의 국립 철도 박물관에 방문할 것을 제안합니다. 그곳은 마야가 처음으로 기차와 사랑에 빠진 곳입니다.

철도에 관한 더 많은 정보를 찾거나 할의 모험에 대해 궁금하다면 웹사이트(adventuresontrains.com)를 방문해 주세요.

마야 G. 레너드

맥밀런출판사의 멋진 편집장 루시 피어스에게 감사의 인사를 전하고 싶습니다. 그녀는 우리가 작업 중인 《어드벤처 온 트레인》 시리즈 중 처음 세 권을 낼 수 있게 도와줬고 놀라운 삽화 실력을 가진 엘리사 파가넬리를 합류시켰습니다. 슬프게도 이것이 우리가 함께 작업하는 마지막 책입니다. 그녀는 또 다른 출판사에서 더 좋은 일을 하기 위해서 떠나기 때문입니다. 바라건대, 그녀가 친구로 그리고 독자로 남아 주기를 바랍니다. 고마워요, 루시. 당신은 전설적인 사람입니다.

엘리사 파가넬리, 당신의 그림은 전작을 능가합니다. 이 책의 삽화와 표지는 굉장합니다. 당신이 한 모든 것에 감사하고 할이 세상을 보는 방식을 잘 전달해 줘서 고맙습니다.

제리 우드에게도 감사드립니다. 그는 남아프리카 여행에 대한 모든 경험과 빅토리아 폭포에서의 밤 무지개에 대해 들려준 모험심이 강한 사람입니다.

작업에 참여한 맥밀런 키즈의 모든 분께도 큰 감사와 우렁찬 기적 소리를 보냅니다. 여러분은 굉장한 팀이었습니다. 조 하데이크르, 앨릭스 프라이스, 서맨사 스미스, 사라 휴즈 그리고 엘라 채프먼에게 뜨거운 사랑을 보내며 함께 일하게 되기를 희망합니다.

힘든 시기에 모건 그린 크리에이티브스를 설립한 나의 에이전트 커스티 맥라클란에게 감사의 인사를 전합니다. 나에게 영감을 주는 당신과 함께하는 여정은 항상 즐거워요.

2020년은 저에게 힘든 한해였지만 제가 계속 일을 할 수 있게 도와준 샘 세지먼에게 감사 인사를 하고 싶습니다. 때로는 불가능하다고 생각했습니다. 이 공동 집필 작업은 우리가 처음 이 프로젝트를 꿈꾸었을 때 상상했던 것보다 더 재미있고 생산적이며, 많은 것을 배웠습니다. 저는 끊임없이 있는 그대로의 샘에게 감사하고 있습니다. 고마워요, 나의 친구.

그리고 우리 책을 사랑해 주고 추천해 주는 책방 사장님들, 도서관 사서님들, 작가, 부모님, 어린이 그리고 몽구스에게도 감사 인사를 전합니다.

마지막으로 내가 글을 쓰기 위해 의자에 고정되어 있을 때 내 주변을 살금살금 돌아다니고 모든 나의 중요한 사건과 성취를 축하해 주는 나의 훌륭한 남편 샘과 아들 아서와 셉에게도 감사를 표합니다. 사랑합니다.

샘 세지먼

우리의 뛰어난 편집장 루시 피어스가 없었더라면 이 책들 중 어떤 책도 가능하지 못했을 겁니다. 슬프게도 이것이 우리가 함께하는 마지막 여행이 될 것입니다. 그녀가 다른 출판사와의 여행을 위해 기관사실에서 내려오기 때문입니다. 세 번의 훌륭한 모험을 하는 동안 우리에게 불을 밝혀 안내해 주고 《하일랜드 팰컨 도난 사건》에서 죽은 개를 넣지 말라고 우리를 설득해 줘서 감사합니다. 우리가 무엇을 생각하고 있었는지 모르겠습니다! 우리는 당신을 몹시 그리워할 것입니다. 당신의 여행에 행운이 있기를 빕니다.

루시는 우리를 가치 있게 하고 지지해 주기 위해 많은 것을 해 준 훌륭한 팀의 일원입니다. 서맨사 스미스, 조 하데이크르, 사라 휴즈, 엘라 채프먼, 앨릭스 프라이스 그리고 맥밀런의 다른 모든 사람들, 특히 격변의 시기에 이 책들을 육성하고 대성공하게 만들기 위해 여러분이 한 모든 것에 진심으로 감사드립니다. 여러분 모두가 스타입니다.

엘리사 파가넬리는 할과 그의 모험에 대한 놀라운 그림 실력으로 끊임없이 저를 기쁘게 하고 놀라게 합니다. 그녀는 정교한 솜씨로 아주 열심히 그리고 빠르게 그립니다. 그녀가 우리와 함께 일해서 저는 믿을 수 없을 정도로 운이 좋다고 생각합니다. 표지는 아름다움 그 자체입니다.

나의 훌륭한 동료이자 믿을 수 있는 절친한 친구이며 공동 집필 작업을 통해 내 인생에 말로 다 할 수 없는 기쁨을 가져다준 마야에게 감사드립니다. 힘든 작업이 이렇게 많이 재미있어도 되는지 모르겠습니다. 항상 저에게 저의 강점을 상기시켜 주고 줄거리를 너무 복잡하게 하지 않도록 설득해 줘서 감사합니다. 함께할 더 많은 모험을 위하여 건배!

나의 에이전트이며 철도가 달리는 데 전혀 문제가 없을 모건 그린 크리에이티브스의 커스티 맥라클란에게도 늘 감사합니다. 철도에 관해서 말한다면, 우리가 제니스에게 더 가까워지고 친해지도록 도움을 준 버킹엄셔 철도 센터에 특별한 감사를 드려야겠지요. 남아프리카 맥밀런 팀의 조언 또한 감사드립니다. 긍정적인 피드백을 준 나의 조카들과 라자냐를 해 준 샘에게도 감사드립니다.

우리의 책을 독자들에게 소개해 주신 모든 책방 사장님, 사서 그리고 기차 마니아들에게 웅장한 기적 소리를 보냅니다!! 우리 책이 그렇게 많은 부분에서 인정받게 되어 믿을 수 없도록 운이 좋다고 느낍니다. 좋은 말씀을 해 주신 독자에게도 감사드립니다. 여러분이 우리가 글을 쓰는 이유입니다.

궁극적으로 이 모든 것에 책임이 있는 아가사 크리스티에게 감사하고 싶습니다. 또한 내가 어렸을 때 밤 늦게까지 '푸아로'를 보게 해 줘서 나를 범죄 추리 소설로 이끈 나의 훌륭한 부모님에게도 깊은 감사를 표하고 싶습니다. 부모님은 저에게 살인 미스터리물을 한 트럭 사 주셨고 모든 것을 퍼즐로 만드는 나의 욕구를 채워 주셨습니다. 부모님의 지칠 줄 모르는 지지와 끊임없는 응원에 감사드립니다. 사랑합니다.

그리고 나의 훌륭한 파트너 탐 리퍼에게도 감사의 말을 전합니다. 나의 마음을 페이지 위에 쏟아 비우면, 그는 내 마음을 다시 기쁨으로 채워 줍니다. 당신의 친절과 에너지에 감사하고 내가 상상하는 모든 문제에 대해 불평하는 것을 들어줘서 고맙습니다. 봉쇄를 같이 겪은 친구여서 너무 기쁩니다. 나는 당신을 전보다 더 사랑합니다.